纸上
Paper Lens
镜头

Gao Hui
高辉

著

九州出版社
JIUZHOUPRESS

图书在版编目（CIP）数据

纸上镜头 / 高辉著. -- 北京 ： 九州出版社，
2019.7

ISBN 978-7-5108-8196-1

Ⅰ．①纸… Ⅱ．①高… Ⅲ．①散文集－中国－当代
Ⅳ．①I267

中国版本图书馆CIP数据核字 (2019) 第149247号

纸上镜头

作　者	高　辉 著
出版发行	九州出版社
地　址	北京市西城区阜外大街甲 35 号 (100037)
发行电话	(010)68992190/3/5/6
网　址	www.jiuzhoupress.com
电子信箱	jiuzhou@jiuzhoupress.com
印　刷	北京洲际印刷有限责任公司
开　本	880 毫米×1230 毫米　32 开
印　张	12
字　数	220 千字
版　次	2019 年 8 月第 1 版
印　次	2019 年 8 月第 1 次印刷
书　号	ISBN 978-7-5108-8196-1
定　价	56.00 元

目录

自序

说这是一本书，我自己有点不太好意思。俗话说：攒鸡毛凑掸子。我这本书就是"凑"出来的。我一直认为，写书的人都很"厉害"，得有"两把刷子"。显然，我不是那种人。

我只是央视的一名编导。我在一档涉台栏目已经干了二十年。我除了会做一点台湾问题的节目，好像也做不了别的了。

我是怎么想起要"凑"本书呢？其实也没什么特别的想法。

我以前很少出差，最近这一两年多了些。我后来发现，做电视节目是个很"浪费"的行当。我们节目的主体是时事评论，评论前面会有几分钟的新闻资讯。我们出差采访的片子，就放在新闻资讯这个小板块里。但这个小板块又被台湾新闻占去了一大块，留给采访的时长，所剩无几，一条片子也就四五十秒。

受访者并无怨言，能在央视"露个脸"，他们很满意了。可我觉得很可惜。可惜的是，好多镜头没播出去，"浪费"了。人家组织一次活动，很不容易，费时费力。长的从头一年就开始筹备，短的也要张罗几个月，采访安排得实实在在，但到我们手里，几十秒就给人家"打发了"，难道不可惜吗？

我不想把这些没播出去的镜头浪费掉。我觉得很多没有播出的内容，也很有意思。而且我去的地方，以后未必再有机会去了。即便再去，也不可能再有今天这样的感受了。特别是那些我采访过的人，他们对我说的那些话，给我讲的那些事，我不忍过眼云烟一般，就这么散了。我想着，要不把这些镜头写下来吧。

我写这本书也费了些周折。我曾试图让自己写的东西能有点文采，读起来别太枯燥。我还想写得深刻些，让人家觉得我是个有思想的人。这没什么不好。但是后来，我写不下去了。

写作是一门艺术，需要专业素养，更需要日积月累的磨练，我欠缺太多。"语不惊人死不休"，谈何容易。至于思想性，一是我没采访过什么"大事件大人物大场面"，没有深刻的来源；二是我自己本来就不是个思想深刻的人。既要文采，又要深刻，我现在还做不来。

为了不半途而废，我得重新考虑我该怎么写这本书。

我后来认为，准确是最好的语言。我不妨就用普普通通的语言，写些简简单单的话，尽力把一件事说清楚。"为赋新词强说愁"，费力且假，何必呢。别当成艺术创作，也别总想着妙笔生花。诉诸真实，忠于生活。这样写起来就轻松了。

我也不再强求思想深刻。我只去描述镜头里的那一部分世界。我能做的，就是客观记录所见所闻。狄更斯在他的《游美札记》一书中写道："我到什么地方，也把读者老老实实地带到什么地方。"我想，这也是我的目标。对于我所未见未闻的，我也不去刻意地找补。

老舍先生曾讲过，他有得写，没得写，每天至少写五百字。我应该向老舍先生学习。当然，写，不是目的。通过写些东西，能让我更加关注身边的人，身边的事。这些人，这些事，或许平凡，或许渺小，但相遇不易，把他们记录下来，应该是一件快乐的事。

虽不能至，心向往之。

2019．4．22

新媒纵贯线

国台办首次举办两岸网络新媒体联合采访。北京是第一站，然后去天津，再南下上海、昆山、宁波、广州，最后在深圳收尾。纵贯南北几千里，历时 17 天。采访主题聚焦大陆改革开放 40 年的发展成就。这是我第一次同网络新媒体一起采访。我之前还没有过一次采访时间这么久、去的地方这么多的经历，算是破纪录了。

这两年新媒体势头正盛，央视一些人跳槽到新媒体，都能上头条。"今日头条"就是新媒体。"新"，对应的是"老""旧"，但没有"老媒体""旧媒体"一说，而是有一个婉转而文雅的称呼——"传统媒体"。"传统"二字，算是给"老""旧"留了一点颜面。

传统媒体的日子的确不好过，举步维艰。舆论生态、媒体格局、传播方式都在发生深刻变化。这几年，一批一批传统媒体"关、停、并、转"。形势所迫，中央广电三台合一，成立中央广播电视总台。总台确定："先网后台""移动优先"。合并，意味着平台再造，最终蝶变成新型主流媒体。

新型主流媒体，这是党中央提出的战略要求——媒体发展要"新"，且"主流"。毋庸置疑，党报、党刊、党台、党网，是主流媒体，但能否成为"新主流"，尚难定论。毕竟，竞赛才刚刚开始。

这次网络新媒体采访，是我自己向主办方要求参加的，我想见识一下新媒体的"玩法"。一路下来，60 余家网络新媒体记者的采访，给我留下了几点较为粗浅的印象。

一是活。他们不太安静，很活跃，自带"流量"，每到一处，"呼风唤雨，惊天动地"。

二是短。他们对问题不深究，不刨根问底，只要是能让他们眼前一亮的，就顺手抓来。他们不写长稿，也不在乎新闻的 5 个"W"是否齐全。他们只拍短片，越短越好。

三是快。我很佩服他们发稿快，上来就直播，速战速决，不拖泥带水。"入戏"快，也说明他们脑子灵。

我还见识了他们发抖音。故宫、上海中心、广州小蛮腰……每到一处地标，他们就聚在一起连蹦带跳地"嗨"上一段，发到抖音。点击量的蹿升，令他们一路狂喜。

新媒体到底该是怎么个"玩法"，我跟他们聊，他们莫衷一是。但传统媒体的做法，他们已看不上。电视镜头讲究推、拉、摇、移、远、中、特，他们觉得无所谓。他们玩自拍，更随性。

我这次去采访，还是作为传统媒体去的。我认为传统媒体和新媒体不是你死我活的关系。我非常赞同两者是此长彼长，优势互补的关系，而不一定要分出个谁主谁次，谁强谁弱。

新故相推，日生不滞。新媒体的玩法我一时玩不转，还只能老老实实地问、老老实实地写。但我相信，无论什么时候，无论哪种媒体，老老实实地问、老老实实地写，总是没错的。准确、权威的信息；积极、正确的思想，最根本地来源于我们的态度，而不是手段。本末岂能倒置。

当然，没准我下次再去采访时，央视已经转型为新媒体了。又或许那时都不叫新媒体了，而叫"全媒体"。形势发展很快。

故宫·美团·小米

　　我已经想不起来上一次去故宫是什么时候，总之，近一二十年肯定是没去过。我上下班都会经过天安门。看到一年不分四季，一季不分冷暖，故宫前和广场上总是人潮涌动，人贴着人。每见到这番景象，我都觉得去故宫是需要一点勇气的。没想到，这次两岸新媒体采访的第一站就是故宫，"机会多难得啊！"我的兴致倒来了。

　　因为事先约好了，我们的大巴车得以从东华门进入。我们下车的地方叫南三所，没有对公众开放，据说这里是清朝皇子们居住的地方，现在是故宫博物院的一处办公场所。

　　趁着等讲解员的时候，我信步穿过一座拱形门洞，里面是个小院落，正中挂着一块牌匾，上书"宫廷部"三个大字。旁边还挂着几块稍窄的牌子——明清宫廷制作技艺研究所、宫廷戏曲研究所、钟表研究所、宫廷原样研究所。"原来故宫里还有这么多学问要研究啊，真是没想到。"因为没有经过允许，我也不敢乱闯"宫苑禁地"，转了一圈就出来了。

姗姗来迟的讲解员二十来岁，姑娘长得秀气水灵，一身深蓝呢子制服更显亭亭玉立，手里拿了张故宫地图，胸前挂着工作证，上面印着姓名——郭晓婷。

"我们一会儿要去三个地方，午门上的摩纳哥王室文物展、南大库的清宫家具展，还有宝蕴楼。"郭晓婷开宗明义，一口气就把参访路线交代清楚了。宝蕴楼是重头戏，故宫博物院副院长娄玮在那里等着我们呢。

从南三所进入几步之遥的协和门，视野豁然开朗，这里是故宫中轴线的南端，南北两侧就是午门和太和殿。郭晓婷和我们约好，因为时间有限，登午门只能快速溜一眼摩纳哥王室展，20 分钟后就得下来。

趁着兴致高，我们三步并两步登上午门。午门是紫禁城正门，也是紫禁城四座城门中最雄伟高大的一座。从午门往南眺望，先是天安门，接着是天安门广场；往北眺望，是中轴线上的三大殿以及故宫内景，再往北，一直可以看到景山。

午门上挤满游客。"怎么会有这么多人呢？"顺着人们的目光望去，原来是国旗护卫队的三军将士正在午门下的空场上操练，我们身后的摩纳哥王室文物展，反倒是门可罗雀。

午门上怎么想起办摩纳哥王室文物展呢？展厅入口处贴着的一封致辞道出了缘由：

2017 年，故宫博物院的 186 件文物远赴摩纳哥，举办了"继文绳武——清代皇帝的家国天下展"。作为回访，2018 年，来自摩纳哥王宫的 271 件文物来到故宫博物院，首次为中国观众呈现摩纳哥王室的历史及文化、艺术成就。

在有限的 20 分钟内，我还是饶有兴趣地参观了展览。一位叫格蕾丝王妃的生活用具、服装和饰品居多，像她使用过的茶具、婚礼上穿过的长裙、佩戴过的胸针等。这枚胸针镶嵌着黄金、钻石、红宝石。

我后来了解到，格蕾丝出生在美国，是一位奥斯卡影后，她在 20 世纪 50 年代嫁给了摩纳哥王子，不幸的是在 1982 年的一场车祸中遇难，终年 52 岁。

我在展览中，还看到几幅出自莫奈、雷诺阿、杜飞等名家的画作，都属王室收藏。故宫举办西方王室展览，确实很新鲜，能了解一下也不错，只不过感觉他们的文物过于生活化，不像我们的文物，器物多，文化底蕴深厚悠远。

从午门下来，郭晓婷带着我们向西走，过熙和门，有一红墙绿瓦的院落就是南大库，这里正在举办清宫家具展。郭晓婷说，以前这些家具都散落在故宫各个院落，这次集中在一起展出，很是难得。

故宫院藏的明清宫廷家具 6000 多件，南大库展出的只是很少一部分。龙纹宝座、书桌、条案、屏风、交椅、书架、挂屏……不是紫檀就是黄花梨，不是描金就是嵌玉。有一件紫檀插屏，半米来高，嵌着珐琅玉石雕刻的楼阁人物。最妙之处是插屏里注了水，内有小金鱼数条，怡然自得。"古人们真是心灵手巧啊！"

还有一对黄花梨百宝嵌人物图顶箱柜，长187厘米，高278厘米，这么大的家具，很是显眼。这是乾隆17岁与富察氏大婚时的家具。"那时乾隆还不是皇帝，住在重华宫。乾隆24岁登基后离开了重华宫。因为是大婚时的洞房，所以乾隆对重华宫特有感情，爱护有加，盖了戏台，变成了他很私密的地方。这对顶箱柜一直藏在重华宫，故此保护得很好。"没有郭晓婷的解说，我们还真是不明就里呢。

我还是第一次看见这么多清宫皇室家具，工艺水准自不用说，至于书案上轻浅的划痕，座椅扶手处细润的包浆，更是令我隐约感到至今留存着帝王的温度，眼前不禁还原出帝王理政、燕居乃至宫廷绘画中的场景。

"文物，有发生在它们身上和身边的故事，所以文物不是死的，而是永远活着的。"我是这么想的。

宝蕴楼在南大库西行50米处，这一带，包括武英殿、敬思殿，位于故宫的西南角，都没有对公众开放。显然，我们这次被特殊关照了。

娄玮把我们迎入宝蕴楼。第一眼看到娄玮，真不敢相信他是故宫博物院副院长。"故宫的掌门人不都应该是老人家吗？"看来想当然是站不住脚的。娄玮很年轻，四十来岁，举手投足，颇有活力。

环顾宝蕴楼，这是一座凹字型民国风格的红砖建筑，楼高三层，最下一层是半地下室，有半层露出地面。"迎面的北楼是主楼，一层是文创展示，二层是故宫文物南迁图片展，东西两侧配楼，分别用作办公和教学。"看来，娄玮也是很不错的导游。

主楼大门前，两棵海棠树枝繁叶茂，青涩的海棠果挂满枝头。故宫人喜欢海棠。娄玮说，故宫建院 90 周年时，在宝蕴楼上演了一出话剧，故宫人自编自演，剧名就叫《海棠依旧》，讲的是几代故宫人舍生忘死、保护国宝的艰辛历程。

"宝蕴楼是怎么个来历呢？"不容我问呢，娄玮就讲道：

"1911 年溥仪退位，北洋政府接管紫禁城。当时的内务部与逊清皇室将沈阳故宫、承德离宫两处所藏宝器 20 余万件运至紫禁城，于 1915 年建成了中国近代史上第一座专门用于文物保藏的大型仓库，定名曰'宝蕴楼'，这就是宝蕴楼的来历。"

宝蕴楼这两年名气很大，在我看来是个神秘所在。2017 年 11 月，特朗普访华，中美元首夫妇会面的第一个地方就在宝蕴楼，我这次来算是对上号了。其实，他们会面的地方很小，在主楼一层的一个角落里，但看电视画面，完全看不出小来。会面的背景是明朝大画家仇英的《玉洞仙缘》。我们正对这幅古画唏嘘不已时，娄玮说，这幅画是复制品，原本是可以出售的，但中美元首会面后，也成了文物，卖不得了。

娄玮介绍，故宫收藏的文物有 186 万件之多，每年以故宫名义办的展览有四五十场，加起来展出的文物也就 1 万件上下，这样算来，所有文物展一遍需要 180 多年。"可喜的是，现在到故宫参观的年轻人越来越多，也不再是沿着中轴线，前三殿后三宫，匆匆走一下就完事，很多人都是有备而来。2016 年故宫办了《石渠宝笈》展，不少人事先查阅资料，跑来看了很多次。"这么听来，娄玮对故宫的推广工作还是很满意的。

来到宝蕴楼二层，是故宫文物保护的展览。从 1931 年九一八事变开始，故宫文物就开启了颠沛流离的历程。南迁、西运、北返，跨越海峡；旱路、水路，枪林弹雨，几十万件文物无一损坏丢失，堪称奇迹。

娄玮来故宫 25 年，任副院长前一直在文物管理处工作，经手故宫所有文物的进与出，心里装着一本总账。从宝蕴楼出来，和娄玮加了微信，以后故宫有什么展览，他说一定告诉我。我也期待着，再来故宫。

*

夏华夏，美团首席科学家。白衬衫，牛仔裤，休闲运动鞋，白框眼镜，个头儿高挑，文质彬彬。42 岁的他，站在我们中间，倒挺像个记者。

"美团还有科学家？"我觉得挺纳闷。

"这不奇怪，我到美团前也以为美团就是个卖打折券和送外卖的，是我太太先到美团工作，我才知道美团是家互联网高科技企业。"夏华夏说，美团需要他这样的科技人员，所以他2013年从百度辞职，加入了美团。

美团总部在北京东北部的望京，三座连体玻璃钢结构大楼，在明媚阳光的照射下通体透亮，15000名员工在这里工作。不过，这只是美团的一部分。美团在全国的员工近5万，将近一半员工是硕士以上学历。美团是高科技公司，有首席科学家，也不奇怪了。

互联网人人都用，涉及生活的方方面面。美团CEO王兴对外称：美团只做一件事，就是吃喝玩乐。"帮大家吃得更好，生活更好"，这就是美团的宗旨。美团就此成为全国最大的吃喝玩乐互联网平台，服务种类有200多个。展示大厅里张贴着美团的业绩——2018年美团服务了约4亿消费者，超过550万商家，遍布全国2800个县市区。

此时是上午九点多钟，时间尚早，夏华夏先带我们在一块巨型显示屏前坐下，他要给我们演示一些重要的数据。

美团在全国有270万名外卖骑手（快递小哥），每天的外卖笔数是2100万单。"美团外卖，送啥都快"，30分钟基本送达。大屏幕上显示，此刻北京城区有4800多名骑手在奔跑。夏华夏说，这时候还没到"饭点"，等到了午饭和晚饭的正点，大屏幕就是红色的了，显示快递达到峰值。

夏华夏一边切换着大屏幕上的数据，一边介绍："遥控骑手的是一个1000多人的技术团队，骑手的路径要在100毫秒内计算出来。如此快的决断，靠的是强大的配送调度系统。美团的 AI 技术，能够做到每小时路径计算 29 亿次。"我对 AI 技术所知了了，听夏华夏说，这应该算是"神算"吧。

除了"送啥都快"，美团也在帮助餐厅实现营销数字化。我接着听他讲，目前美团开拓了一个新的产品线，名叫"快驴进货"，通过美团的仓储和物流，实现进货的数字化，供应全国 20 万家餐厅需要采购的东西，聚合它们的需求。同时，他们也在开发餐厅管理系统。一家餐厅到底有多少张桌椅，多少道菜品，每天菜品卖多少，这个过程原来没有数字化，跟线上没有打通，为此，美团要实现餐厅的数字化管理。

2018 年 3 月，美团收购了摩拜，业务向出行领域扩展。大屏幕上显示出一辆摩拜单车。夏华夏指着这辆摩拜说，不要小看这辆单车，它身上有几百项专利，单说车锁，已是第七代，开锁时间越来越快，安全性越来越高。

单车的定位是个技术难点。今年摩拜打算进入雄安新区，但雄安提出一个前提条件，单车必须停在划定的区域内方可。可是停车范围大都在一块宽不过一米，长不过数米的区域内，这样的精确定位，手机尚难做到，何况单车。当然，夏华夏的团队后来硬是做到了，单车不停在划定的区域内，车就锁不上。"怎么做到的呢？"夏华夏会心一笑："这是秘密。"

夏华夏还有一个头衔——无人配送部总经理，他和他的团队正在研制无人配送车。我们身边就有一件展品，在技术人员的操控下，它就像一件会移动的行李箱。夏华夏介绍说，骑手的快递时间一般分为三段：取餐、路上、送餐。他说，这三段大概各占三分之一时间，我们不能只算路上时间，取餐、送餐往往更烦琐。骑手去餐厅取餐，往往要在人流中穿来穿去；到了客户楼下，又要经过重重关卡，比如门卫、电梯，所以他们想用无人配送车代劳取餐和送餐。现在项目进展顺利，已经有了眉目。

夏华夏说，美团之所以能成为中国最大的生活服务类平台，得益于两个重要条件。一是中国移动互联网用户接近 8 亿，全球仅有；二是服务业在国民经济中的占比过半。谈到美团的未来，夏华夏讲了七个字——"上天、入地、全球化"。上天是指高科技；入地是要与传统生活服务业深度融合；全球化是要走出去，服务更大的经济体，这样企业才会有更强的竞争力。

在美团采访，发现这里有很多"金句"——"我不会，但我可以学""坚持做正确的事，而不是容易的事""敢想，肯干，炼心志""今天的最高表现是明天的最低要求"……这些都是美团年轻人自己想出的句子。美团 35 岁以下员工占 96%，90 后占 60%。王兴年龄也不大，39 岁。后生可畏！

*

小米是做手机的，而且做到了世界第四。但是除了手机，小米还有其它 2000 多种产品，这是我到了小米总参大楼才知道的。

小米总参大楼在北京的北五环毛纺路，离中关村不远。这是小米集团在北京的 11 个办公地之一。一楼有一间展示厅——小米之家，是小米集团唯一的一个内部展厅，不对外。这里是小米直营店的样板间，样板间通过了，再复制到全国，乃至世界各地。小米在中国大陆的直营店有 447 家，特许经销商 1500 多家，全叫"小米之家"，样子都差不多。

走进小米之家，近 300 平方米的展厅，从装饰到产品，主色调都是白色，清爽明亮，简洁大气。小米销售服务总监亓文凯接待了我们的到访。

小米为什么叫"小米"，而不是"大米"呢？亓文凯拿出一张照片，指点道："2010 年 4 月 6 日，雷军在北京海淀区保福寺银谷大厦的一间办公室里开始创业。照片上，雷军等五人围着一个电饭煲，每人手里端着一碗刚刚出锅的小米粥。创业艰辛，白手起家，雷军比喻为小米加步枪。"哦，小米是这么来的。

"2010 年之前，人们说起小米，只会想到是放到锅里煮的那个小米。2010 年之后，说起小米，人们会问，你说的是哪个小米？是放到锅里煮的小米，还是手里拿的小米？"亓文凯说，现在参加小米公司的重大仪式，你得到的不是一杯红酒，而是一碗小米粥。

在小米之家，手机只占了一张展台，其它则是五花八门的展品。电视、音箱、笔记本电脑、净化器、电饭煲、电动车、行李箱、扫地机器人……虽然产品众多，但小米也不是什么产品都做，小米之家90%以上的展品都与手机关联——小米生产的是互联网智能产品。

亓文凯给我们演示了几款展品的"神奇之处"。一只行李箱，看上去没什么特别，但它可是智能的。离开你半米之外，自动上锁；半米之内，自动解锁。你不必非得拉着它走，它可以自动跟着你走，程序就设定在手机里。一只电动牙刷，跟手机关联，你上一次刷牙效果的好与不好，都显示在手机上，提醒你下次刷牙——上面左起第三颗牙刷得要重些，下面右起第四颗牙要轻些……

小米创始人都是工程师出身，对质量的精益求精是根植在骨子里的。小米之家的一面墙壁上，大大小小、密密麻麻，展示的全是被拆解的电视机零部件，任由顾客挑剔。表里如一，敢把里子当面子卖，这是小米的自信。小米只用了7年时间，营收突破千亿，这样的业绩，阿里、腾讯用了17年，华为用了21年。小米之家开一家、火一家，坪效（每坪面积产出的营业额）非常惊人，每坪年收入27万元，仅次于苹果手机。

小米产品便宜，这是消费者的共识。新款小米6，在2000—3000元价位的手机中销量第一。同档次的空气净化器，别人定价三四千，小米699元，这样的价位，连小米员工都难以接受，可雷军坚持这样做。

"这不就是薄利多销吗？"我是这么认为的，但亓文凯却不这么看。他说，"这不是价钱的问题，而是理念的问题。"雷军曾发表一封公开信——小米是谁，小米为什么而奋斗？雷军写道："我们的使命是，始终坚持做感动人心、价格厚道的好产品，让全球每个人都能享受科技带来的美好生活。"亓文凯说，"科技不是奢侈品""享受是最大的平等"，这是雷军常说的话。

小米的忠实用户被称作"米粉"，与"米粉"的见面会叫"爆米花"。小米为什么有这么多的"死忠粉"？亓文凯说，小米始终拿用户当朋友，很多产品的创意就来自"米粉"的建议。

他随手拿出手机给我们展示了一个小应用——算亲戚。很多"米粉"在过年走亲戚时，遇到缠绕不清的亲戚关系时不知如何开口，小米工程师根据"米粉"建议，开发出了这个小功能。还有，不少"米粉"提出方向感不强，在大商场里很容易迷路，于是小米手机就开发了实景移动指路功能，每周更新。

在小米之家，亓文凯还给我们放了一段公司宣传片。"厚道的人，运气都不会太差"——宣传片是以雷军的这句话作为结束语的。已经离开小米之家了，我还在回味雷军的这句话……

津味三品

　　天津很早就有"先有天后宫，后有天津卫"之说。品津味，首站必是天后宫。

　　老城东门外的古文化街内，有一座坐西朝东，面向海河的庙宇，这就是天后宫。天后宫始建于元朝，俗称"娘娘庙"，供奉的是"海神"妈祖。天后宫管委会主任郭子春告诉我们，如今天津人生活的样式，根儿就在天后宫。

　　天后宫正门外，两根碗口粗的旗杆高高耸立，这里是十字街的中心。杨柳青年画、泥人张彩塑、狗不理包子、桂发祥麻花……四周铺面，都是响当当的老字号。郭子春领着我们来到旗杆下，介绍说，这里早年间竖的是船上卸下的桅杆，白天挂旗幡，晚上挂灯笼，24盏大红灯笼亮如白昼，十里外清晰可见。桅杆代表灯塔，这里曾是繁华的码头。

　　"晓日三岔口，连樯集万艘"。元代诗人张翥的诗句，准确描绘了当年天后宫的漕运盛景。三岔口乃南运河、北运河、海河三水交汇之处，天后宫恰恰居于三岔口之上。元代建都大都

（北京）以后，皇宫里用的物品从南方经漕运至三岔河口，再经陆路或运河抵达京城，天后宫的重要地位无可替代。以此为中心，附近地区成为天津老城最早的居民聚落点。再经历朝历代的发展演变，天后宫最终成为天津市民生活的摇篮。

天后宫山门之上刻有五个大字——"敕建天后宫"。敕建，表示规格高，是皇上批准建造的。天津天后宫由此成为三大妈祖庙之一。走进山门，郭子春等人给每位记者披上红色绶带，意寓"天后散福"，顿时，大家笑逐颜开。

天后宫面积不大，有大小殿堂13座。正殿供奉的妈祖像，神情祥和，仪态端庄，头戴凤冠，身披霞帔。妈祖原是出海船夫、商贾祈福的海神，后来成为百姓求福祈顺、消灾灭疫的神灵。殿内高悬的"海峡英灵""四海同光"两块牌匾，分别来自另外两大妈祖庙——福建莆田湄洲妈祖祖庙和台湾云林北港朝天宫。

天津是个五方杂处的移民城市，规矩多，讲究多。我听说，在天津打招呼，不能称呼大哥，只能喊一声"二哥"，这是为啥呢？郭子春指着妈祖像前香案上的泥娃娃说道："大哥在这儿呢。"

据说，过去老百姓新婚之后，那些虔诚地期盼生儿育女的年轻媳妇和巴望着早日抱孙子的老太太，都会到天后宫妈祖娘娘的神龛前供上槽子糕、大八件、喜字果子，烧香、磕头之后，顺手揣怀里一个摆在香案上的泥娃娃，称之为"偷娃娃"。她们把这个"娃娃哥"带回家供起来，吃饭时都要给"娃娃哥"面前摆上一只碗，希望"娃娃哥"带来好运气，早日让她们生儿育女、孙儿绕膝。这个"娃娃哥"就是家里的大哥，等自己的孩子出生后，就被称为二哥。所以，天津人不愿意称自己为"老大"，一是怕别人把自己当泥胎，二是不敢亵渎"娃娃哥"那沾了"神气"的身份。

郭子春讲得绘声绘色，他不但是天后宫管委会的主任，还是天津民俗博物馆的馆长，讲起市井风俗信手拈来。我们来到天后宫后院一块白色影壁前，猛一看，就是一幅天津卫版的清明上河图。过去每到三月廿三"妈祖娘娘"生日时，天后宫都要举行"皇会"，表演踩高跷、耍龙灯、划旱船、舞狮子等。百戏云集，热闹非凡。

为什么叫"皇会"呢？郭子春解释说，以前不叫"皇会"，而叫"花会"。有一年乾隆皇帝下江南，路过天后宫，正好赶上"花会"。乾隆非常兴奋，就给演出队伍赐了黄马褂，从那时开始就叫"皇会"了，一直延续至今。

我们离开天后宫时，郭子春给每个人送了一张福卡，公交卡般大小，中间一个红色的福字，下面八个小字——天后赐福，护佑平安。他说，我们随身带着这张福卡，在天津的采访就一定会顺顺利利。这不是迷信，而是美好的祝福。

*

到天津，怎能不吃狗不理！这就等于说到北京不吃烤鸭，怎能算是到过北京呢！

和平路 322 号，这是一座五层楼高的欧式建筑，红墙白窗，"狗不理大酒店"的牌匾悬挂于外墙，整条街就属这块牌子最大。这里是狗不理集团在天津的最大店面，想吃狗不理包子，来这儿最有"面儿"，中外元首也不例外。2018 年 4 月，普京就是来这儿吃的狗不理，还有模有样地学着包包子呢，可惜只捏出四个褶，有照片为证，现就挂在大堂里。

狗不理大酒店原名寿德大楼，过去地处法租界，是天津十大建筑之一，距今 84 年，属受保护的历史风貌建筑。大堂中庭挑高一直到顶，阳光透过玻璃顶照射下来，使大堂格外敞亮。迎面高悬的"狗不理"金字招牌，是溥仪弟弟溥佐手书。

狗不理包子为什么名气这么大？到底"绝"在哪儿？我们请来了大酒店的客服经理王寰同我们一起边吃边聊。

王寰说，狗不理是天津美食"三绝"之首，起源于清咸丰年间 1858 年。狗不理包子，鲜而不腻，清香适口，褶花匀称，每个包子都要 18 个褶，大小整齐。

狗不理大酒店不光只有包子，凉的、热的、荤的、素的，各式菜肴都有，与其它饭店没什么区别，只不过包子是主角，登场的时候，气氛热闹些。服务员给我们每个人端上三个精致的小笼屉，每层笼屉中只有一个精巧的包子。服务员建议，第一个包子不要蘸醋吃，要品味一下原汁原味的狗不理。我以为三个包子三种馅，其实不然，吃完发现，都是一种。王寰说，我们今天品尝的是狗不理最传统的鲜肉包。我一口气吃下三个包子，印证了王寰刚才所言不假。我在别处，还真没吃过这么鲜美的包子。

王寰说，现在狗不理包子除了传统的鲜肉包，还兼有三鲜包、海鲜包、酱肉包、素菜包等 6 大类、98 个品种。2011 年，"狗不理包子传统手工制作技艺"被列入了国家级非物质文化遗产名录。

天津人好吃，嘴"刁"，我这次算是见识了。除了狗不理包子，"天津三绝"中的另外两绝是十八街麻花和耳朵眼炸糕。有一晚我们在元昇茶楼就餐，最先端上桌的是一盘子刚出锅的耳朵眼炸糕。耳朵眼炸糕，不是说炸糕小，只有耳朵眼那么大，而是因为过去店铺紧靠耳朵眼胡同而得名。看着眼前色泽金黄、满身爆"刺儿"的炸糕，我们顾不得烫手烫嘴，一边用嘴吹着热气儿，一边两只手紧倒换着，三下五除二就把一个大炸糕干掉了。酥皮香脆而不硬，馅料鲜嫩而不干，外焦里嫩，细甜爽口，不愧是一绝。可这炸糕一下肚，我就"吃顶"了，再要吃别的，可就难了。

在五大道附近的天津非物质文化遗产博物馆里，我还看到了更多天津美食——白记水饺、曹记驴肉、二嫂子煎饼、果仁张琥珀核桃、天宝楼津酱肉、桂顺斋京八件、石头门坎素包……49项非物质文化遗产，美食占了一多半。

*

这一天的采访，安排得有点"偏科"。上午下午，都是科技企业。生物医学、精密仪器，看得我们头昏脑涨，满脑子的技术术语，生吞活剥，难以消化。还好，晚上安排去元昇茶楼听戏，算是解脱了。

元昇茶楼坐落在老城厢旅游区一条很深的胡同内。我们去时天色已晚，要是没人领路，还真摸不着门。元昇茶楼门前，立着两块牌子，上面写着天津时调、京韵大鼓、河北梆子、单弦、相声等曲目，还有演员的名号，一目了然。天津，不愧是"戏剧大码头"。今晚我们包场，曲目另有安排，听说是安排了京韵大鼓和相声。

大家落座，听戏之前，与店老板喝茶闲聊，才得知元昇茶楼非同一般。元昇茶楼，过去叫金声茶园，始建于咸丰末年，与庆芳园、协盛园、袭盛轩齐名，被誉为清末"天津四大名园"之首，红透津门戏曲界，比闻名遐迩的广东会馆戏楼还早建了40余年，至今已有近150年的历史。

既是名园，肯定有不一般的故事，哪怕是传说。店老板就给我们讲了一段传说。光绪末年正月的一天，一位王爷在此听戏，当听到《庆赏元宵》曲牌时异常兴奋，随口吟了一副对联。上联是"元气转洪钧，如闻盛世元音，俾孝子忠臣各存元善"；下联是"升高调凤琬，自有闲庭升步，合来今古往永庆元升"，随口说道："还是叫《庆赏元升》吧。"金声茶园主人非常聪明，随即将金声茶园更名为元昇茶园，并将王爷的这副对联，红木漆金镶刻在台口两边的柱子上。后来，元昇茶楼还诞生了天津第一家京剧票房"雅韵国风社"，一大批京剧表演艺术家，谭鑫培、金秀山、杨小楼、王瑶卿等，经常在这里上演各自的拿手好戏。

我们欣赏了一段京韵大鼓《重整河山待后生》。我不懂戏，只是觉得好听。这种包场是不是就是过去所说的"堂会"呢——私人订制，其乐融融。随后欣赏了一段相声，其中夹杂着一段快板。我真佩服演员的手腕子、嘴皮子，手持竹板三两片，上下相击，清脆悦耳；唱调几言皆可，对仗工整，尾字押韵，自由活泼，颇富韵律。

以前只知道天津人幽默，说话逗，嘎趣多，这次到天津感触尤深。"地当九河津要，路通七省舟车"，发达的漕运、繁荣的商贸、多元的文化，令天津人生发了几许消闲和安逸，孕育了天津人独特的文化性格。京剧、评剧、河北梆子是天津最有代表性的剧种，虽不源于天津，但其形成和发展都与天津密不可分。天津戏剧爱好者之多，鉴赏水平之高，全国闻名。各派名演员竞相到津献艺，把"过天津关"作为检验自己水平高低的标志，盛行"北京学艺、天津唱红、上海赚钱"的说法。

相声就更不用说了，在天津具有一定规模的相声茶馆有很多，相声演员每天穿梭其间，为观众带来一天的乐呵。到天津不去听一次茶馆相声，就等于白走了一遭。很多人远道而至，就为了听一场地道的津味相声。"哏儿都"，天津名副其实。

上海之眼·上海之根

眼睛是心灵之窗。对一个人来讲如此，对一座城市来讲，亦何尝不是呢？你是否探寻过一座城市的眼睛？

应该从哪里看上海呢？或许哪里都不合适。上海，号称"魔都"，千变万化、难以捉摸。它是自然的、科技的；文艺的，休闲的；现代的，传统的；摩登的，古朴的……哪一面都是真实的，但又都是不完整的。如果仅看自然的上海，上海市委常委郑钢淼建议我们去陆家嘴，他说，那里有"上海之眼"。

金茂大厦，420米；环球金融中心，468米；上海中心，632米。从1988年开始，大约每10年，上海的"海拔"便被陆家嘴的"仨高个"不断刷新。而如今，上海的"海拔"，被定格在了上海中心。

因为事先有预约，我们这近百人的队伍得以受到特殊关照，走了快速安检通道，并分成两组，由讲解员带领进入这座目前中国第一、世界第二的高楼。

上海中心是一座扭曲的螺旋式建筑，楼层每上升一层，扭曲就增加1度。风环绕建筑时会产生涡旋，摩天大楼最怕这个。旋转向上的外形设计为上海中心降低了24%的风荷载，这对于时常经受台风考验的上海建筑来说至关重要。不断旋转上升的外形，也带来了独特的视觉效果，从远处看，上海中心犹如一条巨龙，旋身腾空而起。

上海中心地上127层，地下5层，共154部电梯。前往118层的观光厅，需要到地下1层乘坐专用直达电梯。地下1层有一个叫作"摩天梦"的主题展览，人们在等待电梯时，可以通过自发光透明屏技术与水晶模型，了解人类追求高度的进程以及世界各地标志性超高层建筑。电梯入口的大屏幕上，用100秒的动画，浓缩了上海外滩及浦东175年来的发展与变化。

乘坐每秒18米、目前世界最快的电梯，只需55秒，我们就升至118层的"上海之巅"观光厅，这里的高度是546米。迫不及待地从落地全景视窗向外望去，我们的惊呼，不由自主地脱口而出。360度无死角，上海全景清晰地展现在眼前。向下俯瞰，连环球金融中心、金茂大厦、东方明珠都矮了半截，其它建筑更是小如丛林。街上的行人和车辆，则如蚂蚁般微小。

从118层的"上海之巅"再次换乘专用电梯，我们又有幸到了位于125层、126层的"巅峰632"，这里是游人可以到达的最高处——583.4米，不久前刚刚开放。设计者将大厦塔冠顶端的这两层打通，使整个空间的高度达到了23米，参观者得以看到安放于此的整座大厦的"定海神针"——重达1000

吨的阻尼器。

原来，超高层建筑在风力作用下会产生微微晃动。据测算，五六百米高的大楼，所受风力会比地面高两个等级。作为专业的工程装置，阻尼器可以与大楼主体结构共振，从而减少大楼的摇晃感，提升大楼的安全性和舒适度。

在阻尼器上方，安放着一座巨型雕塑。雕塑高 7.7 米，宽 3.9 米，重达 19 吨。从环形通道的任何一角度看，它都酷似一只眼睛。这就是上可仰望苍穹、下可俯视苍生的"上海之眼"。

"上海之眼"由琉璃和玉粉糅合烧制而成，上海中心特别将这一材质申请专利，命名为"上海中心玉"。"上海之眼"的创作构思，来源于中国古代神话《山海经》中所描述的烛龙之眼。"钟山之神，名曰烛阴，视为昼，瞑为夜。"传说，在我国北方一带，有一人面赤色蛇身的神兽，身长千里，目光如电。当它眼睛睁开的时候，大地万物复苏；眼睛闭上的时候，大地黯淡无光。"上海之眼"的上方，有一透明天顶，阳光透过玻璃投射于"上海之眼"，又为它平添了几分神秘之感。

站在"上海之眼"前，俯瞰广袤的大上海，视野无远弗届。我不禁想到，直指苍穹的摩天大楼，人们对它寄予了怎样的期盼？又是什么力量使它屹立不倒？在人类不断刷新摩天大楼高度的进程中，外在的永远是有限的高度，而人类内心的理想早已冲上九霄，就像"烛龙"，只有它才是一座建筑的灵魂。

*

中国古都很多，几百年的不足道，上千年的不稀奇，但无论长短，都没有上海的份儿。

人们常说，昔日的上海只是海边的一个小渔村，19世纪开埠后才在历史变迁中崭露锋芒。上海的繁华似乎只是近代以后的事情，海派文化也似乎仅仅是中西文化融合的结果。事实确是如此吗？上海历史的渊源究竟有多长？海派文化的根到底在何处？

从市中心的锦江宾馆乘车，往西南方向行驶近一个小时，我们来到上海郊区松江区。松江区现在是个大学城，有13所大学落户这里，其中7所大学集聚在一起，学生集中住宿，一下子给松江带来了年轻人的活力。我们的汽车驶入华东政法大学对面的一片郊野公园，这里就是广富林文化遗址所在。在此之前，我不了解松江，更不知晓广富林。

松江区委常委吴继华负责接待我们，尽地主之谊。他是地道的松江人，十分健谈，讲起话来绘声绘色。这片郊野公园四个月前才对外开放，河流、沼泽、林地、池塘、人工湖，一派田园风光。路边的一大块稻田已是金黄一片，稻穗低垂，颗粒饱满，丰收在即。吴继华说，稻田下面就是广富林文化遗址的一部分，自从2013年被国务院核定为全国重点文物保护单位后，广富林文化遗址便禁止开挖，努力恢复农耕原貌。穿行在遗址园区内，吴继华依次给我们介绍：这是考古研究展示馆，这是古窑展示馆，这是古陶艺术馆……广富林文化遗址占地 10 万平方米，我们看到的仅是一小部分。

谈到松江，吴继华很有几分自豪感。他说，唐天宝十年（751 年），松江地区建县的时候，还没有上海这个地名。当元世祖至元十四年（1277 年）建立松江府的时候，上海还是个小渔村。

吴继华说，上海简称"沪"，也跟松江有关系。晋代，松江下游一带被称为"扈渎"。"扈"是一种捕鱼工具，现代人称之为"簖"。"渎"是指江河入海的河口。"扈渎"就是指在松江入海口列竹捕鱼。以后又改"扈"为"沪"。后来上海在这里诞生，就将"沪"作为了上海的简称。

言谈间，能感到吴继华对松江的推崇，他说："上海的根在松江，这是有考古依据的。"

吴继华陪我们走进广富林文化展示馆。这是一组特别的建筑，三座仿古建筑，除了红色的尖形屋顶外，其余部分全都在湖面以下，从远处看，还以为大水淹没了房屋。乘坐电梯进入水面下的展厅，在时光隧道中穿行，我们开始探寻上海之根。

展示馆中的展品都是广富林文化遗址的出土文物以及复制场景。1959 年，松江当地农民在开掘河道时，偶然揭开了广富林遗址的神秘面纱。此后，经历了半个多世纪的发掘和研究，直到 2006 年，"广富林文化"这一名词才被专家定义为"一种距今 4000 多年的新见的考古学文化"。这是首个以松江地名命名的文化类型。

广富林遗址出土了大量春秋晚期的青铜器、汉代的子母砖、东周到秦汉之间的水井，表明这里是上海最早的城镇化起点。它不仅包含了来自南方的良渚文化的痕迹，也有来自北方黄河流域的龙山文化印记。

从展示的陶器以及若干建筑遗迹中可以得出，大约 4000 年前的新石器时代晚期，一支来自中原地区（约今天安徽北部、河南东南部及山东）的先民，从黄河流域一路向长江流域迁徙。他们中的一部分来到了广富林一带，在这里定居、生活、繁衍，与本土的南方文明碰撞融合。他们是这片土地上目前有据可考的最早移民。

广富林文化展示馆还原了古松江的十里长街。当时有来自全国各地的商人、手工艺人和文人在松江安居，使得多种文化在这里融合，逐渐形成了海派文化兼容并蓄的风貌。

吴继华给我们讲到了几位松江名人。一位是黄道婆。她是宋末元初的棉纺织家，为松江的棉纺织工业做出了巨大贡献。黄道婆早年流落海南 30 多年，向黎族妇女学习纺织技术。回到松江后，她将纺织技术传授给家乡人，而且改革了纺织工具，就是从那时起，松江纺织业空前发展。松江布有"衣被天下"的美称。棉纺织的发达，带动了当地布庄的兴起。当时松江棉布被称为贡布，皇帝都拿来缝制贴身穿的衣服。

　　还有晋代著名文学家、书法家陆机、陆云兄弟，如今在松江小昆山有二陆读书台遗址。陆机的《平复帖》是现存最早的书法真迹，被奉为"墨皇""祖帖"。明代著名书画家董其昌也是松江人。董其昌官至礼部尚书，号称"书画双绝"，为松江画派领袖，书法亦受清代康熙、乾隆二帝推崇，影响深远。

千灯主人·昆曲传人

西出上海，进入的第一个城市就是昆山。昆山东边有个花桥镇，离上海更近，它就像一颗图钉的尖部，嵌入上海市界。

昆山不大，是个县级市，面积仅 900 多平方公里，常住人口也就 200 来万。听了昆山市副市长宋德强的介绍后，感受到昆山虽小，却能量巨大。

昆山是中国百强县之首。2017 年昆山 GDP 高达 3520 亿元，超过了宁夏在内的几个省区；进出口总额 824 亿美元，几乎与河南省等量齐观；财政收入 352 亿元，几乎保持每天进账一个亿，比排在第二位的江阴多出 100 多亿；城镇人均可支配收入 59190 元，甚至超过了上海。昆山还建成了全国第一条跨省地铁，终点站直通上海迪士尼乐园；昆山也是第一个提出打造国内一流人才科创中心的县级市……

昆山经济成就令人刮目相看，昆山厚重的文化同样令人钦佩不已。宋德强说，昆山有两张值得骄傲的文化名片——顾炎武和昆曲。他建议我们抽空去顾炎武的故居千灯镇走一走，晚上再去听听昆曲，感受一下昆山的文化韵味。

*

原本的采访行程没有千灯镇，但听了宋德强的介绍后，我便和一位记者"开小差"，联系上千灯镇宣传办的沈峰，叫了辆车，直奔千灯镇了。

昆山的古镇，数周庄名气最大。沈峰陪着我们转了一圈，我觉得千灯镇并不输周庄，名气不大可能是宣传不够吧。

千灯镇历史悠久，人杰地灵。历史上曾出过26位进士，更是孕育了一代先贤顾炎武。"天下兴亡，匹夫有责"，顾炎武的这句名言，千古流传。顾炎武是明末清初杰出的思想家、文学家，是中国历史上伟大的爱国学者。他青年时发愤研读经世致用之学，并参加昆山抗清义军，败后漫游南北。

顾炎武一生辗转，行万里路，读万卷书，创立了一种新的治学方法，成为清初继往开来的一代宗师，被誉为清学"开山始祖"。他的代表作《日知录》涉及政治、为人、学术等，成就显赫。毛泽东把顾炎武标举为中国历史上少有几个"可师"的"文而兼武"之人。顾炎武故居是千灯诸景之首，当之无愧。

故居坐西朝东，为五进古香古色的明清建筑。从水墙门进入，依次经门厅、清厅（轿厅）、明厅（正厅）至住宅楼，北侧有背弄连接读书楼和后花园，后与顾炎武墓地和顾园相连。

我们边走边看，边听沈峰讲解。令我感佩的不仅是顾炎武的治世经学，更是他济世救民的家国情怀。现在的故居已成为爱国主义教育基地，我看到不少小学生有组织地到此参观。

顾炎武故居门前是一条石板街。这石板街也是古迹，始建于南宋，明清进一步延伸修缮，每块条石均宽 50 厘米，均长 2 米，2072 块，一字排开，稳固耐用。石板街南北贯穿古镇，并连接各支路，呈蜈蚣形。

沿石板街徜徉，我们游览了 1500 年之久的延福禅寺和秦峰塔；始建于明末清初徽商余氏的典当行；呈现宋、明、清三代不同特色的古石桥，它们有个好听的名字——三桥邀月……最终，我们在一座名为"祖庆堂"的老宅前停住了脚步，这里正在举办我之前闻所未闻的古灯展。

我问沈峰，千灯镇是不是跟灯有历史渊源？"没有。"沈峰说，千灯镇最早叫千墩镇，古代吴越争霸的时候，吴王建了很多烽火台，一座一座的土堆，所以称作千墩。苏南一带人发音"墩""灯"不分，后来千墩镇就叫成了千灯镇。千灯镇跟灯毫无关系，现在镇上却办了古灯展，这不是件很有意思的事吗？但这纯属机缘巧合。

沈峰说，千灯镇的旅游开发比较晚，独特的资源挖掘不够。2005 年时，镇政府大力发展旅游业，提出要走有特色的文化之路。当时就有人建议，千灯镇不能没有灯啊。可怎么才能跟灯挂上钩呢？后来大家四处搜索，就发现了古灯收藏家殷小林。

无巧不成书。我们正谈论间，沈峰眼睛一亮，手指前方，脱口而出："这不是殷老师吗？"沈峰立即拉着我们过去相识。原来，殷小林正陪着几位朋友观灯。我们自报家门，殷小林很高兴结识新朋友，愿意当我们的讲解员。

殷小林今年 63 岁，举手投足间透着儒雅，颇有学者风度。他早年毕业于清华大学水利系，后来从事建筑工程。这里展出的古灯，是他 30 年来收藏的全部，有 1500 盏之多，从原始社会到历朝历代，都是古人使用过的灯具。

殷小林说，古灯在考古界算是杂项，不受重视。他收藏年代最久远的一盏灯是距今 7000—10000 年前新石器时代的天然石灯，是他的考古界朋友所赠，因为他的朋友认为价值不大。殷小林开始收藏古灯也是试探着来的，他每逢到外地出差都去古玩市场寻灯，没想到越收藏兴趣越浓，发现这里面的学问奥妙无穷。他说，灯在古人心目中具有很高地位，但是因为现在灯太多、太亮，我们反而视而不见了。殷小林不仅收藏灯具，而且研究深入，还出版有专著《古灯史话》。

殷小林跟我们娓娓道来他与千灯镇颇有几分传奇色彩的"灯缘"。他在北京报国寺办过两次古灯展，而报国寺的西跨院就是千灯镇名人顾炎武在北京的祠堂。2003 年时，殷小林给自己的书房起了个斋号，叫"千灯草堂"，而那时他对千灯镇还一无所知，直到 2005 年千灯镇找上门来，两个"千灯"才走到一起。

13年来，殷小林把他所有的古灯收藏都悉数放到了千灯镇，他说这是很好的归宿。每年春秋两季，殷小林夫妇都到昆山小住，抽空就到"祖庆堂"免费给游人讲讲灯的前世今生，乐在其中。

听殷小林"讲灯"很长见识。他说，灯不仅是照明的器具，内涵也非常丰富。任何一个政党或宗教，都把"灯"作为指路的真理象征，正所谓指路明灯。中国佛教也讲"传法如传灯，灯火相传"，所以意义深远。

"为什么说灯的地位很高呢？"殷小林接着自问自答道，宋代王安石整理经卷时，发现有一尊佛，叫"日月灯光明佛"，他就很奇怪，为什么灯可以与日月相提并论呢？王安石请教一位叫吕惠卿的人（吕惠卿后来也做到了宰相），吕惠卿说，太阳是管白天照明的，月亮是管晚上照明的，太阳月亮照不到的地方，都归灯管。王安石一下就服气了。

殷小林收藏有一盏小灯，很普通的一盏民间用灯，上面写着一行小字"如日高升"。古人觉得这盏小灯点着了，就像一个小太阳一样，给人带来希望、温暖。

有一盏小瓷灯引发了殷小林一番独特的见解。这盏瓷灯是清代物件，很漂亮，灯罩上有几个字——"夜半三更作灯前"。殷小林对我们讲，你们注意到没有，这个"作"，不是坐在这儿的"坐"，而是作文化、作文章的"作"，这说明古时候，没有专职的文人，文人都是有自己的本职工作，或者做官，或者经商，或者做工，甚至种田。他们白天做完这些工作之后，晚上等家人都睡觉了，便点上一盏小油灯，开始搞自己的文化工作，都是业余的。我们这么灿烂的传统文化，有很大一部分都是在小油灯下产生的。听殷小林这么一讲，我还真觉得是那么回事。

有一柜子的灯，专辑叫"省油灯"。我问殷小林，人们常说一个人不好打交道，就说这个人真不是个"省油灯"，难道过去真有"省油灯"吗？

殷小林说，有啊。他指着柜子里的灯说，这些灯有一点跟其它灯不太一样，每盏灯都有夹层，夹层里面是空的，可以注入凉水，外面的空间放油点灯。通常油灯在燃烧的过程中，灯火会让灯油越来越热，温度升到一定程度就会冒烟，烟就是油的过度损失。古人很聪明，他们用凉水形成冷却水套，起到降温作用，降低油温，减少蒸发，从而达到省油的目的。

殷小林不但藏品多，而且研究也深。还说"省油灯"吧，殷小林说，宋代陆游有一本书，叫《老学庵笔记》，记载着当年他从蜀中买了几盏"省油灯"作为礼物，送给在京城做事的老朋友，这种"省油灯"几乎能省油一半。另外，在古灯收藏界，一直认为出现"省油灯"的年代，早不过晚唐五代，依据的就是陆游的说法，因为陆游之前没人提到过"省油灯"。但是，殷小林收藏有一盏汉代绿釉"省油灯"，这就把"省油灯"的历史一下拉到了两千多年以前，从而改变了考古界的认识。

殷小林收藏的"省油灯"还有宋代的、元代的、明清的，造型各异，但是省油原理是一样的，都有一个冷却水套。他说，我们的老祖先不仅特别聪明智慧，而且非常讲究节约，油灯的耗油本来就不多，还要想办法节省，这是一个传统美德。

人们常把一件不稳当的事情比喻成"像猴儿顶灯似的"，您见过"猴儿顶灯"吗？我这次算是见识了。殷小林收藏了一盏三国时期的"猴顶灯"。一只小石猴，像个调皮的小学生，被老师罚顶灯碗，它眼里闪着狡黠的目光，似乎心有不甘，正想着如何逃脱的坏主意呢。

1500 盏灯，每盏灯都有传奇、都有故事，一一数来，恐怕一天也讲不完。殷小林谦逊地说，一件事的文化底蕴就像洋葱一样，你文化少，可能看到的就是一颗洋葱，但你要是肯学习、有能力的话，就可以一层一层地把"洋葱"剥开，学识越多，你剥开的东西越丰富，所有事情都是如此，里面埋藏着很多很多的文化内涵。

*

我们到昆山的头一天，由国家文旅部牵头主办的 2018 年"戏曲百戏盛典"刚刚在昆山拉开帷幕。在接下来的两个月里，120 个剧种、156 个剧目将汇聚昆山。我们听宋德强副市长说，从今年开始的三年内，全国 348 个经典剧目要在昆山轮演一遍，这是以前没有过的。

我们刚刚游览过的千灯镇，就是昆曲的发源地。千灯镇宣传办的沈峰介绍说，昆曲起源于元朝末年，最初只是民间的清曲、小调，流行范围也只限于苏州昆山一带。到了明代嘉靖年间，有一位名叫魏良辅的戏曲音乐家，对"昆山腔"的音律和唱法进行了改革和创新。

魏良辅保留了"昆山腔"流丽婉转的特点，又吸收了北曲结构严谨的长处，运用北曲的演唱方法，以笛、萧、笙、琵琶等乐器伴奏，糅合了念唱做打、舞蹈及武术等，形成了曲词典雅、行腔婉转、表演细腻的"水磨腔"，通称昆曲。后来中国的很多剧种，都是在昆曲基础上发展起来的，因此，昆曲被称为"百戏之祖，百戏之师"，有"中国戏曲之母"的雅称。

明万历年间，出现了昆曲发展史上最伟大剧作家——汤显祖。汤显祖的《牡丹亭》将闺门少女的爱情梦幻大胆搬上舞台，一经演出，立即引起轰动。昆曲的经典剧目还有《长生殿》《玉簪记》《桃花扇》《西厢记》等。

暮色四合，月光笼罩。昆山这座著名的古镇之城，渐渐浮现出颇具古典韵味的清明悠远。当晚，我们走进昆山当代昆剧院，欣赏了青年演员张月明演绎的《鸳鸯笺·扈家庄》、曹志威演绎的《虎囊弹·山门》两出折子戏。静谧的夜晚，空灵的舞台，声声天籁，千回百转，只留台上一束光，始终追逐着表演场景。扈三娘的优雅，鲁智深的粗犷，精湛的演技令众人折服。

第一次现场观看昆曲表演，又恰恰是在昆曲的故乡，对我而言，别有意义。

演出结束后，曹志威、张月明以及来自台湾的女演员吕家南，跟我们聊起了他们与昆曲的不解之缘。

曹志威当晚表演的是鲁智深醉酒模仿十八罗汉。他全身只用左腿支撑，每隔一分钟模仿一个罗汉造型，十八个罗汉十八种造型，十八分钟里，右腿始终没有落地，其间还要单腿起立、蹲下，360度原地旋转。真是好功夫！

曹志威一米八几的大个头，身形挺拔，体格健美，目光炯炯。举手投足之间，透着一股虎虎生气。他今年35岁，13岁学戏，至今已有22年戏龄。这出《山门》，他从17岁就开始练习，到现在，单腿立表演最长可达20分钟。他说，这出戏要的就是腿功，每天至少要练上三四个小时。曹志威演的是花脸，关公、张飞、赵匡胤……他喜欢花脸的威武、张扬。他说，不管怎么学习，都会发现还有很多东西没有学到。传统折子戏，仅花脸这个行当，清末时还有三四百折，到现在就只有几十折了，需要挖掘的太多。

昆曲不是热门戏种，全国只有八家昆剧院，演员不过八九百人。曹志威所在的昆山当代昆剧院是成立最晚的一家，2015年才填补了昆曲之乡没有专业昆剧表演团体的空白。曹志威他们每年有100场进校园的演出，今年已是第7年。几年下来，几乎昆山所有的学校都跑遍了，很多学校已经演过四五次。

他们希望昆曲能像一粒种子，从小就埋进孩子们的内心，总有一天会茁壮成长。

我没想到张月明身材这么娇小，气质这么文弱，刚刚台上的扈三娘是何等英姿飒爽，一杆银枪舞得如风如火。张月明的行当是武旦，《扈家庄》《挡马》《擂鼓战金山》是她的拿手好戏，梁红玉、白娘子是她钟爱的角色。她喜欢舞枪弄棒。

因为外婆很喜欢京剧，张月明从小就是戏迷。后来上了上海戏剧学院，虽是京班，但一直跟着昆曲老师学习，正所谓京昆不分家。上学的时候，念唱做打，什么都学。由于有些武功，刀枪棍棒，样样拿得起，张月明最终选择了武旦。她觉得武旦的扮相"帅"，过瘾，也很配她东北人的性格。毕业后到昆山，她觉得昆山太棒了，便决定留下来，传承发展昆曲。

张月明说，昆曲是"百戏之师"，当之无愧。昆曲不管是文戏还是武戏，都是边做边唱，边念边舞，不像有的剧种，唱的时候不动，动的时候不念。张月明对演出很痴迷，她说一上台就真的感觉活在了人物里，特别是听到台下掌声，更是如醉如痴。

台湾姑娘吕家男2017年到昆山工作，才有机会接触到昆曲，在此之前，她学的都是京剧。从小学戏，甘苦自知，泪水与汗水流了这么多年，造就了她过硬的基本功，她说因为喜欢才会坚持到现在。到昆山后演的第一个角色是《牡丹亭》里的春香，上台前很紧张，上台后反倒轻松多了。她喜欢昆曲的柔美、优雅，饰演的角色都是年纪比较小一点的。

　　说到台湾，吕家男有些失落。她说，戏剧在台湾已是凋零，全台湾只有一所戏剧学院，招生很难，学昆曲的更少，所以她决定到大陆学昆曲，先后去过北京、天津。大陆老师教得细致，也比台湾规范。吕家男说，学习昆曲首先要学好苏州话，自己的台湾腔起初也是困扰，不过坚持之下，最终还是过了"语言关"。谈到秘笈，她说没有捷径，就是多念、多练。她跟曹志威一起，也去校园演出，希望更多小朋友能走进剧场看戏。有时候她也会请观众走进后台，看她上妆、包头、换衣，让每一个人都可以贴近昆曲。

　　我们离开昆山的当晚，全国八大昆剧院团联袂演出了经典剧目《牡丹亭》，这也是本届"百戏盛典"呈现的首场大戏。名家汇聚昆山，共演一台好戏，可惜我们擦肩而过。不过好在这次到昆山接触了昆曲，在心里埋下了种子，收获也算不小了。

影子团队

我们对一个城市的印象，往往容易表面化或是用老眼光看，比如广州，总以为它是商贸之都。当然，这么看也没有错，作为中国对外通商最早的城市，广州一直享有"千年商都"的美誉，最为人们知晓的就是"广交会"。但是，现在的广州已经不仅如此了。广州市委常委卢一先给我们介绍，今天的广州更是"创新之都"。

卢一先说，广州的创业创新氛围浓厚，条件齐备。微信和网易等一大批创新企业就是在广州起步、发展、壮大的。2017年，广州净增高新技术企业超过4000家，增量在中国大中城市里排名第二。生物科技、人工智能、新一代信息技术等科技创新产业，正在成为广州新的"名片"。广州有10家企业入选2017中国最佳创新公司50强。到2020年，广州更是要力争成为"具有国际影响力的国家创新中心城市"。

"小蛮腰"是广州新电视塔的昵称，更是广州的新地标。"小蛮腰"下，有一处由6栋老旧机械厂房改造而成的建筑群，里面"隐藏"着一支当今中国最火的"影子团队"——微信总部。

我曾在三个月前在深圳参观过腾讯总部，那是两栋寓意"互联互通"、四五十层高的双子座大厦，矗立在深圳湾的黄金地段。当时听介绍，腾讯有六大业务板块，其中微信是最大的王牌。我那时以为微信总部也在深圳，这次到广州，才知道微信团队从成立之初，就从未离开过广州。

据说，当年马化腾给微信领头人，后被称为"微信之父"的张小龙1亿元人民币，由他自己找人组建团队。马化腾曾说过，在移动互联网来临之后，他曾感觉腾讯离失败就只剩下一天了，直到微信出现，腾讯才拿到了这张"船票"。

旧厂房的原貌被保留了下来。粗犷的钢筋水泥立柱和横梁，红砖外墙以及墙面上的"革命标语"，20世纪六七十年代的时代烙印依稀可见。整个厂区绿树成荫，闹中取静。厂房外一块锈迹斑斑的铁板上，记录着微信的发展历程，其中标注的433天，是微信用户从0增长到1亿的时间。走进厂房，里面充满现代气息，装饰风格简洁明快，一台台电脑后面是一张张年轻的面孔，这群站在潮流前沿的"IT矿工"，正用他们的产品影响着亿万人的生活。曾有报道说，微信总部的员工每人都有一张行军床，除了午休，更多是为了加班加点。他们喜欢在黑夜里通宵研发，此时寂寥无人，适合集中精力。然而我们这次采访，并没有见到行军床。

在讲解员的引导下，我们来到一块大显示屏前，这里实时显示着全球各地使用微信的密集程度，中国大陆东部沿海一带最为密集，一个个圆点几乎连成一片。

讲解员指着大屏幕上的图表说，现在人们一天的生活，可以说从微信开始，到微信结束。一早起床后，先刷朋友圈；上班路上，打游戏；上班时间用微信处理群消息；买早餐、午餐，用微信支付；工作闲暇时，微信聊天、浏览公众号；下班后，微信购物、抢红包；睡觉前也不忘再刷一遍朋友圈。

从大屏幕上的统计数字来看，自2011年1月21日微信1.0版本发布，微信经历了7年的快速发展。截至2018年6月，微信月活跃用户数量已经达到10.6亿，其中，60%的主流人群集中于15—29岁的年龄段，50%的用户每天使用微信时间都超过90分钟，一线城市渗透率达到93%，微信公众账号数量超过2千万个。还有一个数字也令我惊讶，把人们每天微信通话的时长加起来，竟长达540年。这真是一个令人难以置信的数字。

抢红包，是微信众多社交应用中，给我感触很深刻的一个。我曾看到媒体报道了一夜爆红的"微信红包"。21世纪的头十年，每年正月初一，媒体都会报道除夕夜全国短信拜年的发送数量，但到2015年，这样的报道就销声匿迹了，取而代之的是——那一年的除夕，全天微信红包收发总量达10.1亿次；央视春晚微信摇一摇互动总量达110亿次；节日祝福在185个国家传递了3万亿公里……

微信红包一炮而红，于是微信上出现了很多幽默段子——

今晚，腾讯把阿里送去了上个世纪；今晚，移动互联网让 PC
成了化石！外界一度流传"微信一夜之间干了支付宝 8 年的事
情，还不花腾讯一分钱"的说法。马云也在事后称，微信搞了
一次很漂亮的"珍珠港偷袭"。

微信不但可以连接人与人，也将人与服务、企业与服务连
接了起来。讲解员介绍说，微信的"城市服务"，是政务民生服
务在微信上的统一服务平台，市民可以在这里便捷地办理教育、
医疗、交管、社保、公积金、出入境、公安户政等业务。截至
2018 年 3 月，微信的"城市服务"已经覆盖 362 个城市。

微信支付，也是一项广为人们津津乐道的应用，用户可以
通过手机快速完成支付流程。数据显示，微信支付的月活跃用
户已超过 8 亿，线下接入门店超过 100 万家，接入的国家和地
区已经达到 25 个。

匆匆的参访很快结束。"改变生活方式，寻求更好生活"，
这是微信的使命，也是我此行的深刻感受。现在有手机的人，
还有不用微信的吗？估计少之又少。我用微信算是晚的，早些
时候，微信的应用功能还没有这么多，没有微信也勉强过得去。
但是，如果现在没有微信，虽说不至于寸步难行，但工作生活
的便利性，肯定要大打折扣了。

太行山村纪行

　　2018 年 9 月，河南省台办组织两岸记者走进太行山区，采访主题是"小康路上，看乡村振兴"。一是去太行山，二是山村脱贫，两个元素结合在一起，是难得的报道题材，我自然很感兴趣。

　　我是北方人，一向对太行山心有憧憬。巍巍八百里，雄奇险峻，大气磅礴，太行山很能体现北方人豪迈豁达、坚忍不拔的品格。太行山是中国北方大地的一条脊梁，上接燕山，下衔秦岭，是黄土高原和华北平原的地理分界线。人们通常把太行山分为三段：位于河北境内的叫北太行，位于山西境内的叫西太行，位于河南境内的叫南太行。"太行山，把最美的一段留给了河南。"我们这次采访的 8 个山村，就位于河南境内西北方向的济源、焦作、新乡、安阳一带，这里正是南太行的主脉一线。

　　在此之前，我虽未曾涉足过太行山腹地，但是愚公移山、挂壁公路、红旗渠……这一系列"人定胜天"的壮举，早已让太行精神深深镌刻在了我的脑海中。

　　"太行、王屋二山，方七百里，高万仞"，愚公"惩山北之塞，出入之迂也"，虽"年且九十"，但下决心搬走大山，"吾与汝毕力平险，指通豫南，达于汉阴"。愚公了不起！

西汉末年，一支农民起义军在太行山南端的峭壁上据险以守。兵乱平息后，滞留下来的义军在此采石筑屋，建起了一座村庄，并以起义军领袖"郭亮"为村名。千百年来，绝壁顶端上的人们过着与世隔绝的生活，与外界沟通往来的唯一出路就是在垂直岩壁上凿出来的石阶。时光流转到了1972年3月至1977年5月，在13位开路先锋的带领下，郭亮村全村人用双手和钢钎铁锤，硬是在百米高的绝壁上凿出了一条长1250米的挂壁公路。郭亮人了不起！

从1960年2月破土动工，到1969年7月支渠配套工程全面完成，林县人用原始劳动工具，舍身奋战近10年，完全以人力削平1250座山头，开凿211个隧洞，架设151座渡槽，在崇山峻岭间修起了总干渠长70余公里，干、支渠遍布各乡镇的传奇水利工程——红旗渠。林县人了不起！

改革开放40年，太行山村的人们正是凭着"愚公移山"的精神，"敢叫日月换新天"的豪迈气概，艰苦创业、自力更生，实现了脱贫攻坚、迈入小康的历史壮举。

愚公后人新传

　　车出郑州，沿连霍高速，一路西行。初秋九月，中州大地，天清气爽，万物繁华。这是一年中最美的季节。

　　路况不错，坐在车上平稳舒适，但从大巴车发动机剧烈的轰鸣中，我们明显感觉到汽车一路爬坡而行，司机师傅不断大脚轰着油门。窗外的景致渐渐由一马平川的庄稼地，变成连绵起伏的黄土高坡，一道道山梁纵横交错。三个小时后，我们到了太行山东麓的济源市王屋镇。我们第一天要采访的愚公村和柏木洼村都在王屋镇。

　　采访手册中，对济源有几段简单的描述，这让我们对济源能有个大致的了解。济源因济水发源地而得名。济源历史文化底蕴深厚，最具特色的是"一山一水一精神"。

　　"一山"是王屋山。相传轩辕黄帝曾在此设坛祭天大败蚩尤，自唐代到金元时期一直是全国道教中心。

　　"一水"是济水。济水与长江、黄河、淮河并称"四渎"，济渎庙是"四渎"中唯一一座大庙，为历朝历代皇家祭祀济水神和北海神的场所。

"一精神"是愚公移山精神。毛泽东在党的七大上发表《愚公移山》演讲，让愚公移山精神实现了从寓言故事到民族精神的升华。

济源市西北方向 40 公里处，就是太行山的南端王屋山，它是河南省与山西省的界山。《列子》中著名的寓言"愚公移山"所提到的王屋山即指此山。王屋山下有个阳台宫，阳台宫旁边的村庄就是愚公的家乡愚公村。

中国名山很多，"王屋山算得上名山吗？好像名气不是很大啊。"我心里嘀咕着所知的一些名山，一时半会儿没有数到王屋山。不过站在山脚下，看着景区入口石碑上的介绍，发现王屋山也很不简单呢。

"王屋山是中国九大古代名山之一，是道教十大洞天之首，道教主流全真派的圣地。"这么看来，王屋山在古代是当仁不让的道教名山。

阳台宫名气也很大，唐玄宗李隆基的亲妹妹玉真公主就在此修行。走进阳台宫山门，迎面而立一株七叶树和四株古柏，树龄都在千年以上。我们围着这几株古树，观赏多时不肯离开，或许是想多沾沾"仙气"吧。特别是这株七叶树，相传由大宗师司马承祯与玉真公主亲手所植。阳台宫门前立一石碑，上刻诗仙李白存世的唯一一幅书法《上阳台帖》，真迹现由北京故宫博物院珍藏，是李白上王屋山拜访宗师时即兴写下的，从阳台宫步行 10 分钟即是愚公村。愚公村外广场处有一大型雕塑，表现的是愚公率领村民开山辟路的故事。雕塑左右两侧的底座上，分别镌刻着寓言《愚公移山》全文和毛泽东在七大报告中发表的关于发扬愚公移山精神的讲话。从雕塑的一侧拾级而上，山顶处有一座小亭，在此可眺望对面的山峰。"那山峰就是当年愚公下决心要搬走的山峰。"众人都这么说，当然这是无从考证的了。

走进愚公村，能看出村旁的公路刚刚铺过沥青，路面上还没有车辙的印迹，路边的一溜房屋正在施工中。村支书王石柱告诉我们，省里拨款 162 万元支持村集体经济，这正在施工的49 间房屋，全部是临街店铺，盖好后出租给村民搞经营。

"现在的愚公村确切地说应该叫愚公新村，以前的老村子位于王屋山脚下。前两年王屋山景区扩建，要建一座具有道教特色的广场和一条仿古商业街，征用了愚公村的土地，70 余户村民就此搬迁到了现在的位置，再加上这里原有的村民，就此形成了一个新的村民社区。"愚公村的家底，王石柱最清楚。

放眼望去，愚公村的房屋整齐划一，三层别墅，白墙灰瓦，各户门前空地处种着花花草草或几样蔬菜，街巷是水泥路面，干净利索。看到我们来访，村民们三三两两聚在门前，还有热心的村民端出自家酿的果子酒请我们品尝。

信步走进一户人家，只见一楼的厅堂宽敞明亮，有三四十平方米大，看上去既是客厅也是餐厅。靠内侧的一面墙上挂满了荣誉证书，上面印着：贾海燕——济源市人大代表、王屋山旅游餐饮协会负责人、农家乐发展带头人、巧媳妇基地创业带头人……不难看出，女主人贾海燕是个能人。

贾海燕招呼我们坐下，和我们聊起了她的致富经。她今年39岁，以前在城里酒店打工，那时就留意着酒店的经营管理模式。回到村里后，她依托王屋山景区，2008年投资20多万元在村里开办了一家民宿，可接待200人以上的旅游团。

"她善经营、会管理，在网上开办了美团业务，还与各大旅行社建立合作关系，生意红红火火，解决了当地10多名村民的就业。她还带动村民一起开办农家乐，户均年收入都在6万元以上。"站在一旁的王石柱，一个劲儿地夸赞贾海燕。

都说"靠山吃山"，我看愚公村家家户户都吃上了王屋山的"旅游饭"。全村共361户，其中开办农家乐的60多户，在王屋山景区工作的30多户，专门接待写生、文体训练的10多户，搞起蔬菜制种，经营苹果、桃等果品营销的100多户。2017年，全村人均年收入达到了11000元。全村的居住条件和人居环境改善了很多，农户原来住在土房土窑，现在盖起了三层小别墅，通上了自来水，配备了水冲式厕所，户户干净整洁。

贾海燕介绍说，曾经的愚公村地处深山、交通闭塞，村民世世代代"面朝黄土背朝天"，耕种为生，看天吃饭。愚公村人不愧是"愚公"后人，20世纪70年代末，在没有机械的情况下，愣是一锹一镐，开山辟路，修成了一条 20 公里长的道路，打通了通往山外的经济命脉。为了解决吃水和浇地的困境，村民继续奋战，兴修水利，连通了王屋山水库的支渠 15 里。

到了 90 年代初，全村又铆足了劲种果树，沟沟坎坎，种了 400 亩，增加了集体收入。几年前，为支持景区发展，愚公村上下一致同意让出土地，让景区搞开发，成就了现在的王屋山景区。

贾海燕创业路上不停步。2015 年 9 月，她通过阿里巴巴农村淘宝的层层考核，被录取为农村淘宝合伙人，担任愚公村淘宝服务站负责人，继而成立了电子商务公司。公司成立之初，贾海燕每天从早到晚，深入田间地头和农户家中，为群众讲解农村淘宝的好处，反复讲解产品的质量、价格、物流配送、售后服务等内容。她的努力没有白费，当地老百姓的业务量越来越多。

边聊间，贾海燕端出了几样王屋山特色农产品请我们品尝，这些都是她替村民在网店上代销的。

土馍——这是把当地的观音土跟面粉和在一起，加工成一粒粒的面疙瘩，一斤 10 元。在过去闹饥荒的年代，灾民饿得实在没办法了，不得不用观音土充饥。但是，观音土吃多了无法消化，肚子会越来越胀，最后就是死去。现在不同了，因为观音土含有微量元素，适当食用有益健康，所以成了畅销货。

柿子醋——王屋山漫山遍野的野生柿子树，因为山区运输

不便，大量柿子可惜地烂掉了。后来村里把柿子加工成醋，15
元一瓶，村民再也不愁柿子销不出去了。

冬凌草茶——冬凌草生长在太行山南部，具有清热解毒、
活血止痛的作用。村民把冬凌草晒干加工成冬凌草茶，10元一
袋。

贾海燕说她有一个想法，就是把王屋山的农副产品、旅游
纪念品、土特产品在网上卖出去，打开老百姓增收致富的通道。
她当选市人大代表后，更是奔走政府有关部门，尽快打通农副
产品网上销售渠道，做到户户有项目、人人有事干，实现乡村
更美、农民更富，为脱贫攻坚、乡村振兴奉献自己的微薄之力。

穷山洼育出金种子

柏木洼村位于王屋镇西部。大巴车在狭窄的山路上弯弯绕绕，车轱辘将将压着路牙，我的心一直提着，担心稍有闪失，大巴车是否会翻滚下去。还好，有惊无险，大巴车一鼓作气开到了一座山梁上，这里有一块宽敞的平地和一座二层小楼，柏木洼村村部就在这里了。

平地上搭着一处凉棚，凉棚下，摆着一张长条桌，桌上的一边放着几大盘子圣女果，每个盘子旁边摆放有名签，上面写着圣女果的品种——黑珍珠、黄珍珠、粉珍珠、绿宝石……桌子的另一边则摆着二十几个瓶瓶罐罐，里面是各种蔬菜的种子。

"来来来，尝尝刚摘下的圣女果。"听村支书张树杰这么一招呼，我还真感到有些口渴了。随手抓了一颗送到口中，还别说，酸甜可口。张树杰颇有几分得意，"柏木洼村就是靠着蔬菜制种走上小康之路的。"

站在山梁高处，环顾四周，坡岭绵延，沟壑纵横，张树杰把这样的地貌形容是"一沟二岭三面坡"。他说，这样的地貌正是繁育优质种子的天然基地。"这里有什么讲究吗？"我问其中的缘由。

"山洼地形封闭，在蔬菜制种过程中，山外的蔬菜花粉不易飞到山洼里，这样就确保了种子不会跟外界杂交，蔬菜品种的纯正性得到了保障。"哦，原来如此。

张树杰指着山洼里的一块块梯田，继续说道："柏木洼村有耕地 1198 亩，其中 600 多亩用作蔬菜制种，300 多亩种植反季节西红柿。蔬菜种苗以白菜、甘蓝、萝卜、花椰菜等十字花科为主。每年年底到来年五六月份，是蔬菜制种的季节，蔬菜种苗销往全国各地，供不应求。现在，柏木洼村已经成为我国重要的白菜、甘蓝、萝卜等十字花科蔬菜种子生产基地。"

"柏木洼，镢头把"，形象描述了柏木洼村历来靠"地里刨食"的境况。以前的苦日子，张树杰再熟悉不过了。2000 年以前，柏木洼村是典型的"小农经济"。小麦、玉米、谷子这些粮食作物自不必说，能填饱肚子就不错；经济作物像芝麻、花生、棉花、麻以及萝卜、白菜等蔬菜，家家都种，但基本是自己消耗掉了，难有出售；牛、猪、鸡等家畜家禽，家家都养，但舍不得自家食用，靠着卖崽卖蛋补贴家用，一年到头剩不下几个钱。"当时，大多数人居住在土窑中，条件简陋，破旧不堪。村里基础设施更是谈不上，路是小毛路，出行相当困难。"

"为了脱贫，村里没少想法子，先后搞过烟草、桑蚕、红果、中药材等经济作物，但都不理想。"张树杰带着村民东闯西撞，2000 年后，算是摸到了门路，跟济源市种苗公司合作搞起了蔬菜制种和高山蔬菜产业，从此走上了致富路。"蔬菜制种每亩单季收入一般在 4000 元左右，最高达 2 万元，是种植粮食作物的 4 到 20 倍。"张树杰当初也没想到蔬菜制种的收益这么大。2017 年全村人均纯收入达到了 11300 元。现在家家户户砖瓦房，住进了小洋楼，通上了自来水，电脑、冰箱、洗衣机已经不是稀罕物，实现了"柏木洼、小金葩"的华丽变身。

我们跟着张树杰来到村民王三柱家。三间砖瓦房，高大的门楼，屋前一棵壮实的柿子树，果实压满枝头；屋后两棵石榴树也是硕果累累，红彤彤的一片。王三柱 67 岁，家里 6 口人，子女在济源务工，孙子孙女在济源上学。老两口有 5 亩地，一年两季，先搞白菜制种，然后种西红柿，每亩平均收入 8000元，再加上务工，家庭年收入可达 12 万元，人均收入 2 万元。

2017 年开始，柏木洼村又走上了农旅融合的新路子，以黄灿灿的花海为主景，每年 4 月下旬举办王屋山国际菜花节，以花为媒、以花兴业、以花富民，做大做强高效农业制种产业，进一步提高了村民的家庭收入。

中午离开柏木洼村，我们来到王屋镇政府，镇党委书记雷红请我们在食堂吃了顿便饭，每人一碗烩菜，一碗鸡蛋汤，馒头管够，吃得真香。

吃饭的时候，我问雷红："什么标准才算脱贫？"

"以 2017 年的标准，家庭年人均收入不能低于 3208 元，而且要'两不愁三保障'，就是不愁吃、不愁穿，教育、医疗、住房有保障，这样才算脱贫。"

"王屋镇还有多少户没脱贫？"

"105户299人。2018年底前，有劳动能力的46户155人会脱贫，其余59户144人，在2019年底之前稳步脱贫。"

当天晚上回到济源市区时，我们见到了济源市委常委、统战部部长谭江。聊起脱贫的话题，谭江又给我提供了一组数据：

2018年济源市"蔬菜制种＋高山蔬菜"产业涉及180多个行政村，带动农户8000多户，每亩平均年收入可达8500元以上；全市44个贫困村中，210户贫困户搞蔬菜制种，343户贫困户搞高山蔬菜，年底都可以实现脱贫。

蔬菜制种，成了脱贫致富的"金种子"。

生生太极

　　一走进陈家沟村，就明显感到这个村子——富。村口的牌楼高大气派，村内的街道笔直宽阔，大巴车能在村里畅行无阻。"这样的村子并不多见啊。"我是感到挺惊奇的。一座座深宅大院，青砖灰瓦，古色古香。街道两旁，店铺林立，餐饮百货，一应俱全。作为中国太极拳发源地，陈家沟名扬四海。

　　采访手册上写得很清楚：陈家沟村位于温县城东十里的清峰岭上，六百年前叫常阳村。明洪武年间，陈氏始祖陈卜由山西洪洞迁到常阳村，由于陈氏人丁繁衍兴旺，后来更名为陈家沟。明末清初，陈家沟人陈玉廷在家传拳术的基础上，创编了太极拳。

　　我们走进一座门楼气派的大院，连续经过三个月亮门，来到后院，在一片树林围拢的空场上，张福旺师傅正在教十几位弟子打拳。这是一家私人武馆。张福旺师傅50岁上下，中等身材，一袭深蓝色长衣长裤，颇具武者风范。张师傅说，刚刚过去的暑假，他教的学生有200多人，其中将近一半是外国人。

太极拳在中国很常见，公园、河边、广场，经常见到有人打，老人习练者居多。我住的小区，晚饭后也有三五成群的人在打，有时我也站在后面照猫画虎地比画两下，运动量不大。

据说，太极拳习练者遍布世界，多达 3 亿人。可是在张福旺师傅看来，这些老百姓练的，都不叫太极拳，而叫太极操。"太极拳是武术，是武馆里摔打出来的，太极操是养生保健，至多算是一项运动。"张师傅很自豪，他教的是"功夫"。

太极拳刚柔相济，内外兼修，老少皆宜。三百多年来，已由陈氏一隅一家独得之秘，衍变成陈、杨、武等诸多流派。陪同我们采访的陈家沟村驻村书记贾媛媛说，现在陈家沟村有武校 4 所，家庭武馆 50 家，每年接纳拜师学艺的爱好者大概5000 余人。

"太极拳给陈家沟村带来了人流，也带来了滚滚财源。2017 年，游客来了 60.7 万人，同比增长 620%；收入 238 万元，同比增长 210%。陈家沟村被评为全国乡村旅游模范村。"贾媛媛是村里的当家人，一本"太极账"拨拉得"啪啪响"。

贾媛媛说，陈家沟人没有止步于小富则安，"世界太极城"是全村的新目标。说话间，贾媛媛带我们走进了朱天才太极院。主人名叫朱向华，是"太极金刚"朱天才大师的四子，陈氏太极拳第二十代传人。朱向华兄弟四人，全是太极拳师，三个哥哥在上海、深圳、新加坡等地开了 20 家武馆。朱向华说："村里 3100 多人，其中外出授拳的拳师就有 800 多人。"照他这么说，四个人中就有一个是拳师，我有些难以置信，贾媛媛在一旁点头道，"的确如此。"

听他们介绍，陈家沟村的目标还不小呢。为了把陈家沟村打造成"享誉世界的太极圣地"，村里正在大力推进"大师回归工程"，启动了优秀拳师武馆群建设项目，依托太极拳名师，建设精品拳馆，加速发展太极拳教育培训产业。我们到陈家沟村的前几天，村里刚刚举办了第三届"天才杯太极拳比赛"，2000 多名选手参赛，盛况空前。朱向华说，他家武馆面积算小的，仅能容下 30 来个学生。贾媛媛插话说，现在村里正在积极争取项目资金，加快陈家沟古村改造，其中也包括武馆的扩建升级。

贾媛媛还带我们认识了一位太极拳服装加工销售户，她叫辛春丽，今年 43 岁。2002 年，辛春丽夫妇开始从事太极拳服装的加工销售，加工点最开始设在家里，就三个人，辛春丽和老公负责进料、销售，婆家妹妹负责裁剪，起初只做简单的运动裤，后来开始聘请老师教如何裁剪上衣。2004 年，三个人的产量供应不上顾客的订单了，于是又雇了两个帮工，刨去各项成本，当年净收入达到 5 万元。2005 年，夫妻两个用当年收入买了第一辆面包车。

如今，十多年过去，辛春丽多年的诚信经营为她拓宽了更多的销售渠道。辛春丽雇的全是从本村招来的女工，从最初的 3 人，扩大到今天的 14 人；从最初的一间小作坊，到今天的三

家门店；从最初的净收入 5 万元，到现在的 30 万元。太极拳
成了辛春丽一家和村民致富的金钥匙。

贾媛媛告诉我们，现在全村一半以上村民直接从事着与太
极拳产业有关的工作。"太极拳把吃、住、行、游、购、娱六
大旅游要素串在了一起。"吃，有怀药膳、豆腐宴；住，有星
级宾馆、特色民宿；行，有旅游大巴、观光车；游，有中国太
极祖祠、太极拳博物馆；购，有服装器械、文创产品；娱，有
太极演艺。陈家沟村不但把太极拳打到了极致，也把太极拳产
业做到了最大化，让全村人过上了小康生活。

最"苦"村官郁林英

刚一开始和郁林英聊天，我就觉得她是我此行见到的最"苦"村官。

我们进村时，郁林英已经站在村口迎候着我们，开始我都没觉得她是村支书兼村委会主任。一条深蓝裤子，一件白上衣，中等身材，不施粉黛，与普通村妇没什么两样，一点儿没个村官的架势。

郁林英是林州庙荒村的当家人。怎么叫庙荒村呢？郁林英说，穷呗，穷得连香都烧不起，庙都荒芜了。

前几年，新任河南省省长到庙荒村考察，连条进村的路都没有，愣是没进得了村。庙荒村到现在还是个没有摘帽的贫困村。

怎么会这么穷呢？郁林英说："没水。"

庙荒村土薄石厚，漏斗形地貌，地里存不住水。别的村子小麦亩产能有一千来斤，庙荒村亩产只有四五百斤。全村人连水都喝不上，能不穷吗？

穷就得想办法啊！郁林英说："没少想，可是人家来了一看，没水，想投资也走了。"

郁林英今年 51 岁，6 年前当上了村支书兼主任，思前想后，她决心还得先解决水的问题。这几年她跑乡里、市里、省里，争取资金，2017 年终于修了一条水渠，把红旗渠的水引到了庙荒村。

水有了，可是郁林英发现，比水更难解决的是村民的思想观念。

庙荒村背靠风景壮美的太行山，几十里的登山步道通向大山深处的古村落，每逢节假日，四处游客自驾到此登山巡幽，这不正是生财之道吗？郁林英劝村民搞民宿，吃旅游饭，可没想到四处碰壁。村民们穷惯了，也穷怕了，生怕赔钱。他们生活中更在意的是婚丧嫁娶时能收多少彩礼，评上贫困户能拿多少补助。郁林英到外面去考察，把别人办成功的民宿拍成照片给村民们看，他们也毫不动心。

郁林英后来跟村干部们商量，得找个带头人，先搞个样子给大家看看。刘明生就是第一个吃螃蟹的人。

走进刘明生的民宿小院，一棵梨树一棵杏树一棵石榴树，各据院子一角，果实累累，压满枝头，三张餐桌摆在树荫下，惬意悠闲。迎面是座二层小楼，楼下是餐厅、厨房，楼上是三间客房。开业不满一年，现在每月能有七八千元的收入。

刘明生说，他是借钱加贷款，把自家老房子扒了，盖了这家民宿，生意一天比一天好。门口挂着一幅牌匾——最美基层党员。

郁林英说，刘明生的民宿挣钱了，有的村民也坐不住了，小打小闹地在村边支个小摊，卖个饮料、山货，好的时候一天也能挣个一二百元。尝到甜头后，胆子就大了，开始改建自家房子办民宿。村委会乘势而上，拿出奖励政策，凡是每家有两间以上客房的，村里奖励一台空调、一台电视机。村民热情被大大调动起来，现在已有14户开了民宿。

郁林英领我们走进一家名叫"自强人家"的院落，事先听说我们要来，女主人郝心英早就煮了一锅酸菜米汤和一大盘新花生等着我们。盛情难却，我们动手吃喝了起来。这家民宿没有把老房子拆了重建，老房子的底子没动，只是略加装修，四个标间，整洁干净。

"装修改造花了多少钱？"我问。

"8万多。"郝心英说。

"钱哪儿来的？"

"家里攒下的2万多，小额贷款6万多。"

"家里几个人打理？"

"就我和闺女俩人。"

"家里其他人不管吗？"

"指望不上，丈夫瘫痪五年多了，老娘也一直病着，家里穷，就是病拖累的。"

郝心英说，开业两个多月，已经见着进来的钱了，现在就盼着村里的路修得宽些，登山步道再修得好些，客人多了，借的钱就能还得快些。郝心英是参加了上级人社部门到村里开展的贫困人口创业技能培训后，开启了自己的创业历程，而且被评为了林州市"十佳自强脱贫户"。

我们进村时，看到路面正在铺沥青，柏油路已经穿村而过，通向山脚。整个村子的改造也在进行中，除了通向村外的主干道是柏油路面，村里道路依然是石板路。郁林英说，村里有规划，五六十年代的老房子不能拆，八九十年代的红砖房不能拆，就是要留着"土味"。

郁林英继续陪我们在村里转悠。我问她："总不能全村家家户户都搞民宿吧，那些搞不起来的怎么办？"

"肯定是要管的，脱贫致富一户都不能落下。"

郁林英说，庙荒村耕地只有 600 亩，粮食产量低，指望不上，但也正是挨着太行山，村里的山坡地足足有 3900 多亩。2017 年村里成立了种植合作社，试种以胶东卫矛为主的苗木60 亩，2018 年已经出苗，每亩净效益 1000 元以上，年底，所有贫困户都会参与分红，明年还会把种植面积再扩大。

"今年村里的日子会不会好过些？"

"前年村里的集体收入还是负数，去年开始变负为正，今年会有 50 来万的收入，村里的开支能好一些。我们不跟别人比，就跟自己比，知道自己要什么，能做到什么，这就够了。"
这最后一句话，郁林英说得实实在在。

庙荒村里有一棵千年皂角树，枝繁叶茂。每当我见到参天
古树，都会认为这里一定有旺盛的生命力，我想，庙荒村也是
这样。郁林英说，庙荒村虽然日子好过点了，但还是个贫困村。
她的目标是争取最后 9 个贫困户 2018 年脱贫，彻底摘掉贫困村
的帽子。

郁林英，一位令我感动的村官，一位即将苦尽甘来的村官。

实在人裴春亮

　　我们到裴寨村之后，发现它一点不像个山村。村口广阔平坦的广场上停着几辆大巴车，一众人在听导游讲解。广场中央的大石碑上刻着红漆大字"一勤天下无难事"，石碑对面是一排排红色双层别墅，整齐划一，"裴寨社区"四个大字嵌在村口的大门楼上。的确，裴寨村更像城里的居民社区。此时，裴春亮正在接待一拨客人，利用这个空当，我们进入村史馆，对裴春亮和裴寨村做个粗浅的了解。

　　裴寨村地处太行余脉辉县的丘陵地带，土薄石厚，干旱少雨。村民世代居住的是土坯房，喝的是地窖水，走的是泥土路。吃粮靠救济，花钱靠补助，人均收入不足 1000 元，属于省级贫困村。"吃水要过箩，红薯当白馍，光棍排成队，冬天不穿鞋"，这是旧时裴寨村的真实写照。

　　48 岁的裴春亮就是土生土长的裴寨村人。他的少年时代非常不幸，家境悲惨，16 岁父亲去世后，生活所迫，他背井离乡外出打工。靠着自己的聪明才智和辛苦付出，裴春亮一次次抓住改革开放的契机，生意越做越大。2006年他成立了春江集团，业务涉及建材、旅游、化工、金融等领域，成为全国闻名的民营企业。

村史馆里陈列着裴春亮十年来获得的各种荣誉——全国优秀党员、全国劳模、全国道德模范、中国十大杰出青年、全国十大最美村官等。这些荣誉是怎么来的呢？村史馆里有一面墙书写着裴春亮的业绩，我顺手抄录了其中几则——2005年，裴春亮被推举为村委会主任后，自掏腰包3000万元，挖平荒山，不占一亩耕地，新建160套别墅，让村民无偿住上小洋楼；拆除老村，新增600亩土地发展高效农业；捐资6000余万元，带领乡亲兴修水利告别"望天收"；引导村民参股，注册"裴寨村"商标，创办跨境电商，推销太行特色农副产品……

"一个村富了不算富，要把周围村都带富才算富。"2016年，裴春亮主动对接帮扶距裴寨村60公里、生产生活异常困难、位于太行深山革命老区中的4个贫困村，个人出资8000万元建设18栋居民楼，实施搬迁扶贫。

如今的裴寨村，已发展成为人均年收入达到13000多元、人口达到11800人的新型农村社区，实现了"人人有活干、家家有钱赚、户户是股东"的致富梦。

从村史馆出来，听说裴春亮已经接待完客人，在家里等着我们呢，我们立即赶往他家。裴春亮的家跟村民一样，也是一栋面积200平方米的双层别墅，一层是客厅、餐厅和厨房，楼

上是三间卧室。客厅里贴着大红喜字，今年五一他的儿子刚刚
结婚。裴春亮有一儿一女，儿子留学回来后在公司里负责旅游
业务，女儿还在上学，妻子负责公司财务。裴春亮开玩笑说，
他虽然荣誉很多，但钱袋子却攥在老婆手里。

大家落座后，与裴春亮攀谈了起来。

我直截了当地问道："这些年无偿捐助了 1.83 亿元，这是
很大一笔财富，你不觉得太多了吗？"

裴春亮的回答很干脆："不多，肯定还是我赚得多，我一年
的销售收入四五十亿，拿出这些不会影响公司发展。"

他接着讲道，2008 年他拿出 6000 多万元修水库，那时他
正在清华大学进修，有同学建议他趁着房地产热，把修水库的
钱投到房地产，一定能大赚一笔。说到这里，他微微一笑，"钱
哪里赚得够啊，我现在跟村民住一样的房子，不是也很好吗？"

裴春亮说，他最初帮助村里乡亲脱贫是出于报恩。他忘不
了父亲去世时，是全村人砍了村头那棵树，帮助父亲入殓；忘
不了最艰难的时候，他带着侄儿侄女到村里吃"百家饭"。现
在他有钱了，眼瞅着村民们一辈子就愁急个房子，索性一咬牙
一狠心，一边挣钱一边为村民们把房子建了。

村民们住上新房子后，裴春亮发现新问题又来了——总不
能住着新房，饿着肚皮。村里原本就几百口人，成立社区后，
增加了 1 万口人，一个裴寨社区住了全乡一多半的人，这么多
人的日子咋办？裴春亮说，他觉得只有报恩是不够的，比报恩

更重的是责任。于是他又开始安置裴寨村民的就业，同时还给太行山东边一带百姓提供了近3000个就业岗位。

"你现在是有钱人了，从当初那么穷到现在这么富，心里有什么变化？"我接着问道。

"有钱当然好，但更重要的是做'值钱人'。我现在是十九大代表，全国劳模，全国十大杰出青年，在河南省有我这样荣誉的就三个人，这不比钱重要吗？村里四次换届选举，我没有一次在现场，却四次高票或全票当选。别的企业搞招商，只要我去了，都愿意跟我做生意，这种信任是钱能换来的吗？"

我们正聊着，村里来人推门而入，说外边有个上海参观团请他出去合个影，我们的采访也就到此结束。

晚饭我们是在裴寨村的集体食堂吃的，饭吃到一半，裴春亮又匆匆赶来，一边陪我们吃饭，一边谈裴寨村今后的打算。他说，只要乡亲们还信任他，他就会这么干下去，一定让乡亲们过上更好的日子。

崖上村庄

从辉县城区出发去郭亮村，两旁的山愈来愈高，路越走越窄。

"迢迢太行路，自古称险恶。千骑俨欲前，群峰望如削。"这是唐代诗人刘长卿描述太行山的诗句。白居易也写过"太行之路能摧车"。明朝王世贞的感触更形象："车行太行道，如浮沧海、帆长江，身居危险之境。"他们描述的都是太行之险。

古有"太行八陉"之说。"陉"就是山口，山脉突然中断之处。其实，太行山不仅有"八陉"，只不过著名的就有八处。我没听过还有哪座山脉有这么多的"陉"。

我们这天的目的地是位于太行山腹地、海拔 1700 米之上的郭亮村。郭亮村三面环山，一面临崖，近乎绝境。从山脚下仰望郭亮村，山皆壁立，直上直下，这已经不是山了，简直就是墙，一面极大极高的墙。

进入郭亮村必经郭亮洞，这是一条横穿悬崖绝壁的长廊通道，全长 1250 米。我们的大巴车加大油门，沿绝壁盘旋而上，洞内忽明忽暗，车外侧就是万丈深渊，令人不敢侧目。眼看大巴车将碰壁而猛折，似落崖而急转，我们的心紧张得忽上忽下。车出廊洞，豁然开朗，一座幽静的山村出现在眼前。

下车后，我们沿石阶盘桓而上，只见几十户人家依山势坐落在山坳里，层层递升，错落有致。青石垒墙，白灰勾缝，蓝瓦盖顶，木门木窗。沿街店铺，摆摊设点，卤面、凉粉，令人垂涎欲滴，各式工艺品，让人爱不释手。我们正行进间，迎面走下来一位老者，他就是我们要去拜访的老支书宋保群。

宋保群的房子建在整个村子的最高处，把着村边。推开院门，正面是三间石屋，小院里有一石桌，石桌周围绕着四五个石墩。我们围坐在石桌周围，听老支书讲"十三壮士"开辟挂壁公路的壮举。

郭亮村被称为"崖上人家"，自古只有天梯是通往山下的必经之路。天梯高达百米，720级台阶，梯势险峻，蜿蜒曲折，最宽处不过1.2米，最窄处仅有0.4米，稍有不慎就有坠崖之险，故称天梯。天梯是郭亮村历史的见证，也是郭亮村苦难、封闭、贫穷的象征。宋保群说，天梯上曾发生上学孩子坠亡的惨剧，也发生过村民得病送不出去而丧命的悲剧。村民们养的小猪仔，养到出售规定的最低标准就赶紧背下山去，因为太大就下不去山了。山上的特产运不出去，山下的物资也难运上来，全村人过着肩背担挑的艰难生活。

为了改变这种与外界阻隔的状况，1972年，当时的村支书申明信提出，要不惜一切代价，凿通太行，修筑汽车公路。这一年，宋保群 26 岁。宋保群回忆起开工那天，申明信在群众大会上宣誓开凿山洞的决心——要把这项工程当作持久战，五年打不通，就打十年、十五年；一代人不行，就第二代、第三代人接着干，凭郭亮人的志气和力量，一定要打出一条出山公路！那一天，从全村 260 口人中，挑选出 13 名壮劳力，组成了突击队，号称"十三壮士"。

郭亮绝壁平均高度 105 米。为了从绝壁中间炸开工作面，13 名壮士在无电力、无机械的恶劣条件下，把麻绳一段一段接起来系在腰间，从崖头把人放下去，悬于峭壁之上，握紧铁钎，舞起铁锤，在红岩绝壁上凿出一排排炮眼。危险无处不在，王怀堂等村民就献出了他们宝贵的生命。

工程最艰苦时，郭亮人卖光了山羊，砍光了树木，吃光了粮食，再也没有一分钱。这时候，全村男女老少都出动了，轮流走上隧道工地，清理石渣。大石块用手搬，小石块用筐抬。整个工程历时 5 年，投工 6 万个，清理石渣 2.4 万立方米，消耗钢钎 12 吨，用坏铁锤 2000 个。1977 年 5 月 1 日，被称为"绝壁长廊"的郭亮洞终于正式通车。

宋保群一口气把郭亮长廊的故事讲完，接着说到了他自己。1987 年他接任村支书后，提出了"老书记修洞，我搞旅游"的思路。如今，郭亮村已经整体纳入万仙山景区，旺季的时候每天游客上万人，很多村民办了餐厅、搞了民宿，日子一天天红火起来。

郭亮村村口竖有一块石碑，上面刻着"太行明珠"四个大字，这是著名导演谢晋题写的。郭亮村被外界所知，最终扬名天下，谢晋功不可没。1990年，谢晋在这里拍摄电影《清凉寺钟声》，把郭亮这个美丽山村搬上银幕，由此打开了郭亮村的影视大门。此后有60多部影视作品在此拍摄，曾经封闭落后的太行小山村发生了翻天覆地的变化。当年谢晋居住的民居，已经被主人办成了餐厅，经营山野风味，食客不断。登上顶楼平台，山村风貌尽收眼底。

郭亮村风光独特，民俗古朴，也是绘画爱好者临摹写生的好去处。我们在村里参观时，随处可见三三两两的学生支起画板，描绘着眼前的美景。宋保群告诉我们，有百余所院校都指定郭亮村为绘画写生基地，他们每年春秋两季接待数万名师生前来临景习作，此外，还有30多个摄影协会把这里定为采风摄影创作基地。

现在，郭亮村成了受人喜爱的旅游区，这个原本默默无闻的深山村野，得到了越来越多的青睐和光顾，加上交通、食宿、通信等配套设施的不断改善，郭亮村呈现出繁华、热闹的发展势头，村民生活一天比一天好。宋保群笑呵呵地说，现在村里年轻人娶的都是城里媳妇，家家有生意，大山深处的小山村成了风水宝地。

一条绝壁公路，改变了一个村庄的命运，四十年来不断促进着郭亮村的经济发展和村民生活的改善，使一个极端贫困的村庄，成为脱贫致富的小康村。

随感：致富有方，脱贫有路

采访行程快结束时，河南省新闻办的赵云龙主任给我发来一份材料，他们刚刚召开了新闻发布会，对河南的脱贫攻坚计划做了详细说明。

这份材料中提到了过去几年河南脱贫工作取得的成绩，有几个数据我摘录如下：

2013 年至 2017 年，河南全省共实现 577.7 万农村贫困人口脱贫，5514 个贫困村退出贫困序列；

全省贫困发生率由 2012 年底的 9.28% 降低到 2017 年底的 2.57%；

贫困地区农村居民人均可支配收入增速连续 6 年高于全省农村平均水平，2017 年达到 10789 元。

脱贫攻坚能否取得成效，涉及方方面面，脱贫方式和途径也多种多样，比如发展特色产业脱贫、劳务输出脱贫、生态保护脱贫、异地搬迁脱贫、教育脱贫等等，应该说是个系统工程。我这次到太行山村，算是我第一次就山村脱贫主题的采访，几天下来，感触良多，其中有三点较为深刻。

一是脱贫要有个好带头人。一个地方贫困，原因各有不同，但共性就是自然条件差，穷山恶水，地不养人，连靠天吃饭都难，能不穷吗？穷则生变，但是怎么变，就得有个能人、带头人、引路人。穷沟沟里淘出金饭碗，谈何容易，这要是没点真本事哪能做得到呢！这次在太行山村采访，所到各村，村支书或村委会主任个个都是有头脑、有胆量、有办法的能人，他们敢闯敢试，身先士卒，趟出了一条致富之路。像裴春亮，穷人出身，吃尽苦头，最后创办企业，不仅带领本村几百号人走出贫困，住上了别墅，还解决了周围乡村万把口人的温饱，安排了 3000 多村民的就业，有了这样的带头人，何愁脱贫无望。

二是要立足自身，因地制宜，不能这山望着那山高，天帮忙更要人努力。像柏木洼村，"一沟二岭三面坡"，穷乡僻壤，地少土薄，光靠种粮食，就是一年把地翻八遍，还是填不饱肚子。可是后来发现，这样的地形非常适合蔬菜育种，在专业制种公司的扶持下，柏木洼村最终成了制种宝地，村民收入不知翻了多少倍。

三是要有毅力，要有点人心齐泰山移的奋斗精神。人穷不能志短，要是听天由命，得过且过，那这穷日子没个头。这次到太行山区，看到凡是脱贫致富、走上小康生活的村子，都是继承和发扬了"愚公移山""红旗渠"的精神，不向贫穷低头，好日子都是苦干出来的。

再回到赵云龙给我的这份材料，河南省未脱贫的还有 47 个贫困县，3723 个贫困村，221.4 万农村贫困人口，贫困人口总量居全国第 4 位。中央提出到 2020 年实现全国农村贫困人口脱贫，仅就河南而言，仍可谓任重道远。

这次我在太行山村采访，看到了脱贫攻坚取得的可喜成绩，这是采访的主题；但同时，也或多或少观察和感触到了农业、农村和农民问题较为严峻的一面。

一是村里难见年轻人。二三十岁的年轻人已经很少愿意种田了，现在仍在务农的，基本都是老人和妇女。当然，我们可以进口粮食。事实上，中国已经是世界粮食进口大国，据统计，中国每人每年平均进口粮食 200 斤。我们的口粮攥在别人手里，这是多么危险的事情。不可想象，一旦中国没有农民，没有人种田，将是一种什么情形？

二是耕地荒芜，良田被毁。中央一直强调要守住耕地的红线，说明土地流失严重。现在很多山区的土地已经撂荒，甚至靠近县市城区的大片良田被工业园区圈占。过分追求工业产值，农业被迫让位。

三是农村荒废，家不成家。大量农村劳动力涌进城市打工，剩下走不动的老人和走不了的儿童，一个家庭四分五裂，很多村子成了"留守村"。照此下去，用不了几年，会不会出现无人村呢？

四是文化缺失，精神生活匮乏。我走过的这几个山村，都是脱贫工作的典范，但是文化建设严重缺位，农民基本上没有什么精神生活。当然，"仓廪实而知礼节"，凡事有个过程，有个轻重缓急，这个可以理解。但是，如果就此而疏漏或轻视文化建设，一旦农村成了"精神沙漠"，再去投入，恐怕为时已晚，付出的代价会更高。

风物万般好

11月15日，北京正式供暖。冬天来了。随之，雾霾也来了，而且来得很猛。网友戏谑二十四节气之后，再加一个：立霾。"立霾这天，人们尽量在家中不出门，以躲避传说中凶猛的神兽——霾。"这是民间的段子。

能把霾驱散的，只有风。风来了，天也冷了。我晚饭后，常去家对面的公安大学（公大）校园里走路。公大建于20世纪50年代初，校园不大，方方正正，南北路四条，东西路三条。路两侧栽了很多树，规规矩矩，一侧国槐，一侧核桃，一侧银杏，也有零散栽种的枣树、柿树、柳树、杨树。树大多是建校时栽种的，保护得很好，每种树的个头都差不多，齐整得有如列队的警官。

风吹散了霾，也吹落了树叶。"见一叶落而知岁之将暮"。我看校园里的树叶，叶片越大的，越不禁风。最先落下的是梧桐叶。梧桐叶柄较长，与树枝的连接并不牢靠，像是用胶水粘上去的，一夜大风，满地桐叶，树上一片也不剩了。紧随梧桐叶落下的是核桃叶、柿树叶、杨树叶。柿树很有意思，等到叶子都掉光了，枝头还挂着红艳艳的柿子，像一只只的小灯笼，讨人欢喜。再次落下的是槐树叶、枣树叶、银杏叶。坚守到最后的是柳树叶，即使叶子干枯了，仍会挂在枝头，直至冬至。这或许跟柳条的柔细有关，随风就势，以柔克刚。

落叶给人的感觉也是不一样的。大叶片落下是噼里啪啦的，脆生生，直接摔到地上，打在人的头上会有轻微的痛感；小叶片落下是飘飘忽忽的，悠然而下。最美的落叶应是银杏叶。公大校门口有两棵银杏树，合抱之粗，枝繁叶茂，叶子黄的时候，金灿灿的，像两座元宝塔。我觉得世间草木也非平等，为什么银杏树就一身贵气呢？别的落叶给人的感觉是萧萧瑟瑟，满地悲凉。而一地的银杏叶，看上去却暖暖洋洋，热情似火，如同一块黄绒绒的地毯，不忍踩踏。更有怜香惜玉者，拾起一片，夹入书本，视若珍宝。北京钓鱼台外的银杏树林，初冬时，是人们拍照的一景。

北京的冬季，万木萧瑟，天寒地冻，再加上不期而至的雾霾，怎让人"能不忆江南"？机缘巧合，福建、广东举办的几场采访活动连在了一起，好友相邀，应约而至。初冬闽粤，风物万般，风情万种。花样漳州，客家长汀，岭南的物华天宝，漫行千里，见闻良多。拙笔散记，掠影而已。

漳州三枝花

福建漳州举办海峡两岸花博会，漳州电视台的好友陈俊杰邀我去采访、赏花。

漳州地处闽南金三角南端，东接厦门，南连广东，与台湾隔海相望。漳州是国家历史文化名城，有1300多年的历史。漳州山、海、江、田兼备，物产丰富，有"花果之乡"的美誉。

漳州是个"大温室"，年平均气温21度，无霜期多达300天。天开一岁暖，花发四时春。漳州种植花卉，得天独厚。

漳州有一条大道，叫"百里花卉走廊"，花圃有几百家。漳州还有一个村子，叫百花村，一年四季花香不断，村名是朱德委员长1963年视察时起的。漳州花卉苗木种植面积30多万亩，产值破百亿，福建第一，全国前列。漳州有三枝花——三角梅、水仙花、蝴蝶兰，名扬四海，天下最美。

三角梅

刚入住漳州宾馆，陈俊杰就打来电话，说漳州市委宣传部的陈敏杰要来找我。见面寒暄，陈敏杰找我，是希望这次能多报道一下三角梅。今年花博会，漳州主推三角梅。漳州宾馆的庭院和甬道，就摆放着好多大盆栽的三角梅。客人入住，三角梅先声夺人，这大概是主办方的用意吧。

来到花博会主会场，广场入口处，几百盆三角梅层叠堆砌，匠心独运地摆出两只巨大的孔雀造型，名曰"凤凰来仪"。凤头下、凤尾前，人挤人，争先恐后地留影。花博会特别设立了三角梅主题展和产业对接会，这是 20 年来头一次。看来漳州要大力发展三角梅经济了。

宣传部把漳州市三角梅协会会长叶俊兴介绍给了我们。叶俊兴 50 来岁，方脸阔肩，身板硬朗，说话底气十足，走路风风火火。他以前搞工程，后来发现种花也是工程，而且还是大工程。G20 杭州峰会、博鳌亚洲论坛、厦门金砖峰会、青岛上合峰会，这些城市的主干道、场馆、公园，大型美化工程的主角都是三角梅。

叶俊兴说，三角梅花鲜艳、花色多、花期长。最难得是"脾气好"，不娇气，房前屋后，种上就活。以前农户拿三角梅当篱笆墙，现在还是这样。三角梅枝枝蔓蔓，蓬蓬勃勃，花团锦簇，一年四季，你看不到它的衰败。叶俊兴这两年办苗圃，不种别的，专种三角梅。他种的三角梅，都是用在大工程上。

漳州是中国最大的三角梅种植基地，全国 70% 的三角梅来自漳州。但是，漳州的市花不是三角梅，而是水仙花。叶俊兴说，"这就是命"，三角梅太多、太普通，"命就贱了"。不像水仙花，"凌波仙子"，娇贵，招人疼爱。不过，失之东隅收之桑榆。三角梅虽在漳州"失宠"，但在漳州的邻居厦门，却被捧为了市花。不光厦门，海口、三亚的市花也是三角梅。三角梅在海南更是受到全省欢迎，是海南省的省花。

叶俊兴的花圃离花博会很近，也就 10 分钟的路程。走进花圃，如云般的三角梅铺展在眼前。"忽逢桃花林，夹岸数百步，中无杂树，芳草鲜美，落英缤纷。"我不知从哪看到这句话，借用一下倒也贴切。1000 多株三角梅，每一株都吸饱了水，盈盈绽放，清新而醒目。层层叠叠的花，结结实实地裹住花蔓，其间的绿色使劲儿探出小芽，映衬出多彩。

三角梅又叫叶子花，花都是叶子变的。叶俊兴掐着几片嫩叶，指给我看，"嫩叶随着氧化，就变色成花了"。叶俊兴也说，不是每片叶子都能变成花。叶、花一体，三角梅有些神奇。

我以前见得比较多的三角梅大多是藤状的，或是盆景状的，这次满眼是树状的，我才知道三角梅的树龄，四五十年的不稀奇。我问叶俊兴，什么样子的价钱贵？他说，树干越老、越高，就越贵。

叶俊兴有一棵"宝树"，七八米高，一尺多粗，树干很像榕树，盘曲而上，他称作"龙柱"。"龙柱"顶部如华盖，花开五色，红、紫、粉、橙、黄，这棵"龙柱"价值100多万元。

三角梅的原产地在南美，20世纪初才引入中国，最先在台湾种植。大陆的广东、广西、云南等地，也种三角梅，但都比不过漳州。漳州的水土气候非常适合三角梅生长。云南的三角梅，移植到漳州就活不了，但漳州的三角梅，栽到云南，照样生机勃勃。原来漳州三角梅的颜色很单一，只有最传统的四季红、漳州紫。到了20世纪90年代，随着越来越多的农户种植三角梅，大量新品种开始从国外引入。如今，漳州三角梅品种已有300多个，颜色除了传统的红、紫，还增加了白、橙、粉、黄各色，日趋丰富。最奇是的"一树多花"，尤其出彩，价格也好。花农陆续总结出一套"强修剪、严控水、巧施肥"的方法，让漳州三角梅愈发光彩夺人。

半年前，漳州成立了三角梅协会，叶俊兴说，就是想把三角梅产业做大。我们到叶俊兴花圃的时候，正巧来了两大巴车的客户，其中有从台湾来的，都是要采购三角梅。2017年，漳州三角梅种植面积达到2万多亩，年产值15亿元，从业人口3万多。漳州有10个三角梅专业村，其中3个，年产值均超2亿元。叶俊兴说，厦门办金砖峰会，摆了4.8万株三角梅，大部分来自漳州。

不起眼的三角梅，现在成了各地城市的"美容师"。叶俊兴看到了商机，漳州市政府又何尝不是如此呢？

水 仙 花

我住的漳州宾馆的主楼，叫水仙楼。漳州市内有条主干道，叫水仙大道。漳州的市花是水仙花。水仙花也是福建省的省花，还是中国的十大名花之一。水仙花与片仔癀、八宝印泥，并称漳州三宝。水仙花在漳州，"无花可比"。

张文江，漳州水仙花协会会长，他当会长有十几年了，谈水仙花，他是权威。张会长精神饱满，神采奕奕，一点看不出64岁了。去田里看花，过沟迈坎，脚步轻盈，我追不上他。他的嗓子刚刚做了手术，嗓音嘶哑，说话费力。他见我们来村里看他，很高兴，聊起水仙花，也顾不得嗓子的伤了，滔滔不绝。只是听他不停地讲，我心里很不落忍。

水仙，古人呼为"雅蒜"。也有古籍记载："一茎数花，花白，中有黄心如盏状，故俗称金盏银台。""水仙，宜置瓶中，其物得水则不枯，故曰水仙，称其名矣。"水仙，史籍记载颇多，不胜枚举。

张文江说，因为水仙没有水不能开花，有水才能新鲜，也许初名"水鲜"，后来因为爱惜钟情的缘故，便把"水鲜"谐音为"水仙"了。"金盏银台""雅蒜""天葱""玉玲珑"……皆因其形状而取名也。当然，水仙最有名的别称还是——凌波仙子。

"圆山十八面，面面出王侯。一面不封侯，出了水仙头。"漳州郊外九湖镇的一座山丘，叫圆山。我看不出它有什么特别之处。但圆山 2000 年被国家林业局认定为"中国水仙花之乡"。圆山脚下 7 个村庄，种植了全国 98% 的水仙花，叹为观止。崇明岛、舟山、平潭，也种水仙花，量少不用说，品质也大不如漳州。漳州水仙花，鳞茎硕大，箭多花繁，色美香郁，素雅娟丽。张文江说，漳州栽培水仙花已有 600 年历史，"天下水仙数漳州"，这是公论。

张文江住在圆山脚下的蔡坂村，蔡坂村种的水仙花最多。水仙花是霜降下种（农历九月间），芒种收获（农历五月间），要在田里越冬。张文江把我们带到田里，只见种苗破土已有一指多长，四五枝条一丛，横成排，纵成列，整整齐齐，郁郁葱葱。圆山脚下的 6000 亩耕地，除了夏秋种一季水稻外，其余时间都种水仙花，每亩能种五六千株。圆山的"水仙花海"，已成为漳州重点打造的生态项目。

圆山的水仙花凭什么能成"花魁"？张文江侃侃而谈——

一是光好。圆山东麓，上午阳光柔和充足，下午能躲过烈日暴晒，光照适宜。

二是水好。水仙花要求湿度大，圆山濒临九龙江畔，水源充足。

三是土好。九龙江的冲积土，肥沃松软，养分恰好。

一壶葱倩，缡袂皇冠；亭亭玉立，吐绿飘香，其雅韵，其玉颜，全靠一把刻刀。不经雕琢，水仙花成不了"仙子"，没有雕琢的水仙花，卖价几块钱而已。雕琢后的水仙花球，充满艺术细胞，开出的花千姿百态，婀娜多姿，上百块钱一颗也不稀奇。

张文江是唯一一位漳州水仙花雕刻技艺代表性传承人。他的办公室里摆了几盆正在盛开的水仙花，孔雀开屏，金鸡报晓，玉壶春色……栩栩如生，百赏不厌，这都是雕琢后才如此漂亮的。现在还不是水仙花上市的时候，但是张文江已能做到反季节种植。在他楼顶的温控室里，我们看到了更多盛开的水仙花。温控室里开着冷气，温度计显示16度，这是水仙开花最适合的温度。当然，控制花期不只靠温度，还有别的条件，但张文江没说，他说这是秘密。

刻刀、刻片、刻钳、刻剪、刻针、修叶刀……桌上摆放着一排钢制工具。张文江要教我们给水仙花头做手术——刻水仙。张文江说，刻水仙就四个字"胆大心细"。不敢想就没新意，就没有争奇斗艳。下刀要细心，水仙娇气，用错刀，无可挽回，难以成型。

剥鳞片，削叶缘，雕花梗……张文江一边示范，我们一边动起了刀。"没有金刚钻，别揽瓷器活"，有了金刚钻，我们也揽不了这瓷器活。正是知易行难。可惜几颗水仙花球"牺牲"在了我们手里。刻水仙，是门高超的技艺。漳州水仙花协会有80来位雕刻师，他们的作品获奖无数，名扬南北。

张文江劝我们不用急，下个月他们去北京办水仙花雕刻班，欢迎我们去学习。这样的雕刻班，他们每年都办。北京市场占了漳州水仙花近 10% 的销量，除了广东、漳州，就数北京销量大了。

水仙花作为"岁朝清供"，由来已久。每逢暮冬岁首，百卉凋敝，只需一杯清水，水仙花便可在几上案头，送上一抹春色。一年一度春节时，人民大会堂的团拜会，水仙花更是唯一的桌上花。

水仙花带来春意，带来喜庆，人见人爱。

蝴蝶兰

漳州台创园副主任林志雄带我们去采访黄瑞宝。

黄瑞宝人称"阿宝"，是漳州的"蝴蝶兰大王"。黄瑞宝不仅是漳州的"蝴蝶兰大王"，也是中国的，乃至世界的。他培育的蝴蝶兰品种占领了 60% 的中国市场和 25% 的国际市场。

黄瑞宝也种蝴蝶兰，不过不多，他的专业是蝴蝶兰种苗研发，他的研发基地是中国最大的，每年的新品种在 300 个以上。林志雄说，黄瑞宝虽然是养花的，但他的公司是国家高新技术企业、福建省知识产权优势企业，研发技术世界领先。

我们见到黄瑞宝时，他正跟朋友喝茶。他让我们坐下一起喝茶，说，不把茶喝好了，不给看花。有人问他年龄，他说，二十几岁开始养蝴蝶兰，已经养了四十年，你说多大？黄瑞宝说话直爽，风趣幽默。

其实，几年前我采访过他，那时还在老园区，离这里十来公里。他肯定记不得我了，这很正常。他是名人，见的人多，而且都是别人求见他。我们喝茶的展厅，挂着好多照片，都是中央领导来视察的，其中两幅是他与两位国家领导人的合影。

茶喝好了，黄瑞宝带我们走进温室去看蝴蝶兰。这里有2万平方米，比老园区大多了，而且更先进，全部是智能玻璃温室。温室里暖洋洋、湿润润，正是蝴蝶兰适宜的环境。蝴蝶兰喜暖畏寒。一排排宽大的钢架上，整齐摆放着一盆盆花枝招展的蝴蝶兰。

蝴蝶兰茎短，叶大，一枝长达盈尺的花梗从叶腋中抽出，然后一朵接一朵地开放，每枝花开七八朵，多的十二三朵。全部盛开时，仿佛一群列队而出的蝴蝶，轻盈飞舞。

蝴蝶兰原产在东南亚的亚热带地区，台湾最多。台湾原生种白花蝴蝶兰世界闻名。现在大陆的蝴蝶兰都是从台湾引种的。黄瑞宝就是最早来大陆种植蝴蝶兰的台湾人。

黄瑞宝是台南县人，年轻时从事建筑业。有次在给人家修房子时，看到墙边种满了蝴蝶兰，那一刻他被深深吸引。房主送了一些花给他，他每天看着看着，就爱上了蝴蝶兰。后来黄瑞宝不修房子了，一门心思种蝴蝶兰。1992年，他到日本参观国际兰展，发现日本人不只是停留在兴趣把玩上，而是把蝴蝶兰商品化了。1997 年，当上台南县兰艺协会会长的黄瑞宝，大力推广蝴蝶兰商品化，不断培育新品种。1999 年，漳州举办第一届花卉博览会，黄瑞宝带了几盆蝴蝶兰参展，引起轰动。那时蝴蝶兰在大陆还是个稀罕物。黄瑞宝也就是在那时，发现了大陆巨大的市场商机。

漳州是黄瑞宝的祖籍地。2007 年，黄瑞宝把事业重心从台湾转移到了漳州，成立了一家名叫钜宝的公司，专事蝴蝶兰种苗研发。十年来，黄瑞宝培育的蝴蝶兰品种超过 3000 种，世界第一。"世界上有卖蝴蝶兰的地方，就有钜宝的品种。"他说，这一点也不夸张。黄瑞宝研发的新品种，都会在名称前面加上"钜宝"两字，这是得到国际认可的。"钜宝天使""钜宝珊瑚"等 50 个品种，还是受国家农业部保护的品种。

我在黄瑞宝这里几乎没有看到重样的蝴蝶兰。他举起一盆蝴蝶兰说道，这是今年刚刚选上的"花王"。

"花王"的花朵并不大，也不像蝴蝶，样子倒像海星，五只白色花瓣，镶着一圈粉色花边。

我问他，什么样的才能当上"花王"？

"最好是以前没有过的，更重要的是市场前景看好。"

每年春节前是蝴蝶兰上市的最好时节，销量最大。2017 年，漳州蝴蝶兰的产值达到了 3.5 亿多元。春节过后，人们就开始物色来年的新品种，"花王"就是市场的风向标。

我又问，一个新品种上市要多久？

"7 年。"这吓我一跳，怎么会这么长？他说，一个品种杂交成功要 3 年，之后克隆要 1 年半才会有一些量出来，几百棵、一千棵，拿去试种，还要 1 年半才能看出这个品种稳定性好不好，会不会受市场欢迎，等有了市场订单再去大量种植，加起来可不就 7 年了。他的 3000 个品种都是这么一步步过来的。

我接着问黄瑞宝有多少科研人员？

"8 个。"怎么会这么少？他说，蝴蝶兰的奥秘都在他心里，用不了很多人。搞了四十年的蝴蝶兰，黄瑞宝已经把蝴蝶兰摸透了。

黄瑞宝说，花有人情味，是人与人之间的桥梁，送什么都不如送花好。尤其是蝴蝶兰，花姿婀娜，花色高雅，花期又长，短的三个月，长的半年。特别是春节时，送给亲朋好友，没有不喜欢的。凡是头一年摆放过的，第二年没有不想念的。黄瑞宝本想送我们几盆带回北京，可是怎么带啊，总不能抱回北京啊，只好作罢。这就显出漳州的优势了，一年四季，鲜花常伴，令人羡慕。

走进长汀，认识客家

我以前从未到过闽西。这次到长汀，算是第一次到闽西。参加"客家文化之旅"的 20 余位记者汇聚龙岩后，要分组到下面的五个县采访，武平、永定、长汀、上杭、连城，我选了长汀。选长汀，是因为看到了四个字——"客家首府"。其实，其余四个县也是客家聚居区，但终归不如"首府"吸引人。

一个人，第一次到一处陌生地方，如果能碰到一位好"导游"把这个地方的"精髓"在短时间里介绍给你，那真是一件很幸运的事。我这次在长汀就很幸运，碰到了一位好"导游"——长汀县委宣传部副部长涂健麟。

我第一眼见到涂健麟时，以为他 30 来岁，但他实际上已经 45 岁了。他说，汀江水好，养人。后来他告诉我，他当过老师，又搞过几年地方志。难怪他对长汀这么熟悉，讲得又这么好。

"一江一城一群人"，涂健麟说，这就是长汀。

"一江"，就是汀江。"天下水皆东，唯汀独南"。汀江发源于长汀，自北向南，经广东注入南海。汀江是客家人的母亲河。南宋时，汀江通航，百业兴旺，人口激增。至今，世界客属公祭客家母亲河活动已在长汀举行了二十多届。

"一城"，就是汀州古城。长汀，又名汀州，自盛唐到清末，均为州、郡、路、府的治所。历史上，汀州管辖的范围要比现在的龙岩市大，还包括现在福建三明市的一部分。

"一群人"，就是客家人。客家人不是少数民族，他们起源于中原汉族，是汉族的一个分支。作为一个群体，客家人可以被称为一个民系。客家歌者所唱"要问客家哪里来，客家来自黄河边。筚路蓝缕辗转迁，客家南来愈千年"，正是从歌声中追忆历史，回望中原。自晋代的"八王之乱""五胡乱华"始，经唐宋"安史之乱""靖康之乱"，根植于中原大地的汉人为躲避战乱，万里南迁，其中一部分进入闽粤赣边繁衍生息。

汀州是客家民系的最后形成地，也是客家文化的策源中心。如今，全球客家人已有 8000 万之多。

古　城

这是一座实打实的古城。城墙、城门、城楼，涂健麟说，都是唐大历四年的底子，历代虽有维修，但结构与方位从未变过。

长汀是福建省 4 个国家历史文化名城中唯一的县级城市，也是唯一基本保留了原有古城池格局的历史名城。中国各地的

"明清古城墙"，正在"打包"申请世界文化遗产，汀州城墙是其中一个组成部分。汀州古城历经 1200 多年，保存这么好，与闽西的地理位置不无关系。闽西地处大山深处，战火不易侵入，几乎没有人为破坏。闽西后来能成为革命红色圣地，也有这方面的因素。

汀州古城不大，从北边的广储门，到南边的宝珠门，全长仅 600 米。广储门又叫三元阁，对面是汀州试院。明清开科取士的时代，门楼上内奉魁星塑像，手执朱笔面向试院。三元指的是解元、会元、殿元，意为祝愿考生能中三元。宝珠门城楼为北宋州城式样，上有一座小小的宝珠寺，我们推开宝珠寺的窗户向下看，涂健麟说，1929 年 4 月，毛泽东、朱德率领红军第一次到汀州，就是从下面的宝珠门入城的。

像这样的古城门，长汀现存五处。深灰而泛着旧意的老城门，现在已不能通车，只供行人通行。城门洞内，两侧摆着条凳，老人们坐在上面，有一搭无一搭地说着闲话。我看见一位老人，在宝珠门洞里摆上一台老式缝纫机，她坐在缝纫机前，带着花镜，弓着背，很专注地为别人缝补着衣物。门洞里遮风避雨，是行人必经之处，也是这位老人家维持生计的地方。

在古城，最宽的路叫大街，比大街窄的叫小街，比小街还窄的叫巷。大街也宽不到哪儿去，至多四五米。小巷宽不足一米，两人相向，将将侧身而过。街两边有不少明清时代砖木结构、风火山墙、府第式的建筑。面积大些的是宗祠，面积小点的是民居。

古城里的店头街是古汀州最早的商业街，这几年评上了中国历史文化名街，游人最多。店铺多为木结构骑楼式，上下二层。每户门面不宽，但都有一定深度，前店后宅，下店上宅，故称"店头街"。这里保留了木工、雕刻、打铁、竹器、裱画、裁缝、染织、豆腐、酿酒、饮食等百十种传统手工艺。

店头街很安静，听不到吆喝声。你无论走进哪一家店铺，主人都会冲你微微一笑，然后又做他自己的事情去了。他们好似不是在做生意，而是在过一种生活。街口有一家名为七星饭店的小餐馆，牌匾上写着"百年老店"。涂健麟说，他小时候特别乖的时候，外婆就会带他来这里给他买上一碗猪皮饭，现在他也常来吃。三四十年过去了，七星饭店的桌椅板凳，瓶瓶罐罐，都没有变，变的只是他长大了，老板变老了。

涂健麟领着我走街串巷，转来转去。他就生长在古城里。他进谁家的宅院都不用敲门，不仅是因为熟门熟路，也是因为所有人家的大门都是敞开的。他好像和谁都认识，一路上都在与碰到的人打招呼，这让我很羡慕。我们住在大城市里的很多人，连多年的邻居都不认识。

古城里的房子很老，有的甚至残损破败。但人们好像并不在意，依旧怡然自得地住在里面。古城的房子已被列入文物保护范围，拆，肯定是不允许了，就是维修也要经过批准。房子虽然低矮拥挤，但是只要有块空档儿，就种上了花花草草。我还听到幽深的巷子内飘来吱吱呀呀的二胡声。

客家人的房子，不论大小，必有天井。在客家人眼中，住宅如果没有天井，就像人没有口鼻，不能呼吸。天井，接纳着来自上天的阳光雨露。我们走进一户人家，一个女孩子正坐在天井下，小方桌上铺开书本文具，阳光暖暖地照下来笼住了她。她今年上高二，正是功课吃紧的时候。

汀州古城虽然很古，但它没有老气，也没有谁非得改造它、包装它，一定要它出人头地。它就是岁月慢慢流淌，自自然然走到了今天这个样子。

长汀县委书记廖深洪在接受采访时说道，曾有上级领导到长汀视察时提出，长汀古城要做成福州三坊七巷的样子，他没有照办。廖深洪说，他希望人们到长汀时，不会说这个地方好像在哪里见过。长汀就应该是长汀的样子，而不是别处的样子。

宗祠

在长汀，最古老、最气派的建筑一定是宗祠。宗祠的数量也多，仅古城里就有 60 余座，几乎每条街都有一座，整个长汀县共有三四百座。村里最有权威的是族长，宗祠是宗族议事的重要场所，千百年来都是如此。

汀州古城腹地，龙首山下的刘氏家庙是长汀最大的宗祠。我和涂健麟向刘氏家庙走去，远远望见家庙门外竖立着一对石笔，表明这里曾有人考取过进士。

刘姓是长汀的大姓。长汀县人口55万，刘姓有6.8万。长汀的刘氏家庙是江南刘氏五大宗祠之一，占地1000多平方米，房间69间，光大门就有三个。这里的建筑用材极为考究，所有梁柱皆用上好的大原木，墙体的所有砖块上都刻有"刘祠"字样，足见刘氏家族当年的气派。

刘氏家庙始建于北宋年间，传承千年，六次维修，至今仍保留着明代风格。走进刘氏家庙的内院，十几位刘氏宗亲刚刚议事完毕，52岁的刘铭荣被推举为刘氏家庙理事会荣誉会长。只见家庙中厅悬挂着一副对联：树高千尺莫忘根本，河长万里当思流源。刘铭荣指着这副对联说，客家人"不拜神、只敬祖"，敬祖穆宗、慎终追远是客家人的精神支柱。长期颠沛流离，一路迁徙，客家人内心唯一铭记的就是祖先的血脉相传。"旦夕莫忘亲命语，晨昏须荐祖宗香。"每年最靠近春分的周日，是刘氏家庙春祭大典的日子，海内外的刘氏宗亲纷纷回乡祭祖，盛况空前。

刘铭荣津津乐道的两位刘氏子弟，一位是刘国轩，一位是刘光第。刘国轩是明末清初长汀四都人，曾为民族英雄郑成功的主将，收复台湾后辅佐郑成功的子、孙，被郑成功之孙郑克塽封为"武平侯"。刘国轩后归顺清康熙帝，赠太子少保，回乡省亲时都不忘到刘氏家庙祭拜祖先。

刘光第是清代"戊戌六君子"之一。他回祖籍武平寻亲时，

曾专程到长汀刘氏家庙祭祖，留下"为肖子难为孝子，做良臣
勿做忠臣"一联，至今悬挂于刘氏家庙厅内。

刘铭荣说，宗祠过去还用来办学堂。中原汉民携带儒家文
化迁居汀州，从此，渔樵耕读成为汀州客家人的生活常态。汀
州客家人无论家境优劣，都以读书作为人生最重要事情。宗祠
特地辟出一角当作私塾，由宗族中德高望重的长者开蒙授课。
客家人以"耕读传家"作为家风家训代代传承，这既是精神追
求，也是行为准则。时至今日，汀州依旧文风鼎盛，蟾宫折桂
者不乏其人。

围屋

从汀州古城开车 20 分钟来到涂坊村，我们慕名寻找涂坊
围屋。涂坊围屋始建于清乾隆年间，距今已近 300 年。

涂健麟告诉我，围屋式建筑是客家人特殊生存环境的写照。
由于客家人长期在外流浪，经常遭受当地土著、盗匪的打劫和
袭击，恶劣的生存条件迫使他们极其重视防御，所以将住宅建
造成一座易守难攻的城堡，聚族而居。围屋内部有充足的空间
安置人员粮草，外部则可以完全封闭为碉堡。广东梅州的多层
围垅屋、永定土楼、长汀围屋，都是典型的客家古建筑，是客
家人团结奋进的象征。

长汀客家围屋大致分为两类，一类为全包围，一类为半包

围。全包围为呈椭圆形，由前围屋、池塘、余坪、大门、上中下厅、两厢、天井、左右横屋、后花园、后围屋等建筑组成，占地面积较大，一般都在 2000 到 3000 平方米之间。半包围呈半个椭圆，因形似牛角，也称牛角屋，与全包围的不同之处，在于它少了前围屋。

涂坊围屋属于全包围，如今已是一座"空城"，萧瑟残败，所有住户在 20 年前已经搬出。涂坊村村委会主任涂君琛曾在围屋里住了 30 年，是这座围屋的第七代居民。他说，他们家族是 600 年前从南昌迁徙过来的。涂坊围屋坐东朝西，砖木结构，占地 2300 多平方米，共有 88 间房屋。

涂君琛带我们在围屋内参观，指出各处功用。围屋内有厅堂多处，视厅堂的大小，由一户专用或多户共用。正厅的厅堂供奉着先祖的牌位。厅堂还供本族人红白喜事之用。几十处的开间，除置放谷物、堆放杂物外，其余的用作居住。两边最外层的空间用来关猪、牛，放柴草。池塘、水井，供洗涑和饮用。

围屋的墙体最少三四十厘米厚，用青砖砌筑。墙上设有大小不一、高低有序的砖孔。这些砖孔灵活方便，可随通随堵。它们平时是通风设施，乱世之年则是对外观察、射击之孔。在使用弓箭刀矛的时代，这种围屋着实难以攻破。

涂君琛坐在天井下，回忆起他当年在围屋里生活的情景。他记忆较深的是围屋的一角有一座学堂，他的爷爷教着十一二个孩子读书。过年的时候，围屋中厅就摆上七八张大圆桌，几十口人坐在一起，欢乐祥和。围屋的正厅贴着家规家训，他现在还能背出："宗亲远派，虽有众寡、智愚之不同，然原本为一，皆吾祖所遗也。倘有博众以暴寡，籍智以欺愚者，为祖宗者何乐？"

客家围屋在长汀分布很广，全县18个乡镇都有。有人说全县围屋有200多处，有人说300多处。涂君琛说，目前尚未完全统计到位，但仅涂坊一个镇，就有围屋33处。涂君琛还拿出一份刚刚收到的文件，长汀县已经下拨文物保护专项经费，其中包括涂坊围屋，今年就可以启动围屋的修复了。

豆腐宴

我本来已经离开长汀到了瑞金，正准备从赣州回北京。此时涂健麟联系我，问能不能再回趟长汀，因为长汀第二天举办古城保护日活动，其中重头戏是豆腐宴，希望我去看看。长汀与瑞金，虽分属闽、赣两省，但很近，开车仅需半个小时。于是，他开车又把我接回了长汀。

豆腐宴在客家母亲河广场举办。这天阳光温暖，天空纤尘不染，汀江岸边，欢声笑语。广场上拼接出一张几十米长的大条案，各路能厨巧手，早已候场，要为今天的108道豆腐宴露一手。

我发现在长汀，哪个餐馆饭店，要是没有几道拿手的豆腐菜，恐怕是混不下去的。长汀有句老话，"无宴不豆腐"。豆腐宴上，我入住的金仁大酒店，准备了三道招牌菜——鲍汁回味豆腐、客家炸满丸、脆皮酿豆腐。而长汀最有名的星级宾馆长汀饭店，则亮出了农家原汁豆腐、象形腿包豆腐、徽州丸三道看家菜。有一些豆腐菜，仅看名称就会喜欢，比如发财豆腐、鸳鸯豆腐饺、蟹粉嫩豆腐、黄金豆腐卷……还有一些，光看菜名，你都想不出这豆腐是怎么做的，比如老精光豆腐、响铃豆腐、鲤鱼戏莲蓬。

长汀人为什么这么爱吃豆腐？涂健麟说，这还是跟客家人的"历史命运"有关。

客家先人来自中原。中原大地产小麦，中原人以面食为主。背井离乡，远离故土，中原人来到南方，可这里不种麦子。思念家乡的面食怎么办？只好找替代品，豆腐便成了不二之选。最典型的，豆腐饺、豆腐饼、豆腐卷、锅贴豆腐、酿豆腐，原型都是面食。豆腐取代面食，几百年来就这么延续了下来。

长汀人特别爱拿瞿秋白的一段话来为自己的豆腐"打广告"。瞿秋白在长汀狱中撰写《多余的话》，文章最后说道："中国的豆腐也是很好吃的东西，世界第一。"秋白先生对豆腐的赞语，或许与他在狱中常吃豆腐不无关系。

涂健麟在豆腐宴现场给我介绍了一位"豆腐能人"——林观木，他是长汀豆腐圆制作技艺的第 27 代传人。"豆腐圆"是龙岩市非物质文化遗产代表性项目。林家做豆腐，从明朝正德年间做到今天，实在了不得。

林观木带了两笼屉的豆腐圆，一屉有三十多斤重，像个小磨盘。"白如凝脂，润如玉"，林观木的豆腐圆确实跟一般豆腐不一样。豆腐圆既是成品，也是半成品。可以切成小块，蘸上佐料，直接食用；也可以与其它食材搭配，继续加工。我尝了两块，很有韧性，有点像小孩子吃的果冻，很 Q。

长汀人做豆腐，如果配上海味，那就算是上等菜了。为什么有海味就上档次呢？涂健麟说，长汀地处闽西山区，山珍野味不缺，却缺海货。海货翻山越岭来到长汀实在不易，做豆腐的时候拿出来一点"提鲜"，自然稀罕。墨鱼煲汀州豆腐干、鲜鱿扒豆腐、鲍汁回味豆腐、虾仁双色豆腐，凡是这些带海味的，价钱都贵。

豆腐在中国不稀奇，但涂健麟说，长汀的豆腐却有两点很特别。一是长汀人做豆腐不用石膏，而是用酸浆卤水。不用矿物，制法自然无害。二是烹饪方法五花八门，既可蒸、煮、炸、炒，也可汆、焖、煎、煨。

在长汀，豆腐是思乡菜。豆腐干是"客家八大干"之首，出远门的人都要带上一些。离开长汀的时候，涂健麟也送了我一盒。在机场候机，想起了他，抽出一片，细细品味了起来……

长汀，世界客家首府，国家历史文化名城，中国革命圣地，中国客家菜之乡，这就是我认识的长汀。

叶宏灯办学

　　广东省台办举办台湾学子岭南行活动，第一站就是东莞台商子弟学校（东莞台校）。我之前到过东莞台校两次，也听过台校创办人叶宏灯先生讲办校经历，但都没有记录。这次再听他讲述，要是再不写下来，实在可惜。

　　东莞是一座台商之城，遍地的工厂几乎都是台商开的。来自新竹的叶宏灯也是台商，今年66岁。他与我两年前见到的没什么变化，还是那么精神饱满，冲劲十足，带我们楼上楼下地参观，一口气爬个四五层楼，不带喘大气儿的。碰到有学生向他鞠躬致意，他就停下来，跟学生闲聊几句。

　　叶宏灯曾是东莞台商的"大哥"。他1989年就到东莞投资，一股脑儿连着建了10家工厂，工人近2万。他为世界知名电脑厂商代工零部件，单说鼠标，产量就排世界第二。1995年至1999年，叶宏灯是东莞台资企业协会的会长，手下会员企业6000多家。当时全国有144家台资企业协会，东莞是最大的一家。那时，东莞台商有10万多人，占了广东台商的一半。

但是，叶宏灯很快就发现了两个严重问题，这彻底改变了他的人生方向。一是东莞台商死亡率高，而且都是董事长、总经理这样的级别；二是离婚率高。

叶宏灯作为台协会长，想了很多办法，但是这"两高"就是降不下来。后来，叶宏灯琢磨出来了，要想把"两高"降下来，就得把台商的妻子接过来，家庭团聚。妻子过来了，孩子自然也得跟过来，随后问题就来了，小孩子的教育怎么解决？思前想后，叶宏灯决定为台商子弟办一所学校。

东奔西跑，南来北往，叶宏灯花了四年时间，终于在2000年把东莞台校建了起来。从一开始，叶宏灯就立足只接受各界捐资，而非投资。他既不要大陆的财政投入，也不要台湾当局的资助。在他的带动下，台商踊跃捐资，社会大众齐心合力，众志成城，东莞台校开了台商公益办学的先例。以后，上海、昆山两地，也创办了台商子弟学校，与东莞台校不同的是，这两所台校都属非公益性。

东莞台校除了校园的210亩土地是当地的，其它都是台湾"原装"——学生是台胞子弟，教师是从台湾聘请过来的，教材是台湾通用的，升学也按台湾规则走。

东莞台校校园宽阔，绿树成荫，九栋建筑，设施齐全，接收了3至18岁，从幼儿园到高中的一共2489名台胞子弟。143名来自台湾的教师，与所有学生一起住在校园。这所全寄宿制学校，承担着教育、养育、辅育三重责任。自从东莞台校建立，叶宏灯就金盆洗手，退出企业，一心办学。他跟师生一样，与夫人一起住在学校公寓里。

办学跟办企业有什么不同？叶宏灯的回答是，办学压力更大。这种压力不仅是安全方面的，更多来自如何培养一个孩子成才。学生不成才，办学就是失败。然而，成才不仅仅是知识的累积，更要立德树人，人格的健全、品格的提升、积极的社会责任感，这些都是教育的目的。丽德楼、厚德楼、明德楼、艺德馆，从建筑名称上，就可以看出叶宏灯对德育的重视。

叶宏灯腾出整整一个楼层，开辟了中华文化教育馆。一面几十米长的墙壁上，描绘出历史长河各个重要转折点，呈现出中华文化的悠久绵长，辉煌灿烂。50位中国历史杰出人物的事迹，言简意赅地镌刻在走廊间，耳濡目染地影响着孩子们。

叶宏灯还专门设立一室，名曰"台湾文化教育馆"。他指着一幅清代乾隆年间的台湾地图说："我想告诉台湾子弟的是，台湾自古就是中国的，实为中华文化的一脉。台湾不是从石头缝里跑出来的。"

东莞台校大门外，原本有一片空地，荒芜很久，叶宏灯租下来，开办了生命力教育中心，成为孩子们的户外训练基地。在看到不少台商失去生命的悲剧后，叶宏灯把孩子们的健康摆在了第一位。看到墙上的训练内容，我真是吃了一惊。

"熟练各种工程用绳结"；

"能区分植物叶子的形态至少三种以上，能根据树叶的形

态辨识植物至少五种以上";

"学会人工呼吸";

"能处理轻微创伤、消毒与包扎";

"能使用摩斯密码";

……

我不确定大陆的学校是否也有这些户外训练课程。

这天晚饭，叶宏灯和我们一起在露营区品尝了学生们自己做的烧烤，虽不十分美味，却很可口。席间，我同坐在身旁的副校长冯思义先生聊天。冯校长原是广东省实验中学的校长，退休后被叶宏灯聘请了过来。

冯校长讲道，有一次东莞劳动局局长问他，"叶宏灯办台校，一分钱工资不要，他吃什么？"

冯校长说，"他吃种子（老本）。"

从台校创办以来，叶宏灯就没有领过工资。冯校长"警告"叶宏灯，他再不领工资，恐怕以后没有人敢接他的班了。

东莞台校每年的花销至少一个亿，但即便如此，学杂费十几年从未涨过。有人提出要入股，被叶宏灯拒绝了。叶宏灯说，东莞台校是社会财产，是公益性的，没有分红一说。即使有了结余，也要回馈社会。就在我这次采访的几天后，冯思义代表叶宏灯远赴新疆喀什，将 105 万元捐助给了当地的维吾尔族教育。

培育优秀子弟、促进家庭和谐、助推两岸交流——叶宏灯的东莞台校，的确有些不一般。

岁月陈香

　　乘车进入江门市新会区，透过车窗，看到路边一块一块的空地上，铺展着橘皮一样的东西。车速较快，我不十分肯定。

　　午饭时，江门市台办主任谭健文介绍江门情况，说到了江门是"中国侨都"，在海外的江门侨胞有400多万，跟现在的江门人口一样多；说到了江门的新会区，是维新先驱梁启超的故里；还说到了新会是"陈皮之乡"，新会陈皮是广东的十大名产之一。咦，难道路边晒的正是陈皮？她说，正是陈皮。我提出能不能去哪里让我见识一下陈皮，谭健文很爽快，随后便带我去了东甲村。

　　路上聊起陈皮，谭健文大致给我勾勒出了新会与陈皮的历史渊源。

　　世间陈皮，以广东陈皮为上品。广东陈皮中又以新会陈皮为正品，更以多年陈藏为珍品。新会陈皮，特指用新会柑果皮经过晒制和陈化而成的干品，是新会传统土特产。新会陈皮药膳同源，入方可以和百药，入膳可以调百味。新会一带专门种柑取皮已有 700 多年历史。新会商人将陈皮大批销往外省，令新会陈皮名声远播。

东甲村离梁启超故居很近，而故居周边 11 个街镇的田地，是由来已久出产新会柑最好的地方。东甲村村委会主任梁根长正在自家的果园里忙活着，地头上堆着刚刚摘下的一筐又一筐柑果，三五农友坐在一旁，手头麻利地剥着柑皮。花瓣般的柑皮，在地上已铺满很大一片。梁根长种了 5 亩新会柑，每亩 80 株左右，亩产柑果在 6000 斤上下。100 斤柑果大致能出 5 斤陈皮。整个东甲村，种了 800 亩新会柑。

梁根长 50 来岁，皮肤黝黑，额头闪着汗珠，从果园里探出身来，手里捧着几颗刚摘下的柑果，笑吟吟地递给我们。跟陈皮打了几十年的交道，梁根长似乎也有了一种质朴的醇香感，虽然乡音很重，但声音柔和，也像陈化了多年。

梁根长说，他们这里是最正宗的新会陈皮产地，以附近的 11 个街镇为圆心，平均每向外扩展 10 公里，柑果的价格就会每斤下降 2 元钱。东甲村的柑果价格最高，平均每斤在 15 至 18 元左右。

跟着梁根长走进柑果园，我也试着当一回果农。

新会柑树并不高，最高不过一人高，大多也就长到我们的腰间。别看树不高，但挂果特别多，一颗颗柑果缀满枝头，阳光下金灿灿的。枝条被压弯了腰，低垂的果实贴到了地面，三岁的娃娃去摘也不费力。

不同时间采摘的新会柑，炮制出的陈皮味道和功效也不同。

农历立秋至寒露，采收的柑果是青皮，这是第一批柑果；寒露至小雪，采收的是微红皮，这是第二批柑果；小雪至小寒，采收的是大红皮，这是最后一批采摘的柑果。我们现在采摘的正是大红皮。

青皮柑的果实最不成熟，果皮尚未着色，制出的陈皮口味辛苦；微红皮的果实已成熟大半，果皮开始着色，但又未完全着色，制出的陈皮味辛，稍苦，略甜；大红皮的果实基本成熟，果皮已经完全着色，外表的油室更大，皱缩更明显，制出的陈皮虽也味辛，但气味甜香。

这里要插一句，"油室"是陈皮行业中的术语。油室很重要，是决定陈皮优劣的一个重要因素。简单理解，油室就是陈皮表面凹入的油点。油室完整度越高，陈皮所含活性物质就越高，药用养生功效就越好。新会陈皮含有挥发油成分多达24种以上，黄酮类成分远高于其他产地的陈皮，这就是新会陈皮药用价值较高的关键所在。外地陈皮挥发油的种类少很多，香气微弱单一，不论年份长短，发生的变化都不大。

新会柑的品质为什么这么好？梁根长说，因为新会的水土气候别的地方比不了。这片土地"三水交汇""咸淡交融"。谭江、西江是淡水，银州湖是海水，淡水保有丰富的有机物质，海水则富含矿物元素。核心产区的土壤又是三角洲的沉积土，肥沃、深厚；再加上日照充足，雨量充沛，霜冻期短，所以使新会这方水土得天独厚，培育了最正宗的新会柑和新会陈皮。

摘了一筐柑果，跟农友们坐在一起，我也学着开皮。开皮也有讲究，以"正三刀"法最为正统。梁根长给我做了示范——从柑果顶部处，等三分向下划刀，留果蒂部相连，果皮反卷，橘白向外，成规则三瓣状。正宗新会陈皮，经过几十年陈化后，若形状仍为三瓣完整无缺，谓之极品。梁根长说，外地陈皮做不到这点，零碎的居多。

看着农友们拿着一把裁纸刀，唰唰三下，瞬间完成开皮，如同变戏法。这就叫熟能生巧！手慢了，成千上万的果实，得开皮到何时啊！我照猫画虎地比画了几下，还真没那么简单。稍一用力，刀尖就把里面的果肉划破了。开皮时若沾上果汁，陈皮就不易保存，容易霉变。开皮，真是个精细活。

柑果开皮之后，就是晾晒。此时的新会，家家户户门前阳光能照到的空地上，几乎都铺展着陈皮。在冬日暖阳下，曾经鲜嫩饱满的柑果皮慢慢地脱干水分，逐渐褪成暗褐色，抽缩得皱皱巴巴。就这样，柑皮在阳光下经过几天暴晒，实现了它的"脱胎换骨"。天然生晒，依然是新会人最传统的陈化方式。每次翻晒都必须经过人工的精挑细选，保证留下最优质的陈皮。虽然现在已经可以用机器烘干，但新会人看不上，认为机器破坏力强，制出的陈皮不是原来的味道。

陈皮越陈越醇香。梁根长说，一般来说，果皮经过三年以上的陈化，才能称作陈皮。三年的陈皮有清香味；五年时开始有陈香，回味更悠长；十年之后，开始出现老药味；最上乘的陈皮则伴有樟香味。在新会，老百姓家中存有三四十年以上陈皮的，不在少数。我后来在新会陈皮交易中心，看到一只玻璃罐装的百年陈皮，这是 1903 年宋庆龄送给一家药店保存下来的。颜色虽已至深黑，但每片陈皮的三瓣外形都完整无缺，内外表面干净鲜明，纹理清晰，光泽依旧。梁根长送了我一包五年份的陈皮，颜色暗红，果香味浓。这是很好的纪念品，我打算再存放久一些。

陈化年份不只影响到陈皮口感风味，也会形成不同的药理价值。五年份陈皮适于养生、预防疾病、调理身体。十年份以上的陈皮，则具治疗功效，为许多中药的必备成分。

梁根长说，新会陈皮入药、熬汤、烹制甜品，早已是本地人的独特习惯。虽然他们大多不能专业地说出陈皮的药性，但都有着一个直观的感受——舒服、安心。

说了陈皮这么多的好，我觉得还有一点遗憾。梁根长果园周围的田间地头，丢弃着整筐整筐被剥去皮的果肉，散发着刺鼻的酸腐味。梁根长摘下的果肉我尝过，除了略微有些酸，没什么不好的，我们在市场上买的柑橘也不过如此，难道就不能再加工一下吗？梁根长说，陈皮价高，谁还会在乎果肉呢？光保鲜就是个大问题。

我真希望有人能想想办法，把果肉也利用起来，就这么在地里烂掉，实在可惜。

好心之城

从江门到湛江，路过茂名，只有 2 个小时的停留时间。2个小时，能做点什么呢？茂名市台办主任吴奕带我们去茂名石化转了一圈，路上还给我们讲了两个同茂名有关的人物。虽行色匆匆，但不虚此行。

利税大户

广东是中国经济第一大省，GDP 一直位居全国第一。广州所处的珠三角，深圳所处的粤港澳大湾区，是中国经济最发达、最活跃的地区。但广东最挣钱的企业，不在广州，不在深圳，而在茂名。这家企业叫茂名石化，是新中国自主建设的第一家炼化企业，2017 年上缴利税 417 亿元。

我们到茂名石化厂区参观，开阔的厂区，高炉林立，但几乎看不到工人。茂名石化负责宣传工作的柯裕清说，工厂自动化程度很高，生产流程已经实现电脑操作，所以厂区难得见到人。

茂名石化是我国三大炼油化工企业之一，主营业务有两大块——炼油和乙烯。每年炼油达到 2000 万吨，乙烯达到 110 万吨，产量都居全国前列，人均创收也是广东最多。

广东虽是中国经济第一大省，但区域发展不平衡。广州和深圳周边珠三角一带最富，其次是粤北，再次是粤东和粤西。茂名就属于粤西。粤西能有茂名石化这样的大企业，也是时代使然。

上世纪 50 年代初，为打破国外对新中国的封锁，解决石油不足的困难，国家决定开发油页岩炼油产业。1955 年初，茂名勘探出油页岩矿。1956 年 4 月，中央决定在茂名建设油页岩炼油厂，并列入"一五"期间国家 156 个重点项目之一。随后，数万名建设大军从东北、西北、华中等地向茂名集结。1958 年，茂名油页岩基地建设全面展开。茂名是一座因"油"而生的城市。

柯裕清说，后来发现，茂名的油页岩储量并没有当初预想的那么乐观，炼油厂的产能始终上不去。再后来，从中东进口原油，才使产量慢慢上来。1998 年，茂名石化的原油加工能力达到了 1350 万吨，成为国内首家炼油能力超千万吨的企业。

我以前对乙烯这种化工产品并不了解，这次到茂名石化，听柯裕清介绍，才多少了解了一些。乙烯工业是石化产业的核心，石化产品的 75% 以上都是乙烯产品。乙烯产品是衡量一

个国家经济发展水平的重要指标。茂名石化的乙烯年产量达到
110万吨，在华南地区最大。柯裕清说，乙烯有点像"原浆"，
可以"勾兑"出很多产品。茂名石化的乙烯产品多达200多种。
合成树脂、合成橡胶，这些是比较大的产品，小的产品，譬如
我们每天使用的塑料袋，也都是乙烯产品。

从茂名石化出来，吴奕说，茂名有这么一家超大企业，也
是喜忧参半。"大树底下寸草不生"。茂名石化挤占了其它产业
的发展，一城的人，或多或少都能与茂名石化搭上勾，造成的
一个后果就是，茂名的产业结构非常单一。

除了石化一枝独秀，茂名最拿得出手的就是水果了。茂名
盛产荔枝，历史久远。自唐朝开始，茂名荔枝就成为历朝贡品，
至今茂名尚存的"进奉"、"妃子笑"等品种都因此而得名。唐
玄宗殿前的高力士是茂名高州人，民间传说，就是他把家乡的
荔枝推荐给了深锁宫中的杨贵妃。

吴奕说，这次没有时间了，下次有时间的话可以去古荔枝
园看看。茂名境内还留存几处原始荔枝园，群众世代传承，称
作"贡园"，千年古荔枝有380多棵。独特的自然气候，使茂
名荔枝比其它地方的早熟20多天到一个月以上，其中"三月
红"，农历三月便可采摘；"白糖罂"、"妃子笑"，5月中旬即可
上市。红荔飘香，先尝为快。早熟不仅给国内外消费者带来口
福，也使茂名荔枝身价倍增，广大果农喜笑颜开。

潘茂名

中国有不少地名是用人名来命名的。以"国父"孙中山先生名字命名的地方可能最多，我看到很多地方都有"中山路"、"中山大街"、"中山公园"。广东省原来有个地方叫"香山县"，后来改为"中山市"。以人名来命名，有的是上古传说中的人物，像黄陵县（黄帝）、炎陵县（炎帝）、神农架（神农氏）等；有的是历史上有重要影响的人物，像秦皇岛市（秦始皇）、微山县（微子）、吴起县（吴起）、介休市（介子推）等。我印象中还是以革命先烈命名的较多，像志丹县（刘志丹）、靖宇县（杨靖宇）、左权县（左权）、子长县（谢子长）、尚志市（赵尚志）等。这次路过茂名，吴奕告诉我，茂名也是以一个人物的名字命名的。

西晋末年，有位道士，名叫潘茂名，生活在广东高州一带。潘茂名遍尝百草，炼制丹药，悬壶济世，救治当时被瘟疫吞噬的百姓，深受粤西人民敬仰，为世世代代所传颂。于是，隋朝开皇18年（598年）设立茂名县，以潘茂名之名命县名，用以纪念潘茂名对粤西人民的恩德。唐贞观8年（643年），又用潘茂名之姓改南宕州（即高州）为潘州。在中国历史上以"姓"命州、以"名"命县，是否有先例，我没考证，但可以肯定，从古到今应属罕见。

冼夫人

茂名地名的由来，缘于一位叫潘茂名的先人。茂名的城市文化，则深受另外一位人物的影响，这就是冼英，史称冼夫人。

茂名是一座"好心人"的城市，茂名的城市精神就是"好心"两个字。"好心茂名"的 LOGO 在茂名街道随处可见，草书"好"字的图案是"心心相系"。茂名有一大湖，名曰好心湖。茂名的很多街心公园都叫好心公园。"好心茂名"徽章也成为很多市民的日常饰物。茂名还定期举办"好心茂名人"、"好心茂名家庭"评选活动。"好心文化"在茂名落地生根，其中缘由，吴奕说，都离不开冼夫人。

冼夫人生活在 1500 多年前的岭南地区，是梁、陈、隋三朝时期百越女首领。冼夫人拥有自己的武装力量，具备称雄割据的条件。但她在全国处于混乱分裂之时，不搞割裂分治，而是始终拥护朝廷和维护国家统一。隋文帝进军岭南，遭到陈朝旧臣和部分少数民族部落的抵抗。冼夫人获悉后，立即派其孙前去迎接隋军，并以自己所辖八州归附隋朝，使隋军得以进入广州，最后完成了岭南地区的统一。冼夫人也因此受封为"谯国夫人"。

在中国传统文化中，"忠君"和"报国"两个概念常常难以分别。因此，历经三个朝代、五代君主的冼夫人，也曾被议论为"见风使舵"的政客。但正如她自己所说，"我事三代主"，不过是"唯用一好心"。冼夫人维护岭南的百年和平，始终以"中央政权"为标的，减少了流血和杀戮，就此而言，封建王朝的更迭，并无碍她的大节。她革除社会陋习、促进民族融合、发展岭南生产、惩治贪官污吏、维护国家统一。她安定海南岛，让脱离大陆将近 600 年的海岛重新回归中央政权。周恩来总理称颂冼夫人为"中国巾帼英雄第一人"。

全球目前有 2000 多座冼夫人庙，不但遍及广东、海南、广西等省区，还散及马来西亚、泰国、越南等地。

"一个人影响一座城"。冼夫人"唯用一好心"的家国情怀，影响着一代又一代茂名人，形成了茂名的"好心文化"和城市精神。茂名是一座好心之城，好心精神就是茂名的城市名片。

徐闻，徐徐而闻

湛江是广东学子岭南行的最后一站，原本安排与岭南师范学院交流后，就乘动车返回广州，但计划赶不上变化。午饭时，当地朋友提到了徐闻。我初以为徐闻是个人名，后来才明白是地名，为湛江所辖的一个县，"是我国大陆的最南端。"这么一说，引起了我的兴趣，没想到我离大陆最南端这么近了，何不去走一走呢？于是便和广东省台办的李海一起直奔徐闻。

灯楼角

说到"中国之南"，你能想到什么？我想到了——曾母暗沙，中国领土的最南端；天涯海角，海南岛最南端；鹅銮鼻，台湾岛最南端。而这一天，我来到了我国大陆最南端——徐闻。徐闻三面环海，东临南海，西濒北部湾，南与海口市隔海相望，是大陆通往海南的交通要道。

从湛江市区到徐闻，路上用了两个小时。来到县城，稍事停留，看到市政设施略显陈旧，街道也较拥挤，行人和车辆慢悠悠的，显得有些慵懒。不过道路倒很洁净，店面也整齐，人们谦和有礼，颇有古风。说到徐闻地名的由来，徐闻县委宣传部副部长陈小勇给我们讲了两个说法：一说徐闻近海，涛声徐徐而来，"以其地迫海，涛声震荡，安得其徐徐而闻呼"。另一说则认为，此地为我国大陆最南，离天子最远，朝廷的消息迟迟未到，因此谓之"徐闻"。听起来，两个说法都站得住脚。

从县城再出发，向西南方向驱车近一个小时，海滨处有一角状沙滩前伸入海，此地名曰灯楼角。到徐闻必先到灯楼角，这里是我国大陆最南端的极地标志。

灯楼角，地理坐标为北纬 20 度 13 分，东经 109 度 55 分。灯楼角就如同一根尖尖的牛角，探入海中，把南海和北部湾分开。站在此处，可以清晰看到两边海水颜色的不同。陈小勇说，每当涨潮时，两个海区的两股海水从不同方向同时上涌，形成相互拍打的 V 字形浪涛，正如世界著名的好望角，是大自然的一大奇观。我们到的时间不巧，没有赶上汇浪奇观，但是不难想象，海水激情碰撞，波来涛去，定是蔚为壮观。

灯楼角与海南岛的临高角对峙，海峡仅宽 12 海里，共同扼守着琼州海峡的西出口。陈小勇说，天气晴好的夜晚，可以看到对岸海口市的灯光。正因为地理位置险要，清末年间在灯楼角修建了一座导航灯塔，即灯楼角灯塔。原塔为铁架结构，法、英、俄等列强曾在此盘踞，至今仍留有西式洋房遗址。解放后，灯塔几经重建。1994 年，在灯塔北面 10 多米处，新建了一座 10 层 36 米高的六角形灯塔，取代了原灯塔。新灯塔塔身全部用白色瓷砖镶嵌，蓝色瓷砖隔层，塔身上有"中国大陆最南端"七个大字。这座灯塔成为了我国大陆最南端的象征。

灯楼角还有一座三层哨楼，里面空空如也。60 多年前，这里曾是渡海作战的首发地。陈小勇说，1950 年 3 月解放海南岛时，解放军正是在灯楼角集结和启渡，驾着由雷州半岛渔民捐献的渔船，横渡琼州海峡，冒着枪林弹雨，直攻海南蒋军。这次战役中，徐闻调拨了大量支前物资，牺牲了 100 多名船工。后来解放军曾向县政府赠送锦旗："解放海南，功在徐闻。"

我们离开灯楼角时，已近落日，游人寥寥。视线所及之处，沙滩上的仙人掌、木麻黄、椰子树、海草花以及不知名的野花，还有大片的红树林，构成了特有的热带自然风光。特别是灯楼角海面一带，还保存着大而完整的珊瑚礁群，据说种类有 85 种，连绵 27 公里，是我国大陆架浅海连片面积最大、种类最齐全、保护最完好的珊瑚礁区。

这一带的民房很多都是用珊瑚石做建筑材料。我们走进灯楼角附近的放坡村，看到一块块色彩斑斓、形状各异、大小不等的珊瑚石叠砌起来，构成屋墙。放坡村，相传苏东坡一路被贬，就是在徐闻这个三面环海的小渔村渡海去的海南，故名放坡村。我随手拾起路边的一块珊瑚石，感觉很轻很柔，我担心它不耐压，房子会不结实。陈小勇说，我的担心是多余的。因为珊瑚石是海石，不但不怕咸涩海风的侵蚀，而且由于本身具有石灰特点，反而会因风雨淋晒产生一种自然黏合的作用。在我看来，珊瑚石原本可以当作珍贵的艺术品，但在徐闻沿海，却作为再普通不过的建筑材料，这就是所谓的"靠海吃海"吧。

灯楼角所处的角尾乡是广东七大盐场之一。我们在沿途看到很多晒盐池，每幅三四十平方米见方，几十幅相连，铺展成一块"大镜子"，霞光打在上面，流光溢彩。陈小勇说，这一带海风大，降雨少，温度高，蒸发量大，海水含盐浓度高，特别适宜晒制海盐。

车停路边，我们走向一处晒盐场，几位盐工正在用竹耙不停地搅动海水。和盐工聊天得知，这里晒盐依然保留着传统手工制作，直白地讲，就是把海水引进大片滩涂，利用日光和风力蒸发，晒制过程中不用任何添加剂，自然天成。晒盐最怕下雨，雨水会让晒盐功亏一篑。我们看到周围有很多黑色塑料薄膜，这是预备着大雨来临前，覆盖在结晶池上的。

晒盐看似简单，其实要经过二十多道磨砺，海水才能结晶产盐。海水在依次流经各个晒盐池时，每次能将盐度提高半度，直到盐分达到 25 度，这时就称作"卤水"。再经结晶池，盐度达到 27 度时才开始结晶产盐。晒盐池边有一筐筐刚刚晒好的海盐，我捏了一小撮，细腻柔滑，放到嘴里，咸味十足。

盐工们说，卤水的盐度非常关键。卤水盐度不能超过29度，否则将成为废水，因为29度以后的结晶会产生对人体有害的化合物，这时的盐不是咸味，而是苦味。遇到这种情况，盐工只能放弃多日的辛苦，把卤水倒回大海。当然，也可以送往化肥厂，当作化肥原料，或者当作玻璃纤维的制造原料。此时的结晶体像钉子般整齐地排成数排，与普通盐粒完全不同，若盐工这时进入水中，脚便会发生溃烂，所以对结晶体必须敬而远之。

我后来有一次去浙江舟山群岛采访，了解到北宋年间著名词人柳永曾在那里当过盐官，他作了一首《煮盐歌》，是古代描写盐民生活疾苦的杰作。

> 煮海之民何所营？妇无蚕织夫无耕。
> 衣食之源何寥落，牢盆煮就汝输征。
> 年年春夏潮盈浦，潮退刮泥成岛屿。
> 风干日曝盐味加，始灌潮波增成卤。
> 卤浓盐淡未得闲，采樵深入无穷山。
> 豹踪虎迹不敢避，朝阳出去夕阳还。
> 船载肩擎未遑歇，投入巨灶炎炎热。
> 晨烧暮烁堆积高，才得波涛变为雪。
> ……

望着盐工的身影，看着身边的雪花盐，我不禁感叹：再普通不过的食盐，看似是大自然的天然馈赠，其实是由盐工的辛劳和智慧凝练而成。

"贵生"汤显祖

古代，被贬谪的官员，武将发配西北边关，文官流放"南蛮"之地。徐闻，在明万历十九年（1591年），迎来了大戏剧家汤显祖。

汤显祖，字义仍，亦号若士，江西临川人，官至南京太常寺博士，因为上奏弹劾权臣，触犯神宗皇帝，被贬为徐闻县典史。典史，通俗地说，就是给县令打杂的"佐杂官"，不入品阶，主要掌管盗贼缉捕、监狱刑讯。

史载万历年间的徐闻，受倭寇骚扰，社会动荡不安，教育无人顾及，"科目十有缺九"。文化落后影响到民风好斗，人皆轻生。目睹这种状况，汤显祖与知县熊敏捐资创建书院，并写下《贵生书院说》等一批诗文，宣扬"天地之生人为贵"的观点，以此命名为"贵生书院"。

我们来到贵生书院时，即将闭馆，已无游客。这样也好，我们可以静心观瞻。书院四周繁花争妍，婆娑的榕树几株，浅浅的碧草一泓。青檐飞翘的正门匾额上，四个黑漆大字"贵生书院"，异常醒目。书院始建于明，现仅存大成殿。1986年重修，现为广东省文保单位。

步入书院，这是一座四合院式庭院建筑。前庭有几株郁葱的凤凰树和古榕，还有一口古井，雅称"梦泉"。相传，汤显祖就是饮了此泉水，因而才思泉涌，触景生情，因情成梦，因梦成戏，尔后写成了流传千古的《牡丹亭》。前行20米，有东西学斋两座，各为六开间，砖瓦结构，都按当年的模样题有学斋名——博学、审问、慎思、明辨、笃行、格物、致知、诚意、正心、修身、齐家、治国。学斋内布置有汤显祖其人其事及后人追忆诗文展。两学斋之间的正厅为讲堂。书院庭中还有座古亭，内存古碑刻多块。后堂正中矗立着汤显祖的高大塑像，手捧书卷，端坐椅上，目光深邃。整个书院绿树成荫，只只石狗鼾然卧睡，情趣盎然。徐闻自古就有对石狗崇拜的习俗。

在徐闻这块文化落后的红土地上，汤显祖留下了一百多首诗作，直到他离开徐闻时，还作了《徐闻留别贵生书院》一诗："天地孰为贵，乾坤只此生。海波终日鼓，谁悉贵生情。"由此可见，他把全部情感交付给了贵生书院。

汤显祖崇尚挚爱，提倡"贵生"，这是其戏剧之魂，更是其教育之旨。汤显祖带着他的"贵生"思想踏上徐闻大地，"立贵生书院讲学"，以此教化乡梓，开启民智。当时粤西、琼州等地的学子，纷纷慕名求学，贵生书院便成了读书人聚集的地方。最终在这块外化之地，种下了读书的种子，培育了忠义的禀赋，形成了雷州半岛特有的"敬贤如师，疾恶如仇"的文化性格。

汤显祖倡导的"贵生"思想影响了十几代徐闻人。从明代至清代，不少学子追随先贤，勤学苦读，读书上进者大有增加。据不完全统计，自明洪武初至万历十九年，也就是汤显祖被贬徐闻前的 223 年间，徐闻仅出了 14 个举人。而明万历十九年至崇祯末年的 53 年间，却出了举人 13 名。

如今的贵生书院，与时俱进，又被时代赋予了新的内涵。我看到徐闻县纪委在书院开办了廉政教育基地，弘扬贵生思想；教育局在这里举办贵生学堂，延续汤显祖的教育理念；民间成立贵生学会，深入研究汤显祖的思想与创作。

看着书院内苍劲翠绿的古榕，绚烂火红的凤凰花，抚今追昔，不禁令我感慨——古代贤良忠臣，即使含冤被贬，屈心抑志，但心系苍生的悲悯情怀依然炽热强烈。"身无半亩，心忧天下"，这正是中国古代士大夫的集体写照。

汤显祖亦然。

红蓝之地的馈赠

在徐闻转了一下午，赶到县委大院，天已拉黑。县委书记梁权财也刚刚从外面赶回来，他一整天都陪着一位副省长在码头考察。不久前，国家正式批复了海南全省建自贸区和自由岛的方案，徐闻与海南一水之隔，如何抓住这个机会，带动徐闻发展，这是梁权财考虑的头等大事。

我们到县委大院前，路过一个叫三墩的地方，这里是汉代海上丝绸之路的始发港，现在已经开发成旅游区。一块巨石上，刻画着从徐闻出发的古代海上丝绸之路的路线图。梁权财说，徐闻是中国大陆通往海南岛和东南亚的最近之地。徐闻南部的海安港是亚洲最大的火车轮渡码头；海安新港是中国最大的汽车轮渡码头。海南的发展离不开内陆，进出海南的人流、物流，不可能全走空运和海运，徐闻进入海南最便捷，这就为徐闻的发展提供了极好的机会。

梁书记是"父母官"，当然少不了向我们"推销"徐闻。他说，徐闻三面环海，400公里海岸线，湾多岛多，被蓝色包围环绕。同时，徐闻也一直被誉为"坐在火山口上的城市"。大约七八万年前，徐闻这个地方火山频繁喷发，是个不折不扣的火海。徐闻县土地面积1954平方公里，火山玄武岩占了51%。火山灰、火山谷、火山熔岩，把徐闻染成了赤色大地。

梁权财自豪地说，虽然徐闻处在粤西，交通不便，经济欠发达，但赤色土地和蓝色海洋对徐闻不薄，徐闻的诸多亮点，如同粒粒珍珠，值得人们关注。

菠萝

欧洲有个波罗的海，徐闻也有个"菠萝的海"——菠萝的海洋。这是北大教授厉以宁在看过徐闻的菠萝田后，给起的一个绝妙名字。徐闻种了 20 多万亩菠萝，是中国最大的菠萝生产基地。中国年产菠萝 100 万吨，徐闻占了 40 多万吨。梁权财说，中国每三颗菠萝，就有一颗来自徐闻。

香蕉

倘若说徐闻的绿色有十分，香蕉就占去了三分。徐闻光热资源丰富，种出的香蕉品质好，果皮金黄，香味浓郁，肉质细腻。徐闻种植香蕉历史悠久，主要栽种本地矮脚蕉。梁权财说，最鼎盛的时候是 2008 年前后，徐闻的蕉园有 26 万亩，最近两年虽有回落，但也近 20 万亩。"中国香蕉生产第一县""中国香蕉之乡"的荣誉，徐闻一直保持着。

木菠萝

菠萝蜜有"水果之王"的美誉。它的浓香可谓一绝，食后齿留芳香，久久不褪，故菠萝蜜有一个好听的名字"齿留香"。

菠萝蜜在徐闻又称"木菠萝"。木菠萝堪称奇果，一是择地而生，过了雷州半岛南渡河以北，虽然果树照样长，但却不结果；二是木菠萝只宜种在家中庭院，不宜种在僻野，可见其人气甚旺。

梁权财说，更奇的是，人们为了催木菠萝结果，往往用刀砍其树皮，直到有白色乳液涌出，如果凝而不结，刀伤处便可结果。一刀一果，刀伤越多，结果越多，故又名"刀生果"。

采访之余，工作人员端上一盘菠萝蜜。这种甜腻，我实在承受不了，只好浅尝辄止。木菠萝的新苗要 5 年后才结果。每年农历九月九，一定要修枝干，来年才能继续结果。木菠萝果实又大又多，从树身一直生到树顶，大的可重达四五十斤。

木菠萝通身是宝，兼有果、粮、材、药多种用途。它的木材金黄，纹理细致，是制作乐器和家具的好材料；木屑可以提制上等黄色染料；叶和根入药，有消肿解毒的功效。

高良姜

徐闻人有谚：一种姜，二饲羊，本短利长。徐闻良姜又名山姜，也叫高良姜。高良姜在徐闻有 67000 多亩，产量占全国的 90% 以上，因此徐闻有"高良姜之乡"的美称。徐闻人也以种姜为主要生计，有很多专业种姜的"良姜村"。

高良姜好在哪里？梁权财是行家。"高良姜干粉多，所含的挥发油、桉叶素、丁香油酚等成分，都比其它地方的高出一倍，非别处高良姜所能比。徐闻高良姜是国家地理标志认定的产品，它的标准也就是国家的标准。"

梁权财告诉我们，《广东通志》等史料都记载，徐闻高良姜在北宋时是朝廷贡品。北宋皇室曾用高良姜做香料，御医院拿来做消食汤品。自北宋至明、清，高良姜几度被列为官营，禁止商贾走私。

著名汉药清凉油、万金油、驱风油，相信大家都用过，但很多人可能不知道，这些药油的最主要原料就是高良姜素。高良姜除药用外，还用作调味料、药酒等，可谓与我们息息相关。

黑山羊

再说饲羊。黑山羊在徐闻随处可见，这黝黑的山羊虽没有内蒙古、新疆的羊有名，但品质可是上等的。徐闻的田野里，山羊和水牛、黄牛一样，吃百草长大，为百姓所喜爱。

我之前到海南文昌，看到那里也有黑山羊，个头不大，毛色黑亮，名气比肩"文昌鸡"。梁权财说，其实海南的黑山羊大都是从徐闻运过去的，只不过海南人会宣传，徐闻的黑山羊反而被冷落了。

南珠

珍珠有东、西、南之分。国际上有评价说：东珠（日本产）不如西珠（欧洲产），西珠不如南珠（中国雷州产）。徐闻是中国最大的南珠生产基地，海水放养珍珠3万多亩，产量占了全国的三分之二。徐闻西海岸有个大井村，面临北部湾，号称"中国珍珠第一村"，这一带海湾被称为"珍珠海"，几乎家家户户养殖珍珠贝。

梁权财讲，从三国时起，徐闻就有珠民养珠、采珠，史称

"南珠故乡"。汉代，徐闻南珠就是海上丝绸之路的重要贸易产品。明朝在雷州设有专事采珠督办，大量采办南珠。徐闻南珠粒大、圆润、光彩迷人，被誉为国之瑰宝，驰名世界。

虽然我在徐闻只是个过客，但徐闻留给我的印象却是深刻和独特的。我之前从未想过"大陆之南会是什么样呢？"我想，不仅是我，或许很多人都没想过。这也不奇怪，中国地大物博，山川秀丽，有谁会特别在意海角天涯边的一个小地方呢！但这真是个好地方。徐闻的景色、人文、物产，一点不比别的地方逊色。它好像一颗南珠，包在贝壳里，不为人知，然而一旦打开，光彩夺目，熠熠生辉。徐闻，大陆之南的明珠。

冰雪日记

子奇画

去东北，冬天去才有意思，能看冰雪。

2019 年 1 月 20 日，这天是大寒，我去了吉林。"寒气之逆极，故谓大寒"，这时冷到了极点。东北尤甚，冰天雪地、天寒地冻。

十几年前的冬天，我去过一次东北。那也是我第一次到东北。那次是采访一个台湾交流团，去了哈尔滨。

记得刚到哈尔滨，接待单位就给每个人发了羽绒服、羽绒裤、雪地靴、棉帽子、棉手套。我生长在北京，北京的冬天也是地冻天寒，但是这么"全副武装"，我还是第一次。台湾朋友更不用说了，估计他们在台湾见都没见过。

现在还记忆深刻的是，我们晚上去看了冰雕。冰雕就开在松花江上。工人就地取材，把江面上的冰，切割成大块，堆砌垒叠，再经雕琢。冰雕里面打上五颜六色的灯光，就成了如梦如幻的冰灯了。大卡车、大吊车，直接开上江面，我也是第一次见。在冰上行走，摔倒了也不用怕，穿得厚实，伤不到筋骨。就是一旦摔倒了，要想爬起来，得费些力气。

哈尔滨市往南，与其接壤的城市，就是吉林市。吉林市很不一般，它是中国唯一省市同名的城市。吉林省因吉林市而得

名。原来吉林省的省会在吉林市，后来才迁到长春。以吉林市
为中心的松花江沿岸，是满族的发祥地，也是清朝王室的"龙
兴之地"。吉林市是"雾凇之都"。吉林市的国际雾凇冰雪节，
世界闻名。

人们冬季到吉林市，大多是奔着冰雪的。吉林市的雪期有
5个月，150天左右。我后来听吉林市市长刘非介绍，冰雪旅
游是吉林市经济的一大支柱，年收入在400亿元以上。吉林市
正在做大冰雪产业，不单单是冰雪旅游，还包括冰雪文化、冰
雪体育、冰雪科技、冰雪装备制造，这是一个全产业链的推进。

冰雪运动是吉林市民的传统优势。吉林市在省里注册的冰
雪运动员有989人，国家冰雪队三分之二的运动员都来自吉林
市。吉林全市有75所冰雪运动特色校，冰球队17支。冬奥会
即将在北京举办，吉林市正全力做好人才、技术的输送准备。

我这次去吉林市，采访两个活动都跟冰雪有关。一个是两
岸冰雪文化创意设计大赛。吉林市组织了两岸70余名大学生，
为推广吉林市的特色文化和产品进行创意设计。吉林市有不少
特色产品，但不太会宣传，外人并不知晓。大学生脑筋活、点
子多，请他们帮忙设计LOGO之类的，创意一旦采用，会有奖
励。二是有来自台湾的30余名中小学生到吉林市体验冰雪文
化。他们与当地小朋友结成对子，同吃同住，互帮互学。

大寒，是二十四节气中的最后一个。大寒过后，便是春天。

我到吉林，踏雪迎春。

1月21日：滑雪的人生哲学

吉林是冰雪之乡。吉林人不会滑雪，不太"光彩"。我到吉林，先学滑雪。

吉林市地处长白山余脉，境内多山，1000米以上的有110多座。吉林市的山形，滑雪圈的朋友叫馒头山，坡度在5度到30度之间，非常适合建雪场。

吉林市有12个雪场，比较大的有两个，一个是万科松花湖，还有一个是北大壶雪场。松花湖是万科投资建的，食、宿、行、娱等条件要比北大壶好些。入冬以来，松花湖是国内接待滑雪人数最多的雪场，我们去的这个时候正是滑雪旺季，雪场周边酒店都是客满，很多人一来就滑上一两个月。陪同我们的吉林市台办赵冬主任说，滑雪是"白色鸦片"，容易上瘾。我们去的就是松花湖滑雪场。

滑雪前的准备是件磨性子的事情。把所有装备——滑雪服、滑雪裤、滑雪靴、头盔、滑雪镜、手套都穿戴齐整，很费工夫。这些穿戴都很厚重，穿上后，人活像科幻电影里的"机器战警"，动作僵硬。再抱着滑雪板、滑雪杖，一步一步蹭到雪场，已经一身汗了。

我是初学，只能在初级道。初级道坡度很缓，长度在 200 米左右。我在山脚下，仰望那些从高高山顶滑下的人，盘旋回转，速度极快。他们身形优美，张开的双腿，收放自如的双臂，活像一只只燕子，自由翻飞，令人艳羡。

我不会滑雪，零基础。赵主任找了一位小王教练教我。小王二十多岁，不难想象，滑雪的小伙，都很帅气。他是本地人，当教练 4 年了，曾跟着师傅在北京的石京龙滑雪场干过两年。他说，北京的雪场不好，冰多，雪也是人造的。吉林的雪是粉雪，像面粉一样。粉雪是滑雪爱好者特别喜欢的一种雪，非常松，不黏，穿着雪板，踩在上面，有一种漂浮感，滑雪的时候发出"咔咔咔"的响声，非常棒。这种雪质只有在北纬 42 到 44 度之间才有。黑龙江的雪虽然厚，但气温太低，雪偏硬，人容易受伤。小王教练随后给我讲了一些基本要领，宗旨就是自己别受伤，也别伤着别人，然后就带我上了雪场。

初级雪道上大多是像我这样，悬悬乎乎，脚下没准的人。摔跤也"传染"，一个人摔倒了，旁边的人也跟着倒下。还有人，掌握不住方向，前边明明有人，还是义无反顾地撞上去。我就被一个姑娘撞倒，我俩的头盔"嘭"的一声，狠狠撞到一起。幸亏有头盔护着，否则就惨了。

为什么会摔跤呢？小王说，因为控制不住速度。学滑雪，关键是学会控制速度。怎么控制？他教我——含胸收腹，上身前倾，膝盖向前顶，双腿呈内八字，两脚平均负重，用两只滑雪板的内刃卡住雪面，向下滑行。两只滑雪板形成的角度越大，阻力就越大，滑行也越慢，反之阻力就变小，滑行就加快。

方法就是这么简单，剩下的就是练习了。小王告诉我，学滑雪没有不摔跤的，世界冠军也是摔出来的。但是，摔跤也是有技巧的，最怕摔个仰面朝天，四仰八叉，这样很容易伤着头部。最好是身体一侧着地。摔倒的时候，滑雪杖也要扔掉，否则容易伤着旁边的人。摔倒了再站起来，也有技巧，要转动身体，让雪板跟坡道成 90 度，这样摩擦最大，靠腿部发力，一跃而起。真是知易行难。我摔倒了，就很难站起来，因为腿没劲。怎么办？只好把滑雪靴从雪板上脱下来，然后再慢慢站起来。

请教练的好处就是，他在旁边，你心里会更踏实，胆子也更大，再加上教练随时指导，进步就快。来来回回滑了四五趟，我能做到不摔跤了。所以，该花的钱还得花，这钱花得也值。

当然，不摔跤这只是在初级雪道，坡度缓得很。小王教练说，要想做到如燕翻飞，从高山雪道一冲而下，真正享受滑雪的快乐，还不知要摔多少跟头呢。他说的很有道理，有点人生哲理的意思。人总是要摔跟头的，摔倒了，要学会站起来。还要学会控制速度，这不仅需要技巧，更需要磨练。行稳致远。

滑雪，我大概不会"上瘾"，但至少我已经喜欢上了，以后有机会，一定再多练练。

1月22日：穷人的"宝"

东北有"三宝"，人参鹿茸乌拉草。人参、鹿茸是宝，没得说，乌拉草怎么也成了"宝"？这是种什么草呢？我去了刘淑范的展示馆，见到了这种草。

刘淑范是吉林市乌拉草非物质文化遗产的传承人，她是家族中的第四代。展示馆里，几个工人正在做着针线活，四周摆放着乌拉草枕头、坐垫、床垫子。刘淑范今年63岁，从相貌到气色，都显得更年轻些，她说跟"宝贝"打交道，人都会年轻。她一边说着，一边从墙根抱起一捆乌拉草。

乌拉草，1米来长，纤细，绿色，用手一摸，硬挺，边缘粗糙，看不出有什么特别之处。但刘淑范说，乌拉草是清朝132种贡品之一，被称为皇家御草。乌拉草有着传奇的故事。

据说，400多年前，清太祖努尔哈赤统一东北女真部落时，漫长寒冷的冬季，将士们虽脚穿皮毛靴子，但长途行军后，脚下出汗，寒气逼人。特别是一夜过后，靴子里的羊毛就冻成了冰坨，将士脚生冻疮，行路艰难。有一士兵，无奈之下便薅下路边茅草取代靴内羊毛，瞬间脚下生春，没几日，冻疮也好了。努尔哈赤知道后也试之，感觉又暖和又柔软，又吸汗又透气，遂在全军推广。努尔哈赤打下江山后，亲赐此草名为乌拉草，此鞋为靰鞡鞋。

这样流传到民间，凡是跑外的，像赶大车的，打猎的，宁可节衣缩食，也要换这种鞋。数百年来，乌拉草与长白山老百姓的生活密切相连，成为不可缺少的必需品。

清魏源《圣武纪》载："有乌腊草，近水而生，长细温软，若履行冰雪中，足不知寒。"刘淑范的曾祖父"闯关东"到东北，最初是办成衣铺，给八旗子弟缝制旗衫，后来也学会了用乌拉草絮鞋，并将这一技艺逐代相传。2014年，刘淑范开始申报乌拉草为吉林市非物质文化遗产项目，两年后，申报成功。

"乌拉草是贡品，清宫里进乌拉草做什么用呢？"刘淑范听老人们讲过，乌拉草在宫里有一项"重要"功用——捅烟袋油子。过去的烟袋锅子，杆很长，我曾在一家烟具博物馆里见过将近一米长的。乌拉草，细，长，硬，有倒刺，用它刮出深藏烟袋锅里的烟油，再合适不过了。我小时候见大人们抽完一袋烟，手头找不到合适的家什儿，只好抡圆了胳膊，用力把烟斗里的烟油甩出来。我想宫里的帝王将相，总不至于也把烟袋油子甩得满天飞吧。手头有根乌拉草，可就斯文多了。

刘淑范说，别看乌拉草看着不起眼，但对生长环境十分挑剔，水、空气，要绝对纯净。乌拉草只生长在东北黑土地冻土带的沼泽地里，<u>丛生</u>，每年秋季收割，割完一茬，第二年又长一茬，生生不息。

收割后的乌拉草要经过晾晒、脱衣、去灰等工序，然后才可以使用。脱衣是关键，脱衣就是捶打，传统方法是用木槌捶打。乌拉草不拍捶打，越打韧性越强。捶打后的乌拉草，一根能劈出五六根更细的纤维，韧性是棉花的五六倍。这样处理过的乌拉草变得很柔软，不扎脚。

2013 年，刘淑范创办了乌拉草制品企业，把乌拉草的简单加工，向科技型健康产业发展。她后来的研究也证明了，乌拉草对真菌和细菌有极强的抑制作用，而且乌拉草的吸附性极佳，吸收潮气，冬暖夏凉。刘淑范说，乌拉草的应用仅限于保暖是不够的，她现在已经能把乌拉草中的游离氨基酸分离出来，生产化妆品。

离开时，刘淑范送了我一个乌拉草枕头。回到酒店入睡时，我把酒店的枕头放到一边，换上乌拉草枕头。乌拉草松软，清香，我睡了个好觉。

1月23日：白雪换白银·棒打狍子

　　雪乡不愧是雪乡，我们到二合的时候，天上飘起了雪花。二合雪乡位于舒兰市东南山区，距吉林市一个半小时车程。它的地理位置，与黑龙江雪乡处于同一纬度。

　　二合是个小屯子，远山环抱，四野苍茫，年积雪厚度有2米，是吉林地区降雪最多的村落。我们进屯的时候，正巧碰上杨凤艳。杨凤艳是个能人，屯子里的旅游接待，包括住宿、餐饮、游乐，大大小小的事，都她管着。

　　40岁的杨凤艳不是二合屯人，但她是二合雪乡的功臣。之前她在舒兰市妇联工作，二合屯是几年前她蹲点挂职的地方。她第一次走进二合屯时，看到这个屯子的雪景太美了，一点不比炒得沸沸扬扬的黑龙江雪乡逊色。可那时的二合是个穷屯子，杨凤艳觉得不应该。"白雪也能换白银"，她决心把二合雪乡推销出去。

　　杨凤艳找来一群摄影家朋友拍雪乡，她穿上喜气洋洋的花棉袄，自己当起了模特。这里每年10月即飘雪，落雪期近半年之久。层层叠叠的积雪，把百余户房舍塑造成了童话世界。四周山野，随物赋形，白雪皑皑，姿态万千。采风的照片传到各大摄影网站，二合屯逐渐展露"芳容"。2016年，舒兰市政府发力，推出"吉林雪乡·舒兰二合"的品牌，二合雪乡的名气越来越大。如今的二合雪乡，红红的灯笼，贴着福字的玉米楼，精致的雪雕，大大小小的雪蘑菇，刺激的雪地摩托、打雪圈，展现出独特的雪乡魅力。

二合屯只有一条主街。街两旁是一座座关东木刻楞房，黄泥抹墙，尖脊红瓦，屋脊两端各有一烟囱。斜阳夕照，炊烟袅袅。杂木栅子把一家一户的院落围了起来，劈柴和苞谷，垛得一人多高，鸡鸣犬吠，一派地道的乡村气息。

杨凤艳把我们引到英子家，我们当晚吃住全在英子家。英子名叫任丽英。英子家不靠街边，但英子有办法，从街边到她家院子，几十米的巷子，挂上好几排大红灯笼，由不得客人不进来。

英子已经给我们备好一桌饭菜——笨鸡、笨鹅、野生鱼、山野干菜、拌豆腐。农家土菜，味道醇正。杨凤艳给我们介绍，英子是雪乡旅游致富的带头人。雪乡建设初期，不少人怕投进去的钱赚不回来，但英子拿出家里所有积蓄，带头改造家里的房子，买厨具，学厨艺，把自家小院打造成了英子农家院。

饭后，夜幕降临，我们赶到屯子口的"孙家大院"看烟花。两岸的七十来位大学生今晚就住在孙家大院。孙家大院坐落在一处高岗上,人们把它称作"观景台",从这里望去,皑皑白雪与各家门前的大红灯笼相映生辉,雪乡的夜色更美。孙家大院的主人叫孙琳琳,说起二合雪乡的变化,她感慨颇多。3年前,她还是一位打工妹,如今,她自己当上了老板,还雇了本村 10 余位农民,每位农民月薪 5000 元以上。

杨凤艳说,如今的二合屯开起了 46 家农家乐,每天可接待 400 余人住宿、1300 人就餐。随着二合雪乡的招牌越来越响,收入好的农户一个冬天赚三四万元不成问题。

在雪乡住宿,睡的是大通铺,五六个人,一个挨一个。以前是火炕,现在改造成了电加热,温度可以调控。当然,村民自己睡的还是火炕。英子说,总有客人提出要睡睡火炕,她和家人就只好跟客人换一下,去睡客房。反客为主,鹊巢鸠占,很有意思。孙家大院的客房最多,有十几间,学生们正好挤下了。我们人少,英子照顾我们,一人睡一个大通铺。单人睡大通铺,横躺竖卧,都舒坦。窗外飘着雪花,屋里炕头暖洋洋,这种体验,实在难得。

睡前,英子的老公李秋成和我们唠了会儿嗑。他讲到去年的一件意外惊喜——他挖到了人参。他说他活了 50 多岁,只听到村里有两个人挖到过人参。去年秋的一天,英子姐妹俩去山里采蘑菇。山里植被丰茂,野菜、菌类繁多。在一个山窝里,英子姐妹无意中挖到一条似参非参、手指来长的根茎。她们以前没有挖到过人参,不敢确定,但又非常欣喜,抱着幻想给李秋成打电话，让他快过来瞧瞧。李秋成当时在电话里还训斥了英子两句，说她"迷了心窍"，人参哪是那么容易见到的。但他也不甘心，就翻过山梁找到英子。他这一瞧，不是参是什么呀！于是他又接着挖，这一挖不打紧，连着挖出了七八根参，轰动了全村。后来有人出2万元一根买他的参，李秋成哪里舍得，这是二合屯的好运啊。说到这儿，李秋成掏出手机，给我们看他当时拍的照片。

有图有真相，二合屯，真是一块宝地。

*

来吉林的几天，我总能听到一句话：棒打狍子瓢舀鱼，野鸡飞到饭锅里。这说的是东北的富饶。狍子是何方"神兽"？怎么会用棒子就能打到呢？在二合雪乡，我还真见到了这方"神兽"。

二合屯的北侧有一片山林，这里养了几十只狍子。杨凤艳带我们去见"狍子王"——王玉华。开始没见到他，我们就在他的房间里等他，看到墙上挂着好多名人到访的照片。等了一会儿，"狍子王"回来了，原来他赶着马爬犁接客人去了。

一见面，"狍子王"特热情，带我们进了狍子园。这些狍子是圈养的，它们不怕人，人也不必怕它们。手里抓把玉米粒，狍子就会凑过来，伸出舌头一粒一粒地舔着吃。我看狍子很像梅花鹿，只是个头比鹿略小。王玉华说，狍子本就属鹿科，它跟鹿的区别是，鹿有尾巴，狍子不能说没有尾巴，但很短，只有两三厘米长，微乎其微。狍子是东北三省常见的野生动物。王玉华养的这几十只狍子，是他 20 年前开始，从四只幼仔慢慢繁育起来的。

我问"狍子王"，"棒打狍子"是什么意思？而且，为什么人们总叫它们是"傻狍子"呢？

王玉华说，狍子非常善于奔跑，猎人是很难追捕到它们的。但是狍子有一个"致命伤"，就是"好奇心太强"，这是最要它们命的地方。猎人看见狍子群，不必追赶，只需冲天放一枪。狍子听见枪声，立刻四散奔逃。但是，稍后它们便会一个接一个地又陆续回到枪响的地方要"探个究竟"——刚才是什么声响？这时候，它们的麻烦就来了……"棒打狍子"，一是说东北的富足，另一说是指狍子的"傻"。

说到这儿，王玉华冲着几只正在奔跑的狍子大喊两声："嗨，嗨！"只见狍子突然站住了，伸着细长的脖子，瞪着一双大眼睛，出神地看着我们。"狍子王"说，这就是它们的"好奇心"。

呆萌的外表，傻乎乎的性格，狍子也成了"网红"，被网友命名为新一代的"雪泥马"。

1月24日：米

　　到吉林，我吃到了东北大米，真正的东北大米。东北大米的确好吃——香，糯，甜，润。

　　黑龙江的五常，辽宁的盘锦，算是东北大米的代表，名气都大，我在北京的超市、农贸市场上，都能见到。到处卖东北大米，是真是假，就很难说了。

　　其实，吉林大米也很好。我昨天到了吉林的舒兰，这是个县级市，紧挨着五常。听舒兰人讲，舒兰大米运到五常，直接贴上五常大米的商标来卖，两地大米，难分伯仲。现在舒兰也在努力打造自己的大米品牌。从唐代到清代的1300年间，吉林大米都是皇室贡米。2013年，国家粮食主管部门认定吉林市为"中国粳稻贡米之乡"。

　　东北大米为什么好吃？为了搞清这个问题，我和吉林市台办的马朋飞走访了一位大米专家，他叫管作新，是吉林市昌邑区孤店子镇大荒地村支部书记。

　　大荒地村在吉林有些名气。1976年3月8日，吉林发生陨石雨，重 100 公斤以上的陨石有三块，其中 2 号陨石就降落在大荒地村。这块陨石，我在吉林市陨石博物馆里还见到过，重 126 公斤，被参观者抚摸得油光锃亮。

大荒地村的温泉也很有名，它处在长白山火山温泉带上。"泉外雪花飘飘，泉中热气缭绕"，这是东北温泉的特色。我和马朋飞采访管作新的时候，那些大学生就跑去泡温泉了。

管作新今年 65 岁，1976 年开始在大荒地村种水稻，一直种到现在。他现在不仅是大荒地村的支部书记，同时也是东福米业公司的负责人。"大荒地"不仅是村名，也是东福米业的商标，而且是"中国驰名商标"。东福米业有国内规模最大的有机水稻种植基地。我们在管作新的办公室里听他说米，很长见识。

我问管书记："什么样的大米才算好大米？"

他说就看两样：营养和口感。

"营养上，蛋白质要多，氨基酸、维生素、矿物质、微量元素也都要丰富；口感上，要清甜，软糯，柔滑，食完口有余甘，宛如上等好茶。"把吃米比作品茶，我还是第一次听说。

管书记说，早些年有一次过年，村上来了一个戏班子，他们表演完，不要钱，就想吃锅大米饭。后来，每个人空口吃了三大碗。好大米回甘绵长，齿颊生香，不用佐菜。

吉林市是"中国粳稻之乡"。"粳稻"是什么"稻"呢？管作新给我们"科普"了一下。

"中国人自古以来，就种两大类型的水稻——粳稻和籼稻。粳稻适合高纬度的北方，籼稻适合低纬度的南方；粳稻耐寒，籼稻耐热；粳稻生长期长，籼稻生长期短；粳稻米粒短、圆，籼稻米粒长、细；粳稻蒸出的饭黏，籼稻蒸出的饭散，粳稻米饭口感更佳。"

"口感好的大米是否就有营养呢？"我接着问道。

"那可不一定。"管书记说，从稻谷到我们吃到的大米，要扒掉很多层"衣服"。稻谷籽粒由谷壳、米糠层、胚芽和胚乳层层包裹。我们吃到的大米，如果碾掉了谷壳、米糠层、胚芽，只剩下了胚乳，这时的大米虽然白了亮了，口感也好了，可有营养的东西也没了。其实，大米最有营养的部分是胚芽。"芽"是什么？管书记自问自答，"芽"就是新生命啊。胚芽虽然只占米粒重量的2%到5%，可里面含有大量的蛋白质、脂肪和纤维素，是大米的营养精华。稻谷再好，没加工好，也是白搭。

东北大米又好吃又有营养，我问管书记，"东北大米是怎么种出来的呢？"他说有三样：地、水、肥。

地，就是东北这块地方好。单说吉林市，位于北纬43°附近，这是世界公认的黄金水稻种植带。无霜期在140天左右，不短不长，这是粳稻生长和成熟的最佳时长。东北昼夜温差大，非常利于营养成分的堆积。还有，长白山向松嫩平原的过渡带，黑土层深厚，氮、磷、钾等元素丰富，而且土壤通透性好，保水保肥能力强，是难得的上等稻土。

再说水。北纬43°，造就了独特的地下寒水。低温水本不利于作物生长，但对于水稻来说，长得慢，恰好使得稻米更紧实，更有韧性。另外，地下寒水含有丰富的矿物质、微量元素和负氧离子。东北大米营养多、口感好，地下寒水功劳不小。

说到肥，管作新说，我们来得不是时候，要是夏秋来，就能见到"人除草、鸭捉虫、蟹站岗"的画面了。大荒地的稻田，除草剂是绝对不被允许的，全靠手来薅草。施肥，必须是无害化处理的农家肥。稻田里养上鸭，养上蟹，既安全健康，还除了虫、肥了土。

跟管书记聊天，我还了解到，东北大米能有今天，朝鲜人功不可没。

朝鲜种植水稻的历史很久，朝鲜人也很会种水稻。到了近代，因战乱或灾荒，为求生计的朝鲜移民，在迁徙过程中，将朝鲜传统的水田耕作技术，包括日本北方稻种的改良品种，传入了我国东北。近代东北地区水田农业的开发，就是以朝鲜寒地水稻栽培技术为基础，由朝鲜移民传入的。朝鲜人对东北大米有这么大的贡献，我还是第一次听说。

2018年的夏天，我去海南参观过袁隆平的杂交水稻育种基地，我问管书记，如何看待袁隆平的超级稻？

管书记说，袁隆平超级稻的初衷，是解决中国人的吃饭问题，所以他追求的是高产。袁隆平的超级稻，每公顷能产18000斤到20000斤，大荒地每公顷只有13000斤到14000斤。

但超级稻的营养和口感比不过东北大米。超级稻蒸出的饭，容易回生。东北大米，早上蒸出的，晚上再热了吃，还是软糯爽口。管作新也说到超级稻的优势，不易倒伏，抗病虫能力强。

管书记还要去开会，我们也要返回市里了，只好起身告辞。他送我们下楼，楼下有个展示厅，摆放的都是大荒地的大米产品，品种不下几十种，真空包装，每个下面都有一个价签。我看到有一盒标价每斤 100 元，"怎么这么贵？""上次来了几个日本同行，说他们最好的大米能卖 90 多元一斤，大荒地不能输给他们，就标了 100 元，别当真。"

听他这么一说，我们不禁莞尔。中国人争强好胜是好事，但也容易斗气。这或许是中国人的通病，我们姑且往好处想吧。

1月25日：冰雪奇缘

吃过早饭，时间还早，在房间翻看闲书。这时，马朋飞打来电话，"快下楼，看雾凇去！"看雾凇，可不是想看就能看到的，全凭运气。

看雾凇，动作慢了可不行。太阳一出来，雾凇就化了。吉林人常说："夜看雾，晨看凇，待到中午看落花。"说的是雾凇从无到有，从有到无的过程。雾凇过不了中午。

我们乘车沿松花江边行驶十几分钟，来到距吉林市区9公里处一个叫阿什哈达的地方。阿什哈达是满语，这里有两块摩崖石碑，是全国重点文物，记述了明朝辽东都司指挥使刘清，三次率军至此造船和修龙王庙之事，这也是吉林市古称"船厂"的由来。阿什哈达离市区近，已成为市民和游客观赏雾凇的绝佳之地。吉林市还有一处看雾凇的好地方，叫雾凇岛，但离市区三十多公里，很多时候赶不及。

阿什哈达位于松花江北岸，紧贴江边有一块半个足球场大的平地，种有很多柳树和松树。苍松挺立，杨柳低垂。柳树多些，松树少些，都很粗壮。吉林市一直偏爱种柳，松花江两岸柳树尤其多。柳枝繁密，婀娜多姿，最易形成树挂，也最好看。树挂，是雾凇的俗称。其实，庐山、黄山等地也有雾凇，但以"吉林雾凇天下奇"。

我们赶到阿什哈达的时候，江边已聚集了很多游人。沿江松柳，凝霜挂雪，晶莹剔透。江风吹拂，银丝闪烁，有如仙境。游人欣喜若狂，他们喜的不仅是美景，更是自己的好运气。

雾凇的确难得一见。马朋飞说，从去年12月入冬以来，他只见过两回。吉林市除了有天气预报，还有雾凇晨报。但马朋飞说，雾凇晨报不是很准。很多时候，预报有雾凇，等人们匆匆赶到现场，"黄花菜都凉了"。雾凇也是奇，同一江段，江北有，江南就无；同一路段，两头有，中间却无。雾凇难得一见，那是因为天时地利，一点"闪失"都不能有。

冬季，北方江河，千里冰封。但松花江是个例外，松花江在吉林市不结冰。我住的酒店在松花江边，从房间眺望松花江，江水滚滚而下，江面白雾腾腾，久不消散。正是热气腾腾的松花江，孕育了吉林雾凇这一自然奇观。

从吉林市区，溯松花江而上15公里，便是丰满水电站。冬季江水通过水轮机组后，水温升高变暖，即使数九隆冬，从水轮机组流出的水温仍有4度。江水饱含巨大热能，形成了松花江几十里缓缓流经市区不冻的奇景。松花江两岸树茂枝繁，江水腾起的水雾，遇到寒冷空气，便在树上凝结为霜花，形成雾凇。

下雪时不可能有雾凇，雪会把水雾压住。风，大了小了都不行。风大，会把水雾吹散；风小，水雾吹不上树梢。风，要的就是恰恰好。天，太冷太热也不行，昼夜温差也要恰恰好。

雾凇，来无影去无踪。有的摄影发烧友从千里之外赶来，一连等上几天，也未必能看到。司机师傅连说我们运气好，今天可以去买彩票了。

*

查干湖的冬捕很有名，但赵军却看不上。赵军说，查干湖的冬捕——假。松花湖的冬捕才是真的。

赵军今年66岁，是松花湖有名的"鱼把头"。鱼把头，就是打鱼队伍的头儿。赵军是松花湖畔小孤家村人，打了四十几年的鱼，松花湖的鱼性，他最熟悉。我们约好，下午看他冬捕。

我问赵军："查干湖的冬捕怎么就假呢？"

"查干湖冬捕，一网几万公斤，十几万公斤，而且都是四五年以上的大鱼，年年这么捕，这么多的鱼，哪来的？很多都是'洗澡鱼'，就像阳澄湖的大闸蟹，都是阳澄湖里的吗？"

赵军还说，其实查干湖算不上是湖，按东北话说，是泡子，水浅，三四米深。查干湖曾一度干涸，田地碱化严重。1984
年引入松花江水，查干湖的生态才有了转机。水不深，就容易
"一网打尽"。查干湖冬捕用的是拖网，2000多米长，要靠马
拉绞盘。查干湖追求单网的产量，年年破纪录，确实壮观，但
现实不是那样的。这些年，查干湖的冬捕被宣传过了头，掺假，
也在所难免了。

　　我没去过查干湖，只在电视上看过查干湖冬捕，赵军的话，
只好姑且听之。来到松花湖，看赵把头的冬捕，这是我人生的
第一堂冬捕课。

　　1937年，日本人为建丰满水电站，把松花江拦腰截断，形
成了一个山间水库，这便是松花湖。松花湖是东北地区最大的
人工湖，面积550多平方公里。松花湖水域辽阔，湖汊繁多，
小孤家村就位于两山之间的湖套子上。赵军说，松花湖平均水
深二十来米，最深处近百米。松花湖也放养鱼苗，但因为湖很
大、很深，想圈在渔网里养，几乎不可能。松花湖里的鱼，都
是自然生长。

　　赵把头身穿羊皮袄，头戴狗皮帽，脚蹬一双大皮靴，带
着我们向湖心方向走去。不远处，他的渔工已做好开冰捕捞
的准备。湖面被一层厚厚积雪覆盖着，走在上面，脚下发出
"咯吱咯吱"声，回头看，一步一个脚窝。阳光照在雪地上，
反射出一片片细细碎碎的亮光，看久了，眼睛会有些不适。
湖面一定是冻得结结实实了，要不怎么会有汽车在上面跑来

跑去。

我问赵把头："湖面这么大，怎么知道哪里鱼多，哪里鱼少？"

"湖面封冻后，鱼在冰下喜欢聚集。鱼群聚集，带动水的涌动，冰面上的雪会微微凸起。这要细心观察。"赵把头在松花湖生活了几十年，松花湖的鱼、松花湖的冰，他明察秋毫。难怪他是鱼把头！

跟渔工们碰了面，赵把头招呼渔工凿开冰眼。冰眼就是下网的地方。赵把头说，今天的渔网两天前就下好了。准确地说，他们不是用渔网把鱼围捕上来，而是用网把鱼粘住，把挂在网上的鱼拽出冰面，所以不可能一网打出几万公斤。

渔工用冰镩在冰眼处凿开一个 60 厘米见方的口子，我站在一旁，看到冰层至少也有 60 厘米厚。渔工怀抱几十斤重的冰镩，用力一下一下凿开冰层，实在辛苦。

赵把头介绍，渔网由冰眼顺入水中，跑水线的渔工将渔网娴熟地由上一个冰眼，制导到下一个冰眼，两个冰眼相距近百米，最终在冰面下展开一张大网。

出网是最激动人心的时刻，大家围成一圈，翘首以待。几位渔工一起用力，将渔网从冰眼下一把一把地拽出。空网上来，大家唉声一片；有鱼上网，掌声四起。渔工熟练地把鱼从网上摘下，再随手使劲一甩，可怜的鱼儿就滚落到冰面上。赵把头说，这么一甩，鱼就晕了，不会四处乱蹦了。这一网拽上来，总共有七八条，大的五六斤重，小的二三斤。

"鱼不是很多啊。"我略有失望。

"每年湖面刚刚上冻时，鱼缺氧，都往上浮，那时鱼最多。现在是深冬，鱼不爱动。"赵把头解释说。

赵把头告诉我们，松花湖的鱼不下几十种，以"三花一岛"最出名。"三花"就是鳌花（鳜鱼）、鳊花（武昌）和鲫花（鲫鱼），"一岛"就是岛子鱼（白鱼）。刚刚捞上来的就有鳌花和鳊鱼。松花湖常见的鱼还有胖头、鲢鱼等。

赵把头在湖边开了一家鱼馆，中午我们就吃大铁锅炖鱼了。

1月26日：上车饺子

东北人有讲：上车饺子下车面。第二天一早我们就要回北京了，所以今天晚上我们吃饺子。

在吉林市吃饺子，首选河南街的新兴园。河南街是条老街，有"先有河南街，后有吉林城"一说。新兴园是中华老字号，百年老店，至今126年。河南街的新兴园是总店。新兴园的经理田康平与马朋飞很熟，见我们来，给我们找了一个包间，他也坐下一起聊。吃饺子也得吃个明白，我请田经理聊聊新兴园。

新兴园最拿手的是蒸饺。圆笼蒸饺是中华名小吃，大堂里挂着大红证书呢。当然，新兴园也卖水饺。

我们四人点了四笼蒸饺、两盘水饺。角瓜虾仁鸡蛋、精肉酸菜、牛肉胡萝卜、羊肉香菜……还有一盘是驴肉馅的。我不吃驴肉，不过有人喜欢，我不好说不行，不吃就罢了。吃饺子，讲究的就是一团和气。热腾腾的饺子端上桌，大家开吃。饺子入口，鲜香、味正。

蒸饺上笼，水饺装盘，无论一笼一盘，都是12只。尤其是蒸饺，摆放齐整，一般大小，挺胸叠肚，个个像金元宝。这正契合了饺子的寓意——包福进宝。新兴园的饺子个儿大，尤其是蒸饺，有如小包子。我在北京吃饺子，常去家附近的东方饺子王。新兴园的饺子，比东方饺子王的大，一个顶俩。

新兴园是明厨，隔着大玻璃，能看到大师傅和面、揪剂子、擀皮、包馅、捏皮……一气呵成。案板上有个小电子秤，专用来检验饺子重量，但我始终没看到师傅们用过。田经理说，师傅们心里有数，一摸一准。

我还见识了新兴园的绝活——双杖擀皮，用双手将两个杖放在压扁的剂子上，同时滚动。双杖擀皮，考验的是力道，更是专注。一笼饺子 12 只，从擀皮到摆上笼屉，40 秒为限。新兴园的饺子都是现包、现蒸、现煮，手慢了，供应不上。包饺子，也是门功夫。

"好吃不过饺子，舒服不过倒着。"我们家就爱吃饺子。一家人周末聚在一起，"吃什么？"——"饺子！"包饺子在我们家不算个事儿。不管过什么节，我们家都是吃饺子。我感觉中国人都爱吃饺子，北方人尤甚。但我又觉得现在的饺子没有小时候的香了，田康平说，那是因为现在调味品太多，把味觉搞杂了、搞乱了。

田康平说，新兴园的饺子馅就很单纯。精挑细选后的食材，彼此搭配，相互碰撞，除了盐，其它调味品几乎不加，尽可能调出食材本身的鲜味。

　　新兴园的饺子皮不白，发黑。田康平说，面太白，大多是掺了增白剂，不健康。新兴园饺子用的是包头雪花粉，面皮发黑，这才是面粉的本色。面团经手掌反复地揉、捏、按、压、和，擀出来的饺子皮光滑、劲道。

　　岁月沧桑，新兴园在历史长河中几经沉浮，终因百姓喜爱而延续至今。新兴园是关东美食的代表，"中华老字号"和"百年老字号"双项认证。但新兴园的店面却不多，吉林8家，北京5家。我问田康平，为什么这么少？他说，新兴园追求的是"历史、文化、情怀"，并不看重扩张市场。新兴园只开直营店，不搞连锁加盟。味道是有记忆的，田康平他们试过，把新兴园各个店面的饺子掺和在一起，人们吃出的是一个味道。

　　百年如一。这才叫老字号。

比邻「金三角」

子奇画

云南省台办组织在台湾的云南籍同乡到临沧市寻亲。临沧位于云南省西南部，因濒临澜沧江而得名。临沧下辖七县一区。说临沧，我的题目为什么要捎带上"金三角"呢？我可没有哗众取宠、蹭"金三角"热点的意思。事实上，这次云南乡亲的寻亲之旅，至少有两点与"金三角"有关。

"金三角"是个特称，因盛产鸦片而闻名。"金三角"是包含泰国、缅甸、老挝三国边境地区的一个三角形地带。临沧有三个县——沧源、耿马、镇康，与缅甸接壤，过了边境线就是"金三角"。这次来自台湾的云南乡亲把这三个县都走了一遍，这是行程上同"金三角"有关。

第二点，这次到云南寻亲的台湾乡亲们，跟"金三角"也确有扯不断的关联。我和临沧负责接待的同志聊天，他们告诉我，台湾的云南籍人主要来自临沧、保山、德宏等地区，这些地区比邻"金三角"。

新中国成立之初，国民党军一支残部溃逃到"金三角"。起初，蒋介石还梦想着"反攻大陆"，派国民党军将领李弥到"金三角"纠集残部，成立所谓的"救国军"，不断侵袭云南边境地区。后来，随着蒋介石"反攻大陆"梦的破碎，再加上缅甸政府军的驱逐，李弥残部走入绝境，何去何从呢？一部分被蒋介石召回了台湾，安置在台北、桃源、南投等地，有1780多人。这次到临沧寻亲的就有这些老兵的后代。另有一些残军不愿意去台湾，就继续留在"金三角"。为了生存，他们后来从事毒品生意，因为有武装，生意越做越大，最终成了"金三角"的大毒枭。缅甸产毒最多的两个地方，一个是果敢特区，与镇康县接壤；还有一个是佤邦特区，与沧源县接壤。

临沧市委统战部副部长薛明华给我们介绍了一些基本情况。临沧民族风情浓郁，有佤族、傣族、拉祜族、布朗族等23个少数民族。沧源、耿马、双江是三个少数民族自治县。特别是双江县，是拉祜族佤族布朗族傣族自治县，这是我国少数民族自治最多、名称最长的县。临沧冬无严寒，夏无酷暑，是"世界佤乡""天下茶仓""红茶之都"。临沧有三个国家级口岸，国境线长290公里，是云南通往南亚、东南亚的陆上捷径。

我们此行去了沧源县的翁丁村，看了我国最后一个直接过渡到社会主义的佤族部落；去了耿马县的芒团村，见到了延续600余年，依然鲜活的古法造纸；去了镇康县的南伞口岸，听当地人讲述"金三角"的战火；去了凤庆县的滇红集团，了解了滇红茶的前世今生。

当然，这次回乡，台湾乡亲最大的收获是寻到了根，续上了情。71岁的袁丽琼，2岁时随父母到台湾，这是69年来第一次回到家乡，见到了大她3岁的堂兄。堂兄的信息，是袁丽

琼 95 岁的母亲告诉她的。70 岁的王佩玲，第一次见到了已经
5 岁的孙子。她的儿子几年前到沧源做生意，与当地姑娘结为
连理。蔡柏澔、蔡品澔是一对孪生兄弟，今年 19 岁，他们是
云南人到台湾后的第三代。哥俩这次认祖归宗，让同行的父亲
流下了泪水。

最后的"直过"部落

何为"直过"？"直过"，就是从原始社会直接过渡到社会主义社会的意思。翁丁是临沧市沧源佤族自治县的一个佤族村寨，是中国最后一个"直过"民族部落。

因为深处苍莽群山，四周被多座大山阻隔，翁丁得以原汁原味地保存了下来。翁丁，佤语意为"云雾缭绕的地方"。翁丁每年平均有150天是雾天，壮观、朦胧的佤山云海是这里的奇美景观。走进翁丁，如同穿越时空，瞬间进入了几千年前的原始社会。虽然我对原始社会的印象只停留在教科书中，但眼前的翁丁，绝对是现代人想象不到的。

村寨的大门，由两株树龄几百年的高山榕缠绕而成，树藤上挂满了牛头骨。牛头是佤族的图腾，不光是村寨大门，村寨内的房前屋后，门梁上、窗户上、树枝上，到处都挂着牛头骨。牛头越多，代表越富足。

佤王的家就建在寨门的大榕树下，佤王的房子最高，代表着最高权力。佤王已经80多岁了，因为身体欠安，我们没有见到，佤王的"压寨夫人"站在门口，向我们招了招手，表示欢迎我们的到来。如今，翁丁的大小事务，还是由佤王裁决。

翁丁保留着最为原始的干栏式茅草房，顺着山势，沿着小径，层层叠叠，错落起伏。茅草房有两种，一种是单层的椭圆形屋，屋顶很矮，据说是成年未婚或孤寡中老年居住的。还有一种是两层楼式，楼上住人，楼下畜居。此外，各家各户都在村边单独建一小茅草屋存放粮食。因为寨子里都是茅草房，最怕着火，所以粮仓与住房是分开的。储粮的茅草屋都不上锁。佤族人至今保留着路不拾遗的遗风。

村寨中央矗立着一根寨桩，寨桩插立在一堆碎石块上，这里是翁丁原始宗教的神秘所在——寨心。寨心也是佤族村民出入最多的地方，平日村民活动、孩童玩耍、男女谈情、老人休闲等都来这里，透着佤族村民浓厚的生活气息。佤族人普遍认为，只要心诚，就能祈求到自己的愿望。寨桩上有苞谷秆，祈求的是粮食丰收，生活富足，还有其他祭祀物也供奉在寨桩前。

整个翁丁村坐落在森林怀抱中。据说，佤族村寨周边的树木都不能砍，因为树是保护村落的神林。树木都很茂盛，形成了密实的林墙。我在翁丁村边看到几株老榕树，树身上挂着当地政府印制的古树名木保护牌，显示树龄都在 500 年以上。翁丁的所有祭祀活动都在这几株老榕树下举行。

翁丁村有 101 户近 500 人。政府在距离翁丁 1 公里左右的地方盖了新村，绝大多数村民已搬入新居，但仍有 20 来户老人不愿离开翁丁的茅草房。翁丁现在已经开发成了景区，恰恰因为有这些老人仍生活在原始村落里，翁丁才是有生气的，鲜活的，可以触摸的。

20 世纪 70 年代，一首《阿佤人民唱新歌》非常出名，唱遍了大江南北，直到如今，大凡少数民族盛会，仍少不了这首歌。"村村寨寨嗨打起鼓，敲起锣，阿佤唱新歌；毛主席光辉照边疆，山笑水笑人欢笑。民族团结紧嗨架起幸福家，道路越走越宽阔，越宽阔……"我在翁丁，常听到有人唱这首歌。和佤族人聊天，语言上或许有些障碍，但说起这首歌，阿佤人没有不会唱的。看来，阿佤人对党的恩情，代代相传，发自肺腑。

古法永生

耿马县孟定镇芒团村是一个傣族村寨。傣族在云南主要分布在三处：一处是西双版纳，一处是德宏，再一处就是我们这次采访的耿马。耿马被昵称为"傣族小三妹"。

我们见到艾影时，她正站在院子的树荫下，在一块铺着白纱布的木框里，用双手搅拌着纸浆。待纸浆均匀沉淀到白纱布上后，艾影慢慢倾斜着竖起纸模，让水滤干，随后抬到阳光下去晾晒。艾影正在制作的是一张白棉纸，俗称芒团纸，傣族称"洁沙"。做好一张芒团纸要经过11道工序，我们看到的是第8道工序——浇纸。在此之前，艾影已经完成了采料、晒料、浸泡、拌灰、蒸煮、洗涤、捣浆等7道工序。她还要接着完成3道工序——晒纸、研光、揭纸，一张芒团纸才算大功告成。这11道工序，与北魏贾思勰在《齐民要术》中记载的构树皮造纸法一模一样。

造纸术是我国东汉时蔡伦总结前人经验的基础上，于公元105年发明的。随着时间的推移，原始造纸工艺已逐渐被取代，但是孟定芒团的傣族同胞，仍然保留着一种简单、原始、传统的构树皮手工造纸工艺，在科学技术日新月异的当今社会，不能不算是一个奇迹。

芒团纸工艺只传女，不传男。在整个生产过程中，男人除了帮忙采料购料外，其它工序都由女人完成。艾影今年27岁，是家族造纸第九代传承人。艾影自幼喜欢造纸，现在是芒团造纸协会的骨干，全村造纸大户。她还是个创新者，把新鲜花朵或树叶，嵌在柔软朦胧的白棉纸里，让绚烂的生命永不凋谢。

在艾影工作的院落中，我们看到了被傣族人称作"埋沙"的构树。树干碗口粗，挺直；树皮绿色，光滑；树叶卵形，叶缘缺裂，叶面暗绿。构树属于落叶乔木，既耐旱，又不嫌土壤瘠薄。现代工业造纸以竹、木为原料，芒团纸用的却是构树皮，这是传统与现代的不同。艾影告诉我们，构树皮一年四季都可以采料，七八月间的最好，太嫩或太老的构树，都会影响纸的质量。太嫩，纤维韧性不够；太老，纤维比较粗糙。三年生的构树皮造出的纸最好。构树生命力顽强，头一年砍掉枝干，第二年在根部又会长出新的枝条，循环往复，生生不息。

艾影说，芒团纸的11道工序中，步步都要精益求精，其中两道尤其关键。

一是拌灰，这关系到纸的白度。用麻栎柴烧出最好的火灰，将泡软了的构树皮置于其中，让火灰均匀地附着在构树皮上，使构树皮得到充分的碱化。火灰的碱性越强，纸就越白。

二是捣浆，这关系到纸的纤细程度。把清洗干净的构树皮置于石墩上，用酸角树制成的木槌反复锤打上百次，直到将构树皮锤打成能够在水中自然散开的纤维为止。

艾影带我们来到院落的一角，这里光照充足，晾晒着几十张一米见方的芒团纸。揭纸是最后一道工序。艾影把晒干后的纸，先用手撕开一个角，然后用很光滑的木刀，轻轻滑动，将纸和纱布分开，慢慢揭下完整的纸张。

过去制造芒团纸，用处很多。佛寺用来抄写经文；土司用来颁布告示、公文、任职文书；祭祀用来扎牛、扎马、扎孝亭、扎俑人；艺人用来剪纸、刺绣、裱龙凤、裱大象、裱马鹿；文人墨客用来写诗作画写对联。到了现在，芒团纸又有了新用处——金融部门用来捆钱、裹币；茶商用于包装茶叶。纯粹原生态、手工古法的芒团纸，丝毫不逊于现代包装艺术。

造纸术是我国古代四大发明之一，我原来只在书里读过，没想到如今在偏远的西南傣寨看到了历史再现。文化的传承或许时断时续，时隐时现，但只要用心寻找，一定会找到最初的根脉。

战火与安然

在镇康县，我们住在南伞口岸的安然酒店。"安然"是一种美好的期许，反过来想，或许也是因为有"不安然"的时候。的确，南伞口岸与"金三角"这个火药桶一线之隔，"金三角"硝烟弥漫的时候，南伞根本不可能独善其身。

镇康与缅甸果敢特区山水相连，国境线长100公里，距离果敢特区首府老街仅9公里。镇康居住着汉、佤、傣、德昂、傈僳等23个民族。南伞口岸1991年12月设立，是国家二类口岸，位于中缅边境122界桩区域。镇康县政府就设在南伞，是我国距离边境线最近的县政府，形成了"界碑在城边，国门在城中，一城连两国，岸城一体化"的格局。

南伞的道路虽然不是很宽，但都干净整洁。车辆和行人不多，屈指可数。两旁的树木郁郁葱葱，有的还盛开着红彤彤或黄灿灿的花朵。民居以两层小楼为多，楼下多是店铺，出售日用百货或经营餐饮。无论房屋高矮新旧，几乎家家门前挂着五星红旗。

安然酒店就建在南伞口岸边防哨所的边上，两者相距也就

50 来米，从我住的房间眺望，口岸周边一览无余。2018 年 10 月 1 日，122 界桩限定区域内的国门公园正式开放，游客凭身份证便可入园参观。赶在闭园前，镇康县委统战部副部长张德良带着我们进到国门公园，站在界桩旁，一河之隔的缅甸杨龙寨口岸近在咫尺。界河上一座长 8 米的石拱桥，将中缅两边的口岸连接了起来。

缅甸杨龙寨关口旁有一座三层高的白色建筑，张德良说那是缅甸海关大楼。2017 年 3 月，果敢政府军与反政府的同盟军发生激烈冲突，海关大楼被同盟军团团包围，30 多名关员被枪杀。事后缅甸政府军迟迟不敢靠近海关大楼，里面的尸体都是我方军民帮助料理的。这座海关大楼现在已经重新使用，隔着界河，我们能清晰看到大楼外墙上斑斑驳驳的弹痕。

张德良说，那次缅甸军事冲突中，数百发流弹和流炮落入南伞口岸，造成我方人员受伤和财产损失。安然酒店受损严重，很多房间玻璃被打碎。冲突还造成数以万计的缅甸边民涌入南伞躲避战火。中方本着人道主义精神，在城区广场和学校操场上搭起帐篷，安置和救助了大量缅甸边民。

缅甸内战开始于 20 世纪 60 年代，当时军事强人奈温夺取政权，建立军事独裁政府，否决少数民族自决权，由此把缅甸带入了 50 多年的内战。这场内战，到现在也没有停歇的意思。

缅甸果敢特区的形势更为复杂。果敢与其相邻的佤邦特区，位于"金三角"的核心地带，历来是罂粟的主要种植地和毒品加工、贩运地。近几十年里，果敢一片混乱，各种武装势力粉墨登场，各自占山为王。他们中有亲政府的自卫队，也有亲土司的武装残余；有缅甸政府军，也有反政府的同盟军；还有我们熟知的从大陆撤退到此地的国民党正规部队。

他们争夺的无非就是两样：权力和毒品。这两者又密不可分，有了权力和地盘，就可以从巨大的毒品走私交易中分得最大一杯羹。特别是从 2009 年 8 月至今，中缅边境就没太平过。张德良手指我们眼前的一座大山说，这是果敢特区的最高峰，山顶的南天门主峰是缅甸政府军与同盟军反复争夺的主阵地，夺取此峰就可压制整个果敢。缅甸政府军的炮弹落入中国边境、军机侵犯中国领空已是家常便饭，多次造成我边民伤亡。

站在口岸旁，看着赶在闭关前匆匆出关的缅甸边民，张德良说，其实 90% 的果敢人都是汉族，但是缅甸政府不这么说，他们谓之"果敢族"。果敢特区原为中国领土，隶属云南省。后来英国人卷进来，从中作乱，把果敢划入了英属缅甸。果敢人说汉语，也流通人民币，他们通讯用的是中国移动号码，电力也由中国输送。每天早上开关时，果敢那边有 2 千多名孩子到我们这边的学校读书。经济往来更不用说，基本上是我们支撑着他们。

从国门公园走出时，南伞口岸已经关闭。不远处县政府前的广场上，人们围成一圈表演着"阿数瑟"。"阿数瑟"类似广西的"刘三姐",集歌、舞、乐为一体,弹唱自由,即兴对答。它是中缅边境线上各民族的共同语言,也是中缅人民友好往来的纽带。

张德良最后说了一句话,给我印象很深。他说,边疆虽苦,但不能都往大城市跑啊,总得有人守在这里,每天升起鲜艳的五星红旗!

根正苗"红"

　　云南简称"滇"，云南的红茶都可以叫滇红茶。但只有凤庆县的红茶"根正苗红"，算得上是"滇红茶之乡"。

　　凤庆县地处临沧市西北部，至今还保存着较为完好的茶马古驿站。说凤庆县是"滇红茶之乡"，有什么根据？接待我们的滇红集团办公室主任汤佩显说，凤庆有一棵树、一个人，别的地方没有。

　　每年五月，五湖四海的各民族兄弟都会齐聚凤庆小弯镇茶王村，朝拜一棵迄今为止已有3200多年的古茶树——锦绣茶王。以锦绣茶王为圆心，四周密布着3万多亩野生古茶树以及民国前栽培的2万多亩茶园。凤庆有着世界最大的原生茶树群。

　　还有一个人，这个人名叫冯绍裘。冯绍裘是滇红创始人，滇红集团首任厂长，被尊为"机制茶之父"。"七·七事变"后，东南重点茶区沦陷，我国传统出口产品——红茶，断绝了货源。为开辟新的茶叶出口产区，茶叶专家冯绍裘1938年来到凤庆，用凤庆优质大叶种茶研制成功"滇红茶"，轰动整个茶界。滇红由此诞生。

初冬，不是红茶生产的旺季，此时的滇红集团厂区静悄悄的。汤佩显说，春季、夏季和秋末，是一年中的三个采茶旺季。虽然此时不是生产旺季，但山坡上的茶园却盛开着密密的、细小的茶花。每朵茶花有五片白色花瓣，花瓣中间是一丛嫩黄的花蕊。在冬日里看到茶花怒放，给我一种暖洋洋的感觉。

和汤佩显聊天得知，凤庆县47万人口中，80%的人都与制茶相关，很多家庭大半收入都来自制茶。目前，全县共有茶园30多万亩，茶厂40余家，年产量3.5万吨。凤庆是全国最大的红茶生产基地县和全国十大产茶县之一。

其实，中国很多地方产红茶。名气大的除了祁门红茶、正山小种外，还有湖北茶区的宜红、江西的宁红、四川的川红、湖南的湖红以及台湾产红茶。汤佩显说，滇红的盛名在于浓、强、鲜。滇红的香型是复合型，以玫瑰花香最突出。

我记得杨绛在一本书中写到，钱钟书嗜好喝红茶，他们从海外回国定居后，曾一时买不到印度的立顿红茶，于是就用三种红茶叶掺合在一起作替代品——滇红取其香，湖红取其苦，祁红取其色。看来滇红茶的香，早有其名。

或许是一路奔波，早已口干舌燥，当工作人员为我们送上红茶一杯的时候，大家来不及赏一赏鲜红明亮的汤色，闻一闻气味浓郁的芳香，便一饮而尽了。

凤庆的茶好，当然离不开得天独厚的地理环境。凤庆地处横断山脉东沿，澜沧江流经全域。境内群峰起伏，山高谷深，平均海拔 1000 米以上。"晴时早晚遍地雾，阴雨成天满山云。"
这样的气候，造就了凤庆森林茂密，落叶枯草形成深厚的腐殖
层，土壤肥沃，使得茶树高大，芽壮叶肥，营养多样。

风车、石杵、磨臼、焙笼、揉茶机、古铜壶……滇红集团
展室里陈列的这些传统制茶工具，记录着近一个世纪以来，滇
红人匠心制茶的精神。滇红茶制作技艺，已列入国家级非物质
文化遗产。汤佩显说，无论什么品种，滇红茶的初级加工都要
经过萎凋、揉捻、发酵、干燥四道工序。

这次到凤庆，我才第一次知道，好茶都是拼配而成的。拼
配也叫盘茶，是茶叶加工的一种工艺，属于比较难的技术。简
单讲，就是把不同茶区、不同季节的茶叶，根据需求进行拼合。

汤佩显说，茶叶原料的品质与天气、雨水、温度等自然条
件关系密切，哪怕是同一地点，同一棵茶树，同一时间采摘的
鲜茶叶，都会有所差别。拼配就是把具有一定共性而形质不一
的茶叶，或美其形，或匀其色，或提其香，或浓其味，拼合在
一起。只有最出色的拼配师，才能让拼配后的茶叶品质尽显风
格和高度，成就一个个茶叶典范。

"凤庆是滇红茶的故乡，这里有太多围绕茶的历史记忆。"
汤佩显侃侃而谈。凤庆石洞寺有一副对联——白天游街吃茶，
晚上点灯骑马。意思是说，当地人做事不在正点去做，白天总
泡在茶馆，晚上才忙着赶工。

"千年柏木，万年紫金杉，不如茶树丫巴杈。"这是茶叶专

家进行古茶树普查时，在民间听到的一句很形象的对比。古茶树比最香的柏木还要香，比最硬的紫金杉木还要硬。

在当地民众心里，神造的万物中，茶是至尊，只有人和茶的有机结合才是最完美的。在古茶生长的地方，人们起房盖屋无论用的什么木材，竖柱时总要用上一部分古茶木作为楔子。家里也要有一两件器物由古茶树雕制而成。这是少数民族生存观在古茶文化中的体现。

追访「韩流」

　　我向来不追星，但这次去深圳、厦门采访韩国瑜，却怎么看都像是在"追星"。

　　韩国瑜现在的确是一位明星，一颗台湾最耀眼的政治新星。他在 2018 年底台湾县市长选举中，"以一人之力照亮整个国民党"，不仅翻转了民进党执政 20 余年的高雄，更是带动国民党一举拿下 15 个县市。竞选期间，韩国瑜所到之处人潮爆棚，民意沸腾，"韩流"席卷全台。即使就任市长之后，这股"韩流"旋风依然高烧不退。就在我此次前往深圳的当天，2019 年 3 月 23 日，国民党传出提议，征召韩国瑜参加 2020 台湾"大选"。"韩流"再掀风暴。

　　台湾是个选举社会，每到选举之际，各路"明星"粉墨登场，大秀演技，无非为了选票。观察台湾近 20 年来的选举，韩国瑜确实很"另类"。61 岁的韩国瑜是作为国民党的参选人投入高雄市长选战的，但他却"很不国民党"。他不属"政二代"，也不是"富二代"；他从来不是国民党的政治明星，也不是蓝绿的知识菁英；他不依附派系，也不找大佬当靠山。他是国民党的边缘人。

　　他竞选高雄市长时，有两句话我记忆深刻。一句是他入木三分地提出了"高雄又老又穷",引起了媒体关注;还有一句是他提出了自己的施政方针,"东西卖得出,人进得来,高雄发大财"。竞选口号接地气,加上行为举止平民化,韩国瑜的这种草根形象直接拉近了与高雄民众的关系。

我看台媒报道,韩国瑜很少西装革履,他白天到市议会旁听,晚上跑摊与民众聊天,豪气地向民众逐一敬酒,脖子一仰酒下肚,眉头不皱一下,平易近人的行为赢得民众一片叫好。韩国瑜自比是令狐冲,爱喝酒,爱交朋友。竞选初期,韩国瑜提出要靠一瓶矿泉水、一碗卤肉饭赢得选举,最后真的刮起"韩流",成功胜选。

韩国瑜是在 2019 年 3 月 22 日启程,开始为期一周的"经济之旅",先后访问香港、澳门、深圳、厦门四城市,就农产品外销、观光旅游、两岸城市邮轮直航等议题进行交流。

韩国瑜在香港、澳门的情况,我通过媒体报道一直关注,他不但签了"大单",还受到超规格的接待。他在深圳、厦门的行程,我则是全程跟随,切身感受到了"韩流"的烈度。由于采访的记者太多,深圳、厦门不得已对记者进行"分流"。深圳印制了四种图案的贴纸,厦门印制了红黄蓝三色证件,不同图案的贴纸,不同颜色的证件,代表采访不同场次的活动。即便央视,也不能拿到全部贴纸和证件,有的几家媒体才得到一枚贴纸和一个证件。或许看在我是个"老对台"的份上,两地的接待方都很照顾我,给我开了绿灯,四种贴纸,三色证件,全给了我，只是有的场次安排过于密集，我跑不过来，只好放弃一二。如此看来，"追星"也不是想追就能追得到的。

韩国瑜在会晤深圳市委书记王伟中时讲道，他在竞选高雄市长时提到了"南南合作"，指的就是"从高雄开出两条黄金线路，一条连接东南亚，另一条连接大陆南部，与深圳及厦门合作，希望将来帮高雄市及南台湾打出一条更身轻灵活的道路。"韩国瑜在与国台办主任刘结一共同见记者时说，"我们来的目标非常清楚，交朋友，做生意，留下良好的情感交流。""人心都是肉做的，情感比什么都重要。"

韩国瑜此行最受关注的，是他与香港、澳门特首的会面，进入香港"中联办"与王志民主任的会晤，还有会见国台办主任刘结一等行程。可以说是"该见的都见了"，完成了目前岛内台面上政治人物无法完成的任务。

在一周的时间里，韩国瑜一行在经贸采购方面收获颇丰，按照市场化运作机制签订了一批农渔产品采购协议，其中在香港和澳门签署的金额分别为 5 亿多元人民币和 1.6 亿元人民币；在深圳和厦门分别是 2 亿元人民币和 3000 万美元。这些亮眼的成绩单，创下了历任高雄县市首长的外销纪录。

初见

见韩国瑜的第一面是在深圳前海展示厅。前海是"深圳特区中的特区",蛇口自贸区的核心区。站在"世界前海,中国窗口"的展板前,韩国瑜与记者们打了第一个照面。

从人群中,很容易认出韩国瑜,这不仅因为他是主宾,被众星捧月般地簇拥在中间,也是由于他光溜溜的头顶异常醒目。韩国瑜爱拿自己的光头自嘲。在当晚的记者会上,他开场就讲:"我也年轻过,我不是生下来就没有头发,这么老。"第二天,他与国台办主任刘结一会面,两人握手寒暄,面对记者镜头,他还在说笑:"我们俩人在一起,整个空间都亮起来了。"(刘结一主任也是"聪明绝顶")

台媒朋友事后跟我讲,韩国瑜还曾经在脸书上直播剪发,上来就自嘲说,顶上 3000 烦恼丝已经掉了 2900 根,专门来整理这剩下的 100 根。当他要躺下洗头时,面对镜头接着自嘲:"我们秃头也是有尊严的。"他继续搞笑问:"不知道苏贞昌怎么洗头?他剪头发怎么剪?应该速度比我还快吧,我觉得我头发比他还多。"韩国瑜还曾指着自己的光头笑喻是"高雄的葛优"。我觉得敢于自嘲的人，应该是很自信，又很幽默的人。

参访前海这天，韩国瑜穿了一身深蓝色西装，一改往日我在电视上常看到的打扮。我看电视上的画面，韩国瑜几乎每天都穿一模一样的蓝色长袖衬衫，风纪扣总是敞开的，袖子总是挽起来，这似乎成了他的固定装扮。台媒记者曾采访他的夫人李佳芬，问她，韩国瑜为何每天都穿同样的衬衫？李佳芬说，韩国瑜喜欢穿纯棉的衣服，不喜欢拘束，所以就一口气给他买了 10 件。李佳芬特别强调："他不是没有换衣服，每天都换，我都有烫。"

韩国瑜当选后，不仅撸起袖子拼经济，而且延续他竞选时的作风，继续定期走访基层民众。蔡英文办公室发言人黄重谚曾暗讽韩国瑜是"喝醉的土包子"。黄重谚的话确实过分。但韩国瑜丝毫没有把挖苦他的话放在心上，索性在高雄举办了一场"包子大赛"，"包子"反而成了"挺韩"新标志。前不久，韩国瑜到马来西亚访问，竟有侨胞热情地向韩国瑜送上包子，以示对这位"土包子"的支持。

在前海，因为行程安排，韩国瑜并没有接受记者采访，但他甫一露面，就大步走到记者们面前，双手抱拳，深深一鞠躬，大声说道："大家辛苦，大家辛苦，稍晚一些再访问"。

在接下来的几天中，只要韩国瑜同大家见面，他的第一个动作都是拱手作揖，这成了他的"招牌动作"。我还注意到，韩国瑜和人握手时，都是双手紧握住对方的手，身体微微向前，双眼直视对方，眼神中流露出真诚。有人说，从心理学角度看，这一简单动作其实在释放善意，犹如在放低自身的姿态，告诉对方，"相信我，谢谢你"。

这不禁让我联想到马英九夫人周美青也是如此待人。当年为马英九参选拉票时，周美青即使握手握到腰拉伤，仍坚持90度鞠躬握手，至今让人印象深刻。台湾有民众发文，"我不是韩国瑜粉丝，也不是高雄人，但与韩国瑜短短不到两秒的握手，被他的真诚和力量震惊、感动了。"握手，看似简单，却只有发自内心，才能握进人心。

韩国瑜随后参观了前海青年创新创业基地，并与台湾青年代表短暂交流。因为场地有限，记者们不能近身拍摄，但能听见他们席间频频传来爽朗的笑声。交流活动后，台湾青年代表苏俊德对我们讲，"韩市长很爱笑，是个暖男。"

晚上公务活动结束后，韩国瑜一行来到深圳市民中心，观看灯光秀，这是当日行程的最后一站。记者们早早等候在指定的拍摄区域。韩国瑜首先走到记者们跟前，很客气地问候大家："吃饭了吗？辛苦了，辛苦了。"

在观看灯光秀时，韩国瑜还帮夫人提包，这个细节被记者发现并称赞他"贴心"。韩国瑜随即笑称："这是小菜一碟。"

直白率真，风趣幽默，温暖诚恳，这就是韩国瑜带给我的第一印象。

"来了，老韩"

　　搭飞机跨越台湾海峡，乘汽车驰骋港珠澳大桥，坐轮船从澳门进深圳，上高铁从深圳到厦门，飞机、汽车、轮船、高铁，一周之内，四种交通工具载着"韩流"，"刮"过了四座城市。

　　最近网络上流行一个热词"来了，老弟"，有心的媒体就着"韩流"来访的热点，制作了一首视频歌曲《来了，老韩》，"来吧来吧来来来，韩国瑜逛逛港珠澳"，歌词朗朗上口，曲调轻松明快，没想到这首歌在网络上迅速传开，上了热搜榜。

　　韩国瑜对深圳和厦门并非完全陌生。1988 年，他到过这两座城市，那时他是怀着好奇，"是跟着有意投资的台湾朋友来看看"。今日故地重游，韩国瑜不禁感慨"深圳从一棵小草长成了一棵大橡树"，"厦门从丑小鸭变成了白天鹅"。

*

　　厦门海沧自动化码头是韩国瑜此行的最后一站，第二天一早，他就要回台湾了。最后一场采访结束后，记者们回到酒店，已是傍晚。我简单划拉了几口饭，赶紧回到房间，想趁热把这几天"追韩"的见闻梳理一下。可是等打开电脑，却不知该从何写起。

我追着韩国瑜的脚步，跑了四天。这四天中，扣去他从澳门到深圳的半天，扣去从深圳到厦门的半天，他在这两地的实际参访，满打满算是三天。这三天中，还要再扣去各有两个半天不公开的行程，我真正跟着他跑的不过两天。虽然都是近在眼前的事情，可要把这两天的行程捋一遍，我还真得重新打开记者手册查阅。这么密集的行程，我以前还没碰到过。

前海展示馆、台湾青年梦工场、五洲宾馆、市民中心、海吉星农产品物流园、盐田港、腾讯、大族激光、城市运行管理中心、南山区行政服务大厅、西丽山庄……这是在深圳。

国际邮轮中心、城市规划馆、农渔产品签约、南普陀寺、厦门大学、台商座谈会、两岸青创基地、软件园、海沧自动化码头……这是在厦门。

韩国瑜是在离开台湾的前一天，才公布了随行成员的名单。他的夫人李佳芬是自费前往，主要是陪同照顾韩国瑜的生活起居，其他成员包括副市长叶匡时，以及高雄市海洋、农业、观光、卫生、交通、新闻、考研会等部门的负责人，还有10位市议员，5位高雄市两岸小组成员以及3位随行人员。韩国瑜多次跟两岸记者提及，他此行从始至终没有单独行程，所有活动，都是和团员在一起。

62 岁的韩国瑜体力充沛，行动敏捷，无论参观、会见、座谈，还是开记者会、签约、致辞，他都神采奕奕，笑容满面。在紧锣密鼓的行程中，韩国瑜每到一处总是快步前行，甚至一路小跑。他的夫人李佳芬告诉记者，为了能赶上韩国瑜的步伐，她换下高跟鞋，穿上了平底鞋，并直言："真的好累，脚好痛。"每次团队合影时，韩国瑜都带头高喊"高雄加油，高雄发大财"。

在海沧码头，记者们提前近一个小时等候在那里。韩国瑜下车后，依然首先向记者们抱拳致谢。因为场地拥挤，后面有人嚷道"拍不到"。韩国瑜立刻站到台阶上，舞动双臂，向后面的记者大声喊道："这样可以吗？"引得现场一片笑声。已经奔波了一周的韩国瑜，还能充满幽默和活力，我觉得很难得。

我们听韩国瑜讲，他们从早跑到晚，每天只睡四五个小时。有一次记者会上，韩国瑜说："我们很辛苦卖农产品、水产品，就是希望高雄农渔民能过上更好的生活。"

对于此行，韩国瑜说，这 7 天真的非常辛苦，但也收获了很好的成绩单，未来高雄所有的步伐不会停，他有信心把高雄建设为全台湾最有钱的城市，这个决心也一定不会消灭，一定会全力以赴。

*

"我要去高雄，心情超轻松，我要逛逛逛买买买，购物车清空……"这首《我要去高雄》，最近成为两岸高度关注的歌曲。在韩国瑜离开厦门前一晚的欢送宴上，这首《我要去高雄》再度唱响。歌词刚好回应了韩国瑜"货卖得出，人进得来，高雄发大财"的政见。厦门高雄，原本就是亲上加亲。

高雄对我来讲，并不陌生，我去过几次。这两年，我也多次到过厦门。这两座城市，有太多的相似之处。我这次到厦门住在白鹭洲酒店，酒店面对筼筜湖，"筼筜夜色"与"爱河渔火"非常相像。夜幕降临，筼筜湖一船一灯随波摇曳，水中倒影一明一灭随之闪烁，这样的景致与高雄的爱河如出一辙。

厦门、高雄仅隔着一湾浅浅的海峡，闽南语是共同的乡音。高雄从一片荒芜之地，发展为今天的国际港口城市，这300多年的开发历史，是和厦门渡台先民披荆斩棘、胼手砥足的创业历程分不开的。厦门文史专家洪卜仁接受记者采访时讲道："厦门先人渡海开垦高雄时，也带去了祖籍地的风俗习惯，高雄的建筑风格、民间节日、人际交往等各种乡土民情，都是沿袭祖籍地闽南一带的风俗。"长期以来，不少台湾人都把厦门作为到大陆的第一站。

韩国瑜在厦门最重要的一场活动，是参加厦门高雄两地近10家企业的农渔产品采购签约仪式。签约台旁，摆放着凤梨、莲雾、释迦等水果和乌鱼子、乌鱼腱等水产加工品。此行访厦，韩国瑜签下了3000万美元的订单。高雄水果贸易商李慧涓拿到了500万美元的水果订单，非常兴奋，"这个合同签订后，我们高雄的水果销售量会大幅增加，果农们一定很开心。"

签约后的当晚，厦门市委书记胡昌升，厦门市长庄稼汉会见了参访团一行。有台媒以"卖菜郎见到庄稼汉"为题进行了报道。韩国瑜说，1988年他第一次到厦门，那时的厦门夜灯昏黄，道路凹凸不平，晚上万籁俱寂。如今的厦门已成为美丽的国际花园城市。高雄与厦门渊源深厚，两座城市有天生的亲密感，到了厦门就像回到了家。

韩国瑜在厦门的第一站和最后一站都到了厦门港，厦门高雄两地的港口合作一直很频繁。厦门港到台湾的两岸集装箱航线有6条，其中有5条挂靠高雄港。高雄港是台湾农产品出口的主要集散口岸，2018年通过高雄港运往厦门口岸的台湾水果、水产品分别达到4.4万吨和5.9万吨，占台湾输往大陆总量的80%和46%。

第一站是国际邮轮中心。韩国瑜站在四块展板前，专注地听厦门港口局局长吴顺彬介绍：2018年厦门邮轮旅客吞吐量32万人次，2019年预计接待邮轮超过100艘，旅客超40万人次。吴顺彬每介绍一个数据，韩国瑜都会连称"好厉害"。

厦门邮轮中心未来计划建造一座创意摩天轮，这引起了韩国瑜的兴趣。韩国瑜此前计划在高雄爱河畔建爱情摩天轮，打造爱情产业链，发展观光旅游。访问团成员笑称，厦门高雄两城摩天轮建好后，隔着海峡对望，可以成为两岸新地标，双摩闪耀，共同吸引观光客。

韩国瑜的最后一站来到了海沧远海自动化码头，这是大陆第一个全自动化码头，被称作"魔鬼码头"。整个码头，除了韩国瑜一行和各路记者，再无一人。桥吊、轨道吊、运输车全部智能化，自动装货卸货。参访团一行连呼震撼，大开眼界。韩国瑜热切询问了关于码头自动化的细节问题，比如如何实现自动化、自动设备能否在高雄用最简单的方法进行改造。预计15分钟的参访时间，被延长到了38分钟。

"以前，高雄港一直是厦门港学习、对标的榜样。"吴顺彬说，厦门港1983年刚起步时，全年集装箱吞吐量只有3292标箱，首次突破100万标箱用了17年的时间，突破200万标箱仅用了3年，到2017年突破了1000万标箱。2018年，厦门港与高雄港在全球排名中首次换位，厦门港第14位，高雄港第15位。韩国瑜表示不可思议，没想到曾经起步如此之低的一个小港，短短30多年成长为世界强港。他说，高雄必须走向海洋，走出去，才能有发展，希望与厦门港能有更多合作。他交代参访团成员要把中欧班列的展示图拍下来，说："这个通道会给台湾，特别是高雄的一些货物，提供用铁路运到欧洲、中亚的便捷方式。"

"只有亲眼看到，才会震撼。"韩国瑜说："厦门有太多可以让高雄学习、吸收的地方，大家都觉得不虚此行，收获很大，两个城市有太多合作空间和前景。"

离开厦门前，我身边的一位记者问他，下次还有机会来吗？韩国瑜脱口而出："只要是有利于高雄经济发展，有机会争取，我当然要来，重点是要代表我们的市民朋友，帮他们争取更好的利益发展。"

*

四天里，韩国瑜开了五场记者发布会，其中有两场是在半天之内。我觉得他爱讲也敢讲，是个性情中人，不是那种深藏不露的人。无论记者问什么，他都爽快地回答，可以听出来，他没在糊弄。他机敏，但不油滑。他对记者很友善，记者会上，他会不时转动身体，以便让不同站位的记者都能拍到。他也很讲礼，每次记者会第一个提问的机会，一定给大陆记者。

在五场记者会中，我认为他最开心的一场是在深圳海吉星，这是他在大陆签下的第一笔订单；最气愤的一场是在厦门海沧码头，这是他在大陆的最后一站，而此时，民进党对他的"追杀"已经在路上。

在与深圳海吉星签下 2 亿元订单后，韩国瑜异常兴奋，在现场不断给深圳市的陪同人员分发从高雄带来的水果。莲雾、凤梨、青枣，新鲜水灵，清香扑鼻。记者们也毫不客气，自己动手，品尝了起来。我喜欢高雄的凤梨，味道是甜香的，不带一点酸头。莲雾和青枣水分足，一口咬下去，脆生生，很像我们吃的水萝卜。

韩国瑜在随后的记者会上说："这次来深圳非常开心，感谢海吉星给我们高雄农民又多开了一扇窗户，让我们有宝贵机会。希望未来高雄与深圳之间多来多往，不光农产品、水产品，不光是各种交流互动，更重要的是加深人与人之间的情感。"

韩国瑜此次参访，民进党当局可谓百般阻挠，提醒他"不要为了赚钱，丢了主权"。台湾陆委会更是指责他会见大陆官员"涉及极其敏感的政治行为"，今后要强化县市首长赴港澳的管理规范，制定"韩国瑜条款"。韩国瑜在海沧码头的最后一场记者会上气愤地说："这真是开倒车，设一个韩国瑜条款，陷韩国瑜于不义吗？我想台湾人民的眼睛是雪亮的。"他还反问道，带着老婆、带着市府官员，还有十个高雄市议员陪同，在这种状态下，吃完饭、喝完酒准备卖台吗？要如何卖？"我们只知道卖菜、卖水果，我们哪有权利去卖台？"这场记者会收尾很急，很多记者还等待发问时，却戛然而止，韩国瑜向大家致歉随即转身离去，显然，他不想再过多回应民进党的无理指责。

每场记者会的现场都挤得满满的，前排位置肯定先紧着摄像记者，我只能见缝插针地边听边记。台媒记者爱问他是否参选 2020 以及对民进党打压的回应；大陆记者的提问则集中在他此行的收获和观感。韩国瑜反应很快，即问即答，我印象比较深的是下面几句话。

"真人面前不说假话"——韩国瑜在会见国台办主任刘结一时说："我在 2018 年选举投票之前就讲，大声疾呼，我强烈支持'九二共识'，这是海峡两岸交往的定海神针。今天见到刘主任，我还是一样重申，真人面前不说假话，我一直都坚持'九二共识'，所以我再重申一遍。"

"猪八戒卖不了人参果，现在孙悟空要卖，他又扯后腿。"——在深圳签下 2 亿元农产订单后，有台湾记者问韩国瑜，如何回应民进党指责他此行是"投降"、"卖台"、"卖身"。韩国瑜说："民进党执政卖不出去，猪八戒卖不了人参果，现在孙悟空要卖，他又扯后腿。酸言酸语非常无聊、可恶。我们的心是正的，不担心不害怕攻击、抹黑、抹红的言语，希望台湾民众睁大眼睛，希望台湾政治风气有所扭转，政治人物真的要为人民服务。"

"台湾安全，人民有钱"——对台湾所有参选"2020"的政治人物，韩国瑜提出八字建言："我只有建议他们做到八个字就可以，不要讲太长太长，老百姓听不太懂，就是八个字'台湾安全，人民有钱'，就是这么简单。"

"但我们真的是没什么钱"——韩国瑜被问及高雄旅游代言人选，有人提议让他的女儿韩冰来免费担任。韩国瑜幽默地表示欢迎李冰冰、范冰冰"大家一起来高雄"，"这也是一种缘分",转而苦笑,"但我们真的是没什么钱"。

"是不是脑袋坏掉了?"——韩国瑜在厦门被媒体追问 50 万元罚单的事时,回应说:"你看我和高雄的团队,像害怕压力的样子吗?"他还直接怼民进党当局:"我们在外面拼了 52 亿(新台币)的订单,当局却要罚我 50 万,这是不是脑袋坏掉了?这不是很好笑跟荒谬吗?"

"战争没有赢家,和平没有输家"——在厦门海沧码头,韩国瑜最后一次同记者分享心情:"站在厦门看到金门岛,回想起过去那段战争岁月,感触特别深。"韩国瑜说,1958 年发生的"八二三"炮战,曾给厦门金门两地居民造成重大损失。"战争没有赢家,和平没有输家,海峡两岸互相往来,唯有一件事无可取代,那就是和平。""战争太可怕,我们要用尽一切办法,让两岸之间和平交流、和平往来。此次访问大陆,就是想来实践并证明,唯有两岸和平往来,唯有两岸关系好,才能共享发展红利。"

"抢了菜摊，丢了江山"

　　"抢了菜摊，丢了江山"，这是韩国瑜在深圳海吉星签约致辞时讲的一句话，这是对民进党的暗讽，不常观察台湾政坛的人，或许不懂其中之意。

　　我之前对韩国瑜也了解不多，甚至在他2018年4月竞选国民党主席时，都没拿他当回事。那时，可能不止我一人，或许很多人都没拿他当回事。我也是在韩国瑜竞选高雄市长时，才多多少少关注了他在台湾政坛的坎坎坷坷、起起伏伏。这次采访闲暇之余，又听台媒朋友聊起韩国瑜，一块块拼图相接，使我大致理清了"韩流"酝酿、生成、爆发的过程。

　　韩国瑜1957年出生于台北市一个眷村之家，排行老六。他父亲是河南商丘人，曾参加过远征军在缅甸的对日作战。母亲是台湾云林县人。韩国瑜后来见到大陆朋友，常常以河南人自居，其实他对家乡了解并不多。韩国瑜18岁考入军校，退伍后考入东吴大学英语系。大学毕业后考研，考入政治大学东亚所，硕士论文的指导教授是台湾著名学者苏起。苏起是

"九二共识"这一提法的倡导者。这次韩国瑜在深圳与国台办主任刘结一会面，他当着在场的两岸几十家媒体记者大声说，他始终承认"九二共识"，这是"两岸关系的定海神针"。我想这应是他的真心话，毕竟这是他恩师提出的政治主张。韩国瑜拿到硕士后，和同班同学王丰一起进入《中国时报》当记者。我对王丰也算熟悉，几年前，我们栏目开办了一档周末特别节目，叫《台海风云会》，那时王丰已是台湾颇有名气的历史传记作家，他是我们这个节目的主要撰稿人和讲述者。

1989 年，韩国瑜因未获国民党提名，违纪参选台北县议员，被停止党权一年。1992 年、1995 年、1998 年，韩国瑜三次当选台湾"立委"。因积极维护退伍军人和眷属的利益，韩国瑜被称为"军荣眷代言人"。期间，韩国瑜暴打陈水扁，是其"立委"生涯浓墨重彩的一笔。

1993 年 5 月的一天，"立法院"审议退伍军人相关预算。陈水扁发现为荣民服务的人比荣民花的钱还要多，就说：这是把大陆荣胞当猪养。韩国瑜是眷村子弟，一听陈水扁说"荣民是猪"，上台就把桌子掀翻，给了陈水扁几巴掌，当下就把他打昏了。陈水扁在医院躺了三天，双方的支持者都聚集到"立法院"外抗争，最后以韩国瑜道歉了事。这段视频现在网上还可以看到。

2001 年，44 岁的韩国瑜连任"立委"失利，被国民党逐出政界，直到 61 岁时再度复出，这一下子就是 17 年。所以到了 2018 年，韩国瑜参选高雄市长，在竞选集会上常说的一句话就是"兄弟 60 岁，正在找工作"，打动了不少人。陈水扁执政 8 年，自然不会用韩国瑜。马英九执政 8 年，从 2008 年到 2016 年，也不用韩国瑜。吕秀莲曾说，韩国瑜是个 loser，是个失败者，支持韩国瑜的人都是失败者。这是韩国瑜很悲催的 17 年。

韩国瑜现在常谦称自己是个"卖菜郎"，他说的没错，他后来真成了"卖菜郎"。在政界四处碰壁后，郁郁寡欢的韩国瑜，通过他岳父家族的帮忙，2012 年起，担任了台北农产运销公司（简称北农）的总经理。2014 年，柯文哲担任台北市长。柯文哲比韩国瑜小两岁，与韩国瑜惺惺相惜，对他照顾有加。韩国瑜曾公开说，失业十多年，只有柯文哲拿他当个角色。

2016 年 5 月，民进党上台执政，要柯文哲撤换韩国瑜，柯文哲没有答应。见柯文哲不动手，民进党决定自己动手。2016 年 9 月，梅姬台风来袭，全台菜价飙涨，民进党"立委"段宜康借此大做文章，点名道姓韩国瑜哄抬菜价，"是条大菜虫"。这下气坏了韩国瑜，当下带着"北农"的账本召开记者会，当庭大骂段宜康是"小瘪三"，要段宜康出来公开辩论。全案的结果是确定韩国瑜无罪。

一波未平，又起一波，这回跳出来的是民进党台北议员王世坚。韩国瑜被"北农"员工亲切地称呼韩总，因为他是"北农"史上创造盈余最多的总经理，也是出手最阔绰的总经理，曾一年发出四个月的年终奖,外加端午、中秋节津贴,"北农"上下雨露均沾,人人受惠。

而这奖金却被王世坚等人联手痛批,"北农获利高,全拜菜价飙涨得利,拿人民不幸来发放奖金。"但韩国瑜态度强硬,发放奖金一切合法,问心无愧,"开源节流得宜,缴完应有的,剩下该剩的,我们还有盈余,我们90%的员工都很辛苦,600个员工,500个夜勤,晚上12点工作到早上9点,非常疲惫,为什么不替这些劳工想一想?"韩国瑜坚决回击道:"身为总经理,公司赚钱一定要分给辛苦的员工,我一定要分。"

到了2017年1月,民进党强行撤销了韩国瑜"北农"总经理的职务,3月生效。2018年4月,韩国瑜宣布参选高雄市长,把户口从台北迁到高雄。自韩国瑜被迫离开"北农"后,菜价一直跌跌不休,菜农损失惨重,于是他们更加怀念韩国瑜,间接成为韩国瑜人气高涨的又一推手。后来的结果,现在大家都看到了。柯文哲曾在电视上"酸"民进党:"韩国瑜在北农当总经理做得好好的,你们硬要拔掉,我说让韩国瑜转到台北市政府来,你们也不要,这下惨了,你看搞成今天的局面。"

我身边的台媒记者也感叹,挤走韩国瑜成了民进党执政以来干的最蠢的一件事,不然他到现在还在调整菜价呢。"抢了菜摊,丢了江山",这话韩国瑜说得很解气。

韩国瑜回到台湾,还会有一场恶战。但这何尝不是件好事呢。当"韩流"在大陆南方刮过的时候，岛内的"劝进"之声也四处响起。2020，对韩国瑜，对台湾，都是更高的一道坎。韩国瑜自己解读，所谓"韩流"，实际上是一种民心，更是一种民怨。"韩流"的形成绝非偶然。

我追访"韩流"，只是工作使然，不代表我就是"韩粉"。我只是觉得他真诚而已。在当今的台湾政坛，真，是很稀缺的资源。我希望他以后也是如此。

挂职扶贫记略

常超联系我的时候，我正在河南采访。他说，"甘南下雨了，"嘱咐我过几天去的时候带件外套。我赶紧告诉家人，准备了一件毛衣转交给同事，托她过两天从北京到甘南时带给我。没想到，才没两天，常超又联系我说，"甘南下雪了，"要我带上羽绒服。可惜这时已经来不及了，第二天一早我就要从郑州飞往兰州。我到河南时，还是短小打扮。

常超是国台办新闻局的年轻干部，北京大学哲学博士毕业。2017 年 9 月，他主动报名到甘肃广河县挂职，担任庄窠集镇红星村第一书记。广河县是国台办的定点帮扶县，国台办每次选派两名干部来挂职，任期两年，到 2018 年，这项工作已持续23 年。这次跟常超一起挂职的，还有一名从国台办经济局选派的干部，叫李杨，他挂职广河县委常委、副县长，算是常超的领导。

眼看常超挂职一年了，国台办组织两岸媒体 22 位记者到甘南，对精准扶贫进行采访，选取的采访点就是临夏回族自治州的广河县和甘南藏族自治州的夏河县。临夏和甘南这两个州都位于甘肃省西南部，是甘肃省仅有的两个少数民族自治州。

常超特意赶到兰州中川机场等候我们。见面寒暄，我说，

"甘南怎么这么早就下雪了？""甘南海拔高，邻近青藏高原，向来冷得早。"他说已经给我准备了一件皮夹克，去甘南的时候穿上。

我们到兰州的当晚，甘肃省委统战部副部长万泽刚给记者们介绍了甘肃脱贫的大致情况。"脱贫攻坚是甘肃省的一号工程，各级政府极其重视，工作不力者就地免职。"他说这可不是空话啊，都是实实在在的，时间紧来不及多讲了。他还讲到几个数字，我觉得也很重要：2014 年，甘肃省按照国家统一安排，开展了全面系统的建档立卡工作，共识别认定贫困村 6220 个、贫困人口 552 万，居全国第七，贫困发生率 26.5%，居全国第二。目前甘肃省有 75 个贫困县。

万泽刚还特意提到临夏州和甘南州在全国扶贫工作中的重要性和艰巨性。他说，2017 年 9 月，中办、国办印发关于支持深度贫困地区脱贫攻坚的文件，提出国家重点支持"三区三州"。"三区"是指西藏、新疆南疆地区和四省（青海、四川、云南、甘肃）藏区；"三州"是指甘肃临夏州、四川凉山州和云南怒江州。听他这么一说，我们这次要去的临夏州和甘南州，都属于国家深度贫困地区，也是全国脱贫攻坚的重点地区。

说起到偏远地区挂职，万泽刚说他本人就是一名挂职干部。他早年在秦皇岛工作，后来到甘肃挂职，没想到一来就再也没离开。近 20 年来，他先后在两个地州担任主要负责人，今年 55 岁了。"我打算就在甘肃退休了。"万泽刚笑呵呵地说。

常超和他的红星村

距广河县城 20 分钟车程，在吊地山和山湾山之间的沟底有一片村落，这就是常超挂职的红星村。

村子沿着狭长的沟底延伸开来，一条公路从村中穿过，正好把红星村一分为二。路两旁交错生长的旱柳和青杨，高大挺拔。两侧逐层抬升的坡地上，种的全是玉米，密密麻麻。叶子已微微泛黄，玉米棒子个个饱满，过几天就可以采收了。村里最气派的建筑是清真寺。我看这里的清真寺建得有些特别，没有高耸的圆顶和冲天的传音塔，礼拜堂反而更像中国式宫殿，屋脊高挑，飞檐斗拱，外观的装饰是当地的砖雕。村里民居新旧参差，新盖的是砖瓦房，老旧的是土坯房。无论新旧，都是歇山顶，房顶一律向院子中间倾斜。红星村村委会就在公路边，院墙上的大红字写着脱贫攻坚的标语，橱窗里贴着村委会干部的简历和分工，常超的照片在正中。

常超工作和吃住都在村委会。村委会院子不大，有 6 间平房，除了会议室、活动室、厨房外，其中一个房间是常超的宿舍。房间 10 平方米大小，两张单人床对称摆放，中间夹一张书桌，地上立一小方桌，屋里满满当当。我看他也没什么家当，铺盖、衣物，放在床上，行李箱塞到床下。"老支书工作晚了，偶尔会陪我住一晚，但大部分时间，天黑后，村委会就只有我一人了。"这就是常超的家了。

我们是一大早听了广河县县长马东升介绍县里扶贫情况后到的红星村，这时已近中午。常超带我们来到村委会斜对面的村民马二不都家。马二不都刚进家门，他一早赶了4只羊到集市上卖掉了，此时见这么多人涌进他的小院，显得有些不知所措。"他们就是想看看你的羊，"常超在一旁替我们解释着。

马二不都家的羊圈，紧贴着宅子的后山墙，羊都圈在木栅栏里，四周是一圈食槽子。马二不都盛了一筐箩饲料，打开羊圈门，围着食槽子把饲料均匀地撒了一圈。羊"咩咩"叫着散开，抢着吃了起来。马二不都一边喂羊，一边回答大家七嘴八舌的提问。

马二不都34岁，一家4口。他以前一直在青海打工，但家里依然贫困。两年前，村里加大扶贫奖励力度，动员他回乡养羊。他回乡后，贷款5万元，再加上村里给的一笔扶贫资金，养了100来只小尾寒羊，收入逐渐增加。2017年摘掉了贫困户的帽子，还盖了三间新房。

常超说，畜牧养殖是村里脱贫的一个主要途径。就拿马二不都养羊来说，买一只羊羔大概500元，三个月后就可出栏卖到 800 元。还比如养牛，县里统一到河西等地购买基础母牛，无偿提供给村民饲养。养一头基础母牛，贫困户可以得到 6000 元补助。母牛产下的小牛犊就能卖到 3000 元，如果继续饲养，随着牛犊的长大，平均每个月可以增收 1000 元。马二不都家养了 3 头母牛，如果都能生下小牛犊，3 头变成 6 头，收入就可观了。

"听你这么一讲，感觉不论养羊还是养牛，农户都挺划算的。"我回应着常超。

"是啊，所以村里的养殖户越来越多。"

上午听马东升县长介绍，广河县是甘肃省深度贫困地区，被列入国家扶贫开发重点县，全县 102 个行政村中，51 个是贫困村，其中就包括红星村。马县长说，县里从县直机关和乡镇抽调了 783 名工作骨干，组建了覆盖全县 102 个村的攻坚队。每名攻坚队员承包 10 户脱贫户、10 户未脱贫户。攻坚队员要吃住在村、工作在村。我感觉县里扶贫是下了真功夫了，这正好印证了万泽刚跟我们讲的，"扶贫是一号工程。"

"村里的贫困户你都走访过吗？"我问常超。

"都走访过，其中有 13 户是我和副镇长马光基包下来的。"

从马二不都家出来，常超给我讲了讲红星村的家底：

"红星村共有 331 户 1497 人，2014 年全村建档立卡的贫困人口有 201 户 966 人，贫困面占到 64.5%。2014 至 2017

年，已经累计脱贫 100 户 460 人，现在未脱贫户 101 户 506 人，脱贫攻坚任务还是很艰巨的。2018 年计划脱贫 84 户 427 人。"

我这次来，还了解到广河县是中国西北地区重要的皮毛集散地，有皮毛市场 13 个，年吞吐牛羊皮 500 多万张，羊毛 6 万多吨，与国外也都有贸易往来，畜牧养殖是广河县的支柱产业。由于地处山区，缺乏大面积草场，所以广河县的畜牧养殖不是散养，而是圈养，牛羊都圈养在村民自家院子里，这样一来，饲料种植就尤为重要。

常超指着山坡地上的玉米地说道："这些都是饲草玉米，县里也鼓励农户从种粮改种饲料。种饲草玉米有两个好处，一是密植，每亩可以种植 6000 株，而粮食玉米每亩只能种 4000 株；二是饲草玉米要比粮食玉米早熟，春种秋收，可以解放农户生产力。"北大哲学博士挂职一年，成农业专家了。

他特别提到，今年县里进一步加大奖补力度，对种植饲草玉米的贫困户，补贴地膜、种子、肥料等，贫困户通过粮改饲，每亩可增收 600 元。

常超刚来挂职的时候，听不懂村民们的方言，现在已经好多了，有时也能说上几句。上个月，广河县遭遇 40 年不遇的洪水，红星村很多房子受损。常超和村民一起抢险救灾，威信一下子立住了，现在工作开展得越来越顺。他说，挂职还有一年时间，争取让红星村彻底脱贫。

我们第三天回北京的时候，常超送我们到兰州中川机场，同时他要接一位从北京的商务印书馆来的编辑。这位编辑是他联系的，他打算出一本有关广河县齐家文化的图册。我们在广河时，曾去齐家文化博物馆参观，里面展示了大量距今4000年左右的珍贵文物。

"如果出版了，一定想着送我一本。"

"没问题。"——挺爽快的一位"村官"。

李杨和他的"炕头经济"

我听李杨谈他的"炕头经济",是在广河县电商创业孵化园的扶贫车间。到 2018 年 9 月,李杨两年挂职期已满,按常规可以打道回府了,但他又申请延期一年。挂职前,他在国台办经济局已工作 20 年,主要负责与台商的联系,所以他跟台商关系密切,这也成为他挂职的一大优势。

孵化园开业时间不长,李杨正在一间生产圣诞灯的车间忙碌着。二十几个工人坐在操作台前,组装、调试一串串圣诞灯,看上去这种产品不需要很复杂的工艺,手工操作即可。

"这里的工人为什么这么少,是不是活儿太少啦?"这是我的观感。

"这个车间只是很小一部分,大部分产品都是老百姓拿回家去做了。"由此,李杨给我讲起了他的"炕头经济"。

他说,"炕头经济"是个俗称,就拿生产圣诞灯来说,把原物料发到乡镇,再发到老百姓手中,不用集中生产,而是在百姓农闲时,照顾完老人、孩子,做完饭,在炕头或庭院里生产,足不出户就可以挣钱。

"炕头经济"源于广河的特殊县情。广河县地处西北内陆山区，地理位置差，资源匮乏，而且 98% 的人口是回族、东乡族，文化水平偏低，这些都在很大程度上限制了产业发展和人员外出，特别是妇女，大多被困在了自家庭院内。

听李杨讲，广河县是国家列入扶贫开发的重点县，截至 2017 年底，全县还有贫困人口 3.32 万，贫困面为 15.55%。"现在剩下的都是贫中之贫、困中之困、难中之难，是最难啃的'硬骨头'。"脱贫攻坚必须人人参与，广河县制定了"一户一策"脱贫计划，坚持精准到户、到人。李杨考虑让家庭留守妇女做一些力所能及的工作，把她们也纳入脱贫工作中来。

李杨打趣地说："跟台商打了 20 来年交道，有些要求提出来，台商还是给我面子的。"像圣诞灯，就是他向东莞的一位台商提出来，能不能拿出一部分产品，放到广河县来加工。"这位台商非常信任我，都没派人来考察，就一口答应了。"

李杨联系的"炕头经济"产品，技术含量低，不需要老百姓资金投入，通过简单培训就可以投入生产。圣诞灯这种产品，虽然刚做了四个月，但势头很好，入户加工比集中生产还要好。"现在已经入户 200 多个家庭，计件考核一个月在 1400 元左右，再加上县里的奖补，一个月一个人能拿到 2000 元，足以解决个人脱贫，非常适合广河。"我发现扶贫干部的经济账，算得都很"溜"。

李杨还提到，"炕头经济"不能让老百姓热一时，还要考虑可持续性，他之所以选择圣诞灯这种产品，主要是考虑欧美国家的习惯是过完圣诞节，就把所有东西，包括圣诞灯、圣诞树都扔掉，来年再买新的，所以订单可持续稳定。

除了圣诞灯，我们在孵化园还看到白帽子（穆斯林民众戴的一种礼帽）、羊皮背心、羊皮护腰等产品。李杨说，这些产品不但适合做"炕头经济"，而且适合电商销售。2015年，整个临夏州的电商销售收入才几千万元，到2017年就增长到了6亿元，其中，广河就达到了1.2亿元。广河发展电商的做法受到全国表彰，成了模范，电商数量扩大到了110家。

李杨挂职两年来，积极推动"台商进广河"，给广河引来了不少台商朋友，上海、杭州、成都、东莞、深圳等地的300多位台商都到广河考察过，捐资捐物价值达1700多万元。马东升县长特意告诉记者，国台办帮扶广河的23年里，协调实施大小项目100多个，投入各类资金4000多万元，帮助修建学校49所，解决了近3万名学生的上学困难；修建人饮工程28处，提灌工程9处，解决了2.3万人的饮水困难，新增灌溉面积7000多亩。

我问李杨挂职两年来的感受，他说："挂职干部首先要对当地有感情，有了感情，对老百姓才能动真情，才有工作热情。既然来了，就要扎扎实实地做实事，不是为了表功，而是要在脱贫攻坚中出一份力，无论何时回过头再看这一段经历，自己都会感到无限欣慰。"他说得挺实在的。

过土门关

第二天一早，我们从临夏州的广河县赶往甘南州夏河县。路上下起了雨，越来越密，气温也比前一天低了很多，不少记者穿上了羽绒服，我也穿上了常超给我准备的皮夹克。甘南州大部分地区海拔在 3000 米以上，比临夏州高出近千米，属高寒山区，正所谓"胡天八月即飞雪"。

车行一个小时后，进入大夏河谷。两边高耸的山势越靠越近，渐渐形成一处隘口，这就是土门关。下车在关口处稍作停留，浏览关口简介，原来此关非同一般，"它是汉族文化区进入藏族文化区、黄土高原进入青藏高原的第一个关口"，从兰州经临夏，去往甘南、四川、青海和青藏高原，土门关是必经隘口。明代著名的二十四关就包括了土门关。清雍正三年（1725 年），土门关被辟为汉、藏茶马互市场所，有驻军巡查。我们看到关口北面不远处，有一座清真寺，而关口南边道路旁，则立有一座藏式白塔。清真寺与佛塔，象征着一关两侧两个不同的宗教世界。过了土门，就算进入甘南了，这里属于安多藏区。

甘南州与临夏州一样，都是国家级的贫困地区。在甘肃脱贫攻坚计划中，甘南州的一个重要突破点，是实施乡村旅游脱贫。我们这次原本只到临夏州广河县采访，甘肃省委统战部的领导说："既然来了，索性顺便到甘南州看看吧，甘南州夏河县通过发展藏式特色旅游，脱贫工作也很有起色。"

过土门关后，最先进入的村庄叫太阳沟村，这里是从内地进入甘南藏区的第一个自然村。我们下车时，村干部和乡亲们已经等在村口，给我们每个人献上一条洁白的哈达，一句"扎西德勒"的问候，表明我们已身处藏区。村支书闹日加带着我们走进村中。

太阳沟村处在一座名叫拉载卡山的谷底，溪水沿谷底湍急而下，一条刚刚铺就的柏油路顺山势而上。20座小木屋、11座凉亭，沿溪水两侧，隐蔽在啤特果树和野梨子树下。蜿蜒的木栈道，跨溪而过，把木屋和凉亭连接起来。

"我们正在把村子打造成集避暑度假、森林旅游、运动健身、休闲娱乐为一体的藏文化生态旅游区。"坐在凉亭下，闹日加书记开始给我们"算账"了："2017年七八月间试营业了一个半月，集体收入24万元，当年人均分红增收430元，带动就业23人，带动贫困户8户27人脱贫，今年夏天的收入又增加了一倍。"

太阳沟村海拔2100米，85户村民中有79户是藏族。这里海拔不高不低，森林、草原、峡谷、溪流等景观，一应俱全。

"如果既想欣赏藏式风情，又不想受高海拔之苦，太阳沟村是个理想的好去处。"闹日加说，太阳沟村民以前过着半农半牧的生活，由于没有大面积草场，牧民放牧只能去高山草场。放牧时，往往下不了山，晚上就睡在地窝子里，很苦。

为了摆脱贫困，太阳沟村决定依托区位、生态、民俗文化三大优势，发展以藏式四合院为主的民宿旅游，助推脱贫攻坚。

闹日加手指着两旁的民居说道，以前的藏式民居通常是二层楼，下层被厚厚的干打垒土墙包围，上层则是木板房，房顶覆盖瓦楞一样的松木板。太阳沟村夏季多雨，传统的藏式民居难以承受雨水冲击，所以这些年，村民对老房子进行了改良。"外观保留藏式民居特色的同时，外墙换成了青石砖，房顶换成了更防水的水泥面，屋内的装饰和摆设依然是藏式的，房屋却更加结实舒适。"我说这里的民居怎么跟我在西藏看到的不一样呢！原来是"因地制宜"了。

我们看到村边处一座民居正在大兴土木，楼高两层，占了好大一片地。上前一聊，得知主人叫嘉木错，今年55岁，过去20来年一直在青海搞建筑，由于常年在外，老宅子早已破旧不堪。他说年龄大了，准备回乡养老，于是拿出200多万元盖了这座民宿，有41间客房，是村里最大的一家，明年5月份春暖花开时就可以开业了。

闹日加告诉我们，目前村集体经济资产总额达到840万元，2018年打算在原有20座小木屋的基础上，再建10座，并对现有基础设施改造升级，新建宴会厅、会议中心等设施，提升太阳沟村生态旅游的整体形象。

从太阳沟村出来，我们继续前行，汽车很快就完完全全穿行在高山峡谷中。谷底河水湍急，山顶云卷云舒。初秋的草场，已褪去单一的绿色，变成五色织锦，各种花草点缀其间。麦子已经收割入仓，田间留下齐刷刷的麦茬，太阳一照，金黄一片。甘南州是全国 10 个藏族自治州之一，自然景观奇特，民俗风情浓郁，历史古迹众多，旅游资源极为丰富，特别是拥有藏传佛教格鲁派六大宗主寺之一的拉卜楞寺，让甘南成为藏族信众心中的又一圣地。

我前不久到西藏采访，去了一些非常著名的寺院，像哲蚌寺、大昭寺、扎什伦布寺等，在藏传佛教中的地位都很特殊和重要，意义非凡。这次到甘南，又了解到拉卜楞寺也很不一般。拉卜楞寺在藏语中的意思是"活佛大师的府邸"，保留有全国最好的藏传佛教教学体系，被誉为"世界藏学府"，很多高僧大德和住持，都是拉卜楞寺培养出来的。

拉卜楞寺离夏河县城很近，不到 1 公里。它附近有个 50来户的小村子，叫当应道村，是一个藏族聚居村寨。民居散落在山坡地上，层次分明，错落有致，村巷蜿蜒曲折，盘桓而上，曲径通幽。玛尼石堆、经幡、白塔点缀在村落中，藏式风情一目了然。

村委会主任加考的家就改造成了民宿。从外面看，不太起眼，但走进院内却别有洞天，阳光洒满院落，树影婆娑。中间有一方鱼池，藏寨里难得一见的锦鲤，自在游动。房间十分敞亮，木制门窗和家具，透着自然纯朴。厚实精美的地毯铺在房檐下，客人随意倚靠在蒲团上，或坐或卧。"这样的房间住一晚只要150元。"我觉得挺划算的，毕竟是挨着拉卜楞寺啊。加考说，每年到拉卜楞寺的游客有800万左右，当应道村是必经之路。"以前没有经商意识，守着金山却落了贫困村的境地，现在好了，坐在家里就能挣钱。"

"脱贫不能单打独斗啊。"加考想得更多的是集体致富，这两年拉卜楞寺带动了藏学热、藏家乐等特色旅游，村里提出实行"高原特色生态旅游业＋农牧户＋贫困户"的旅游到户精准扶贫运作模式，将政府扶持的130万元、群众自筹的93万元以及财政扶贫入户资金48万元，全部以资金入股的方式纳入到藏寨旅游开发公司内。现在村里已经建成了集美食、休闲、住宿于一体的藏家乐31家，可满足近千人的食宿需求。村里原有的16户贫困户，已有14户68人脱贫，目前只有2户7人未脱贫。加考信心满满地说："今年一定实现全村脱贫。"

敢为人先

2018年是中国改革开放40周年。这一年七月的海峡两岸记者联合采访选择了深圳和海南，这一安排颇为用心。深圳和海南是改革开放初期设立的两个经济特区。2018年对海南省而言，意义尤为特殊，因为恰好是海南建省30周年，又是中央宣布海南全岛成为自由贸易试验区，海南迎来了前所未有的发展机遇。

这次联合采访历时9天，第一站深圳4天，第二站海南5天。去深圳，我原本订的是傍晚航班，但是头一天国台办的文辉处长联系我说，我们报到的那天下午，深圳市委书记王伟中要见记者，问我能否把航班提前到上午，我说没问题，便索性改成了早班。可是没想到，航班延误了四个多小时，不但把我们为保障会见打出的"提前量"全赔了进去，而且比预定的见面时间还晚了一个多小时，真是起个大早赶个晚集。

虽说放了王书记一个多小时的"鸽子"，但王书记还是在五洲宾馆热情接待了记者。王书记个头不高，身材微胖，人很热情，进了门依次同每位记者握手寒暄，特别是对台湾媒体，他不太熟悉的，还会询问几句。他口才不错，没有讲稿，只有个提纲，偶尔低头扫一眼，滔滔不绝讲了半个来小时，数字记得滚瓜烂熟。他大致梳理了深圳近四十年来的发展脉络，特别是近些年深圳在全国的突出地位。我印象比较深的有这么几点：

一是深圳是中国改革开放缔造的第一个经济特区。深圳从一个当时人口只有 30 万的边陲农业县，一步步发展为今天常住人口 1500 多万的现代化、国际化大都市，成为中国影响最大、建设最好的经济特区；

二是深圳的经济发展成就令人惊叹。深圳的陆域面积仅 1997 平方公里，但每平方公里一年的经济产值却高达 20 亿元，有的地方达到了 100 亿元，拥有商事主体近 320 万家，排在全国城市首位，培育了 7 家本土世界 500 强；

三是深圳被联合国教科文组织授予"设计之都"和"全球全民阅读典范城市"。

我们的第二站是海南。到海口的第二天，海南省省长沈晓明在海南迎宾馆与记者进行了座谈。沈晓明口音很重。我一向对各地方言很迟钝，也听不出来他是哪里人，不过还好，他语速很慢，说一句停半句，倒便于我记笔记了。

沈晓明说，他是 2017 年 4 月到海南工作的，在一年零三个月的时间里，不敢讲走遍了海南的每个角落，但各个市县已走过好几轮，摸清了海南的家底。座谈中，记者们比较关心的是中央为什么选择海南建全国最大的自贸区和自贸港。沈晓明回答，因为海南有一些独特的优势。

第一个优势是区位优势。海南是一个独立岛屿，与大陆有一个天然隔离，完全有能力通过信息化手段，有效管控好进出岛的资金、物资、人员，所以它管控的条件是天生的，这个是海南最大的优势；

第二大优势是生态环境。这些年，困扰各地的PM2.5在海南不是个事。全国72座城市，每个季度排一次名，海口的空气清洁指数始终是第一名，而海口在海南岛所有城市中又算是最差的，所以海南生态环境的优势是其它地方不能比的；

第三个优势是海南有30年改革开放的经验；

第四个优势是海南民风淳朴，各民族和谐发展。

沈晓明也谈到了海南的劣势：

一是经济外向的成分占经济总量的比重相当低，而自贸区本来就是一个国际贸易的概念，在这方面，海南的经济结构存在一定缺陷；

二是市场主体少、小，海南没有大企业，数量也不多；

三是产业基础薄弱，海南建设比较晚，产业面窄，量少，规模不大；

最重要的是第四个，海南缺人才。30年前，海南是广东省管辖的两个地级行政区，海南行政管理人才缺乏，外向型经济人才也缺乏，总之，方方面面的人才都不富裕。

沈晓明最后谈到了海南与台湾的合作。他说，海南岛的面积只比台湾岛少1000平方公里，两岛具有一定的可比性。海南的土地比台湾富足，因此农业合作是琼台经济往来的重要领域。30 年来，海南从台湾引进了 80 类 600 多个优良农产品。海南与台湾在 GDP 上的差距不断缩小，30 年前两者差距是 58 倍，今天是 8.7 倍，人均 GDP 也从 20 倍缩小到了 3.4 倍。

这次参加联合采访的两岸媒体共有 29 家，其中大陆 14 家，台湾 15 家，团长是国台办新闻发言人马晓光局长。深圳和海南两段行程都排得满满的，的确，特区发展可看的内容不少。

生死抉择

在深圳的采访从哪儿开始呢？我没想到会是深圳证券交易所（深交所）。当地人说，要想了解特区发展的历程，不妨从深交所入手，因为它的栉风沐雨足以折射特区的筚路蓝缕。

我们的大巴车刚刚拐进深南大道中段，这条大道上的标志性建筑——深交所大厦便映入眼帘。

从远处看，大厦底座高高抬起，差不多有 30 多米高，形成一个巨大的"漂浮平台"，腰部由一条鲜亮的红色光带缠绕，整体造型犹如一个漂亮的烛台。大厦有 46 层，外观为立柱形，外立面由方方正正的玻璃钢所覆盖。

进入深交所一层大厅，接待我们的深交所副总经理彭明听说我是央视的，立刻问我："你不觉得深交所跟央视新大楼有什么相似的吗？"

我随口说出了我的观感："都是钢架结构，都有大块的玻璃外墙，都有空中悬挑的部分，只不过深交所裙楼的悬挑高度比央视新大楼低一些。"

后来听了彭明的介绍我才知道，原来深交所大厦和央视新大楼出自同一位设计师，都是荷兰建筑设计师库哈斯的作品。我放眼观察深交所大厦内部，还别说，跟央视新大楼有一点非常相像，就是斜钢梁特别多，只不过深交所大厦整体方正，所以内部空间显得还算敞亮，不像央视新大楼，奇特的造型牺牲掉了大量使用面积。

我们首先来到上市大厅，悬挂在大厅中央的一口大钟十分抢眼。敲钟，似乎是证券交易所最精彩的一幕，每当新股上市，一锤定音，预示着敲开了通往财富的大门。别看这口大钟差不多有一人来高，其实，它在深交所只能算是"重孙辈"，在深交所金融博览中心，我们见到了它的三代"长辈"。

第一代钟看上去比手掌大不了多少，与其说是钟，不如说是个大铃铛，铃铛下系着一根绳子。我想当初可能不是敲钟，而是摇铃。这只"铃铛"摇了近7年，从1990年12月开始，直到1997年6月"退休"，一共为309家公司鸣"铃"开市。

第二代钟就稍大些了，像个倒扣的大木桶，算得上是真正的钟了。这只钟也敲了近7年，从1997年6月到2004年1月，为213家公司鸣钟开市。

第三代钟更大些，有半人高，敲的时间最久，从2004年6月到2014年5月，整整10年，1100家公司伴随着响亮的钟声华丽亮相。

彭明从事证券交易已有20年，他介绍说，深交所主要负责科技、创新和民营企业的上市，而上交所主要负责大型国企和蓝筹股的上市。截至 2017 年 12 月 31 日，深交所上市公司 2089 家，占深沪两市的 60%，总市值 23.6 万亿元，占深沪两市的 42%。2017 年，深市股票成交金额 61.7 万亿元，占深沪两市 55%。据世界证券交易所联合会统计，深市 IPO 家数、成交金额、股票市价总值分别位列世界第一、第三和第八位。

看到深交所如此骄人的成绩，如果你认为深圳是"天之骄子"，是国家给它"吃偏食""开小灶"的结果，彭明说，那你就误会深圳了。回顾过往，中国证券交易历经坎坷，甚至几近夭折，深交所就是其中的一个缩影。

1978 年，农村出现家庭联产承包责任制，部分地区兴办一批股份制乡镇企业，成为新中国股份制经济的雏形。1982 年，国家经济体制改革委员会成立后，确定"先小后大、先集体后国营"的发展思路，企业开始试点股份制。1987 年，深圳经济特区证券公司正式成立，开始在柜台交易股票。1990 年 12 月，深交所开业运作。

在金融博览中心，彭明着重给我们介绍了中国证券发展历程中最惨痛的一页。

20 世纪 90 年代初，深圳股市的热浪席卷全国。1992 年 8 月 10 日，深圳出售新股认购抽签表，120 万人涌进深圳争购。各售表门前提前三天就有人排队。当时有一张非常著名的照片记录了排队者不分男女老少，前心贴后背紧紧拥抱在一起长达 10 个小时，一场倾盆大雨也难以撼动队伍。发售当天，不到半天时间，抽签表全部售罄。人们不相信抽签表这么快就全卖光了，于是秩序开始在人们的质疑中混乱，并发生冲突。这天夜晚，数千名没有买到抽签表的股民上街游行，围攻市政府。这就是深圳"8·10"事件。

"8·10"事件给深圳股市造成重挫，元气大伤，并直接催生了两个月后成立中国证券监督管理委员会，股市进入国家监管的新阶段。

中国证券事业的命运也历经过生与死的抉择。1992年邓小平在深圳发表了著名的"南方谈话"，对特区"姓社"还是"姓资"做了定论，其中谈道："证券、股市，这些东西究竟好不好，有没有危险，是不是资本主义独有的东西，社会主义能不能用？允许看，但要坚决地试。看对了，搞一两年对了，放开；错了，纠正，关了就是了。关，也可以快关，也可以慢关，也可以留一点尾巴。"

我本想在深交所看一看热闹的交易场面，因为在我印象中，股票交易大厅应该是人声鼎沸，穿着红马甲的交易员盯着交易大屏，扯着嗓门报行情，有人狂喜，有人沮丧，电影里的华尔街不就是如此吗？彭明莞尔一笑，他说我的印象已经是"老皇历"了，现在的证券交易早就不是这样了。

彭明介绍，深交所在2016年6月开始使用第五代交易系统，这是一个开放、高性能、低时延、易扩展的平台。彭明估计我对他说的这些术语感到云里雾里，就带我到一排展柜前，指着一部老旧的电话机说："这是 1991 年证券公司报单时使用的电话机，那时常用的还有'大哥大'、传呼机。"他又指着一件展品，看上去活像老电影里谍报人员用的电台，说道："早期的交易员就是用这个发报机报出股票行情和成交情况。"

在一幕幕的显示屏前，彭明继续介绍说，深交所已经走过从手工作业到柜台委托电子化、交易席位无形化、交易撮合自动化、登记结算无纸化的发展历程。现在的交易系统，订单处理能力达到每秒 30 万笔，日订单处理能力 4 亿笔，平均订单处理时间为 1.1 毫秒，已经跻身世界级交易系统的行列。

离开深交所时，我问彭明，普通股民能否到深交所参观。他说，当然能了，他们一直开展的一项活动就是"走进交易所"，为投资者普及证券知识，指导理性投资。彭明也欢迎我们下次能作为深市的投资者，再到深交所。

追梦无人机

早就听说深圳是世界"无人机之都",这次到深圳有个安排就是参观无人机,我开始以为是去大疆公司,因为这几年人们一说到无人机,言必称大疆。但是深圳台办主任郑崇阳说:"这次咱们不去大疆,给你们看点更厉害的——全球鹰无人机。"

我问两者区别,郑崇阳说:"大疆无人机属于娱乐消费级,主要用于个人或航拍,类似手机和照相机,这个领域大疆世界第一,占据了全球 70% 的份额。全球鹰无人机则属于工业级,应用在电力、测绘、消防、水利等方面。"

我们赶到龙岗区大运软件小镇的一座山顶时,全球鹰无人机公司董事长余景兵和他的团队,如同即将作战的部队,已经各就各位。这里是全球鹰飞行基地,十几架无人机一字排开,好似一只只雄鹰翘首以待,只待一声令下,便腾空而起。

余景兵提醒我们站在划定的安全线以内,在接下来的一个小时里,他的团队向我们展示了无人机的 11 种应用。

余景兵全程亲自指挥,并对每一次飞行进行深入浅出的解说，让我们很容易就了解了无人机的各种行业应用，消除了对"高科技"的"神秘感"。我原来一直以为"无人机就是航拍"，这场展示，让我从旧有的固化思维模式中跳脱出来，感到无人机居然还能做这么多事情。

有两款无人机给我留下了深刻印象。一款是全球鹰最新研制的最大载荷 30 公斤的无人机，最长续航达 3 小时，时速 80 公里，可用于野外搜救、管网巡线、森林巡防等领域。余景兵举了一个例子："中国修建从巴基斯坦瓜达尔港到新疆喀什的石油输送管线，全长 3000 多公里，要穿过漫长的、人迹罕至的沙漠和戈壁，如果靠人力来对管线进行巡护，简直难以想象，这时候无人机就派上大用场了。"

还有一款用于农业植保的无人机也让我很感兴趣。中国大陆从 2010 年开始尝试无人机喷洒农药，经过近几年快速发展，无论是植保无人机的数量，还是植保面积都跃居全球首位，2018 年植保无人机数量预计超过 25000 架。

余景兵在试飞现场告诉我们："人工背着喷雾器喷洒农药，一天只能喷洒 15 亩左右，而用无人机喷洒，以 10 公升多旋翼无人机为例，一天可以喷洒 300 亩以上，是人工的 20 倍。随着农村人口越来越少，土地日益集中耕种，植保无人机前景非常广阔。"

余景兵涉足无人机领域并非偶然。当年他怀揣着"航空梦"考入北航，就读的正是飞行器制造专业，这种航空情怀多年来一直萦绕在他的脑海。1999 年大学毕业后，他虽然干过装修、做过液晶显示器，但最终还是选择了自己钟情的专业，2015 年到深圳创办了全球鹰无人机公司。创业之初，余景兵主要从事无人机驾驶员培训。随着第一款载荷 16 公斤单旋翼无人机开发成功，全球鹰结束了只有培训业务的状况，业务范围向工业级无人机研制、行业应用解决方案等领域扩展。

我问余景兵搞无人机最难的事情是什么？他说，最难的还是培养优秀的无人机驾驶员，俗称"飞手"。无人机行业有一句名言：无人机飞上天不难，难的是飞得稳、能干事。而这一切都取决于一位合格的"飞手"。

一直以来，无人机驾驶员都是由搞航模的人转行过来的，航模"飞手"的收入远高于搞无人机的。余景兵四处挖人，找到一位航模"飞手"就高薪聘过来。目前，余景兵已经建立了无人机飞行学院，他的目标是再过三到五年，让全球鹰成长为中国无人机培训领域的"全球鹰"。

演示结束后，余景兵送我们下山，途中他又讲道，无人机的表演虽然很精彩，但行业发展还面临着三道门槛。

第一是无人机适用的法律法规还不健全。虽说国家已经开始意识到无人机立法的重要性，但目前无人机套用的是民用航空法、民用航空管制条例，这两部法规都适用于载人的大飞机，无人机重量不超过三四十公斤，现在的法规是"小脚穿了双大鞋"，使得无人机产业跑不快。

第二是行业没有标准。2017 年国家八个部门开始制定无人机的行业标准，据说有 300 多项，但到目前还没有定论。

第三是市场打不开。现在很多用户不敢买，因为空域管制政策不清晰，买了也不敢飞。

余景兵希望我们能为无人机行业多做一些宣传。我想，无人机利国利民，前景当然一片光明。

一次就做好

去大亚湾核电站的路上费了些时间。从深圳市区出发，大巴车沿着依山傍海的公路行驶近一个小时，才到达位于大鹏半岛的大亚湾核电站。经过四五道武警把守的岗哨，大巴车载着我们登上了一座山顶平台，从这里可以俯瞰核电站的全貌。

碧海、蓝天、青山；椰林、沙滩、绿地，这样的景色让我们很难与核电站联系在一起，说这里是个度假村一点也不为过。大亚湾核电站新闻发言人黄晓飞开门见山地说："很多人提起核电站就觉得可怕，担心核泄漏，担心核辐射，可是我们的老婆孩子都住在核电站园区里，如果有隐患，我们怎么可能把最亲近的人接过来住呢？"黄晓飞指着建在海边的两座核电机组自信地说："即使是大型波音飞机撞击，核电站依然会毫发无损。"

黄晓飞40多岁，文质彬彬，说话一板一眼。他是科班出身，在大学学的就是核能物理，1994年出校门后就在大亚湾工作，算是专家了。

黄晓飞手指着山下的厂区说："大亚湾核电站是中国最美的核电站，很多新人都来这里拍婚纱照呢。'一次把事情做好'，这是核电站运营的最高准则，厂区内随处可以看到这七个红色大字，而这七个字也是新人们心中最美好的愿望。"

大亚湾核电站占地 11 平方公里，是中国大陆第一座，也是目前最大的百万千瓦级大型商业核电站。在山顶平台上眺望，香港近在咫尺。黄晓飞说："大亚湾最初的两台核电机组，80%的发电量都是输送到香港的，现在香港每四盏灯中就有一盏用的是大亚湾的核电。当初国家建设大亚湾核电站的一个重要考虑，就是保障香港回归后的用电。"黄晓飞告诉我们，1984 年邓小平南巡时对深圳的负责人讲：深圳要办好两件事，一个是建好深圳大学，一个是建好核电站。

1985 年 1 月 18 日，广东核电站合同签字仪式在北京人民大会堂举行。次日，邓小平接见了香港中华电力董事局主席罗·嘉道理勋爵。小平说，大亚湾核电站是中外合资的最大项目，这是了不起的事情。他跟嘉道理约定，"再过 7 年，你 93 岁，我 87 岁，开一个庆祝会，用这个合作项目作为我们对外开放的典范。"但不幸的是，1993 年 8 月，嘉道理勋爵逝世，两位老人的世纪之约成为一个遗憾。1994 年 2 月，大亚湾核电站 1 号机组运转，小平同志亲自写了贺信。

核电是清洁能源，目前大亚湾核电站共有 6 台百万级千瓦核电机组，一年的上网电量是 456 亿千瓦时，这相当于节省了1500 万吨煤，等于营造了一片 10 万公顷的森林。

在厂区内参观，我们边走边看边聊。核电是个很专业的领域，很多东西我们都懵懵懂懂，黄晓飞尽量把专业内容通俗化，以便我们能大致有个了解。

"中国大陆第一座大型核电站，为什么选择在大亚湾这个地方而不是别处呢？"

黄晓飞说："核电基地的选址非常严格，要充分考虑地震、海啸等因素。大亚湾厂址位于一个稳定的板块上，厂址半径50公里范围内不存在切割地壳的大断裂，发生强烈地震的概率不大。另外，大亚湾一带也不具备发生大海啸的地质条件。"

为了让我们对核电站的安全运营有一个感性认识，黄晓飞把我们带到公关中心展示厅，这里陈列着大亚湾核电站的全景沙盘模型，从中可以了解核能发电的原理。当然，我们最关心的问题是如何保障核电的安全，毕竟切尔诺贝利和日本福岛核事故，似乎已经让人"谈核色变"。

黄晓飞把我们召集在一座核电机组模型前，他用俄罗斯套娃作为比喻，给我们讲解核电站的三层安全屏障。"最内层的叫燃料包壳，它由二氧化铀陶瓷构成，能保存98%以上的放射性裂变物质不逸出；中间一层是一个密闭系统，将压力容器、燃料组件、稳压器等设备都包含在其中，确保放射性物质不泄漏；最外一层是安全壳，由厚度约一米的特种水泥浇筑而成，内部加6毫米厚的钢板做内壁，当里面两层屏障都失去作用时，安全壳能阻止裂变产物泄漏到环境中去，它是确保核电厂安全的最后一道坚固防线。这三道屏障就如同俄罗斯套娃一般，层层设防，确保核电站不会对环境造成影响。"黄晓飞还提到，在大亚湾核电基地周边 10 公里范围内，共设有 10 个监测站点，对放射性水平进行实时监测。

虽然我们不能进入核电站的最核心处——核反应堆厂房，但我们还是破例允许进入核反应堆技能培训中心。这里除了没有燃料棒，其它的一切都和核反应堆厂房一模一样，工人们在这里怎么演练的，在核电站就是怎么实际操作的。

这套目前国内唯一的核电培训设备价值 2 亿元，看上去不过是篮球场般大小的水池，但蓝色的水面下，就是模拟状态中的核燃料。核电站的操作人员要在这里培训并通过考核后才能上岗，且每年还要接受复训。黄晓飞讲道，核电站操作人员的培训可以说是全世界最严格的职业培训了，成本高、时间长，要想成为一名合格的操作员，一般要经过 6 年的修炼，特别是要成为高级操作员，其成本不亚于培养一名战斗机飞行员。

黄晓飞将大家的目光引向水池的下方，说道："核电站每12 个月或 18 个月会进行一次换料大修，更换三分之一的核燃料，同时要对可能破损的核燃料组件进行修复。在核燃料接收、转运、换料的每一个环节，都有非常严格的要求。修复一组燃料组件有 400 多道工序，其中不可逆的工序 200 多道，每一步操作都堪称步步惊心。"

离开大亚湾时，经过一片别墅区，黄晓飞停住了脚步，他说，这些别墅是当年专门给外国专家盖的专家楼。他回忆起当年创业时的艰辛："大亚湾核电站全部采用法国核电技术。那时我们自己是一片空白，连地板砖、水泥和电话线都要从国外进口，技术更不用说了，全靠法国人和英国人手把手地教。"

黄晓飞说，现在这些专家楼里已经没有外国专家了，都是我们自己的专家住。经过 30 多年的努力，我们自主研制的第三代核电技术"华龙一号"已经出口至英国。英国是老牌的核电强国，曾经是我们的老师，现在学生"逆袭"了老师。

在大亚湾核电站的采访令我感触很深，中国核电一路走来实属不易。当初大亚湾核电站的总投资高达 40 亿美元，而那时国家的外汇储备只有区区 1.67 亿美元，不得已采取"借贷建设、售电还钱"的模式，有人形象地把这叫作"借钱买鸡，养鸡生蛋，卖蛋还钱"。这是中国第一例没有国家投资的重大工程项目。

核电技术的起步也是充满艰辛，从最初一根电话线都要进口，到现在大亚湾成为全球第三大核电企业；从国际核电的一名"小学生"，到现在工程建设、运营管理跻身国际先进行列，实现了"自主设计、自主制造"，"华龙一号"核电技术已经成为一张国家名片。2017 年，中国投资建设的英国核电项目，已经成为中国在欧洲最大的投资项目，出口一座核电站相当于出口 200 架中型商业客机。

大亚湾核电站的诞生、发展、崛起，就是一部浓缩的中国改革开放史。

一粒种子

海南是农业大省，打头阵的当然是热带经济作物和水果，但这并不表明海南在科技方面就没有可圈可点之处。我们这次采访了两个地方，可以说在全国独一无二，一个是水稻国家公园，一个是深海研究所，它们都位于最著名的海滨城市三亚。

水稻国家公园是一个农业和旅游结合的项目，占地2800亩。以水稻为主角创办国家公园，据说这在全国还是第一家。园区开阔平坦，状如棋盘的稻田，绿茵如毯。园区副总经理杨言卓先生带我们坐上电瓶车，一边参观一边给我们介绍。

"园区有两块稻田大名鼎鼎，一块是杂交水稻之父袁隆平的150亩试验田；另一块是三亚南繁科学技术研究院的300亩试验田。两块试验田都是为了培育出一粒好种子。"

来到袁隆平的地头，我们看到水稻刚刚收割过，新的稻苗还没有栽种，稻田里虽是一片绿油油，但这只是上一季水稻遗留下来的幼苗。

杨言卓给我们介绍，中国的杂交水稻技术闻名于世。杂交水稻是指选用两个在遗传上有一定差异，同时它们的优良性状又能互补的水稻品种进行杂交。农业部于 1996 年立项超级杂交稻育种计划，目前已经完成了四期，袁隆平是跑在最前列的。袁隆平试种水稻追求的是高产，目标是不断刷新纪录，他的"超优千号"在 2017 年就已突破亩产 1000 公斤。

不远处有一幢大楼正在施工中，杨言卓说那是袁隆平新的研究基地，袁隆平准备把他在湖南的研究机构搬到水稻国家公园来。

"最近 10 年，主要农作物中，由国家农作物品种审定委员会审定的品种，有 1345 个出自南繁，占总数的 86%；由省级农作物品种审定委员会审定的品种，南繁的占 91%。南繁就是中国的种子硅谷。"当我们站在南繁的试验田边时，杨言卓介绍说，南繁在这里试种的水稻品种有 500 多种，他们正在把东北大米拿到这里来试种，希望培育出的新品种既有东北大米的口感，又可以多产。

每年 9 月到次年 5 月，全国 29 个省级行政区、700 家机构的 6000 多名科研人员汇聚三亚及周边，进行农作物的基础研究、品种选育、种子鉴定和生产推广。这里已成为我国最大、最开放、最具影响的农业科技试验区。

我问杨言卓："海南在农业育种方面的优势是什么？"

"全中国你找不到像海南这样独特的气候条件了。"杨言卓说："农业专家最初是到云南的昆明、西双版纳这些地方去育种，但实验证明，这些地方冬季总有一段时间光热条件达不到育种需求。于是专家们不断往南迁移，最终在三亚、陵水等地找到了最理想的育种基地。内地 3 年的育种工作，在这里只需要 1 年就能完成。"

在园区内参观一圈后，我们的电瓶车停在了游客服务中心。游客中心高大的顶棚，好似由一束一束的稻穗组成，这样的设计来源于袁隆平的"禾下乘凉梦"，整个建筑呈现出来的如同自然生长出来的水稻。袁隆平梦中的水稻"长得有高粱那么高，穗子有扫帚那么长，稻粒有花生米那么大"。

有谁敢说，袁隆平的梦不会实现呢？

万米之下

　　我们到中国科学院深海科学与工程研究所（简称深海所）的那天，正赶上是周日，坐落在三亚湾边的研究大楼显得更加静谧，海风吹来，椰林飒飒。深海所位于鹿回头风景区最好的一处地段，站在窗前，三亚湾的碧海沙滩，点点帆影，尽收眼底。深海所的周义明研究员当天特意留下来接待我们。

　　周义明出生在台湾，今年73岁，1979年到2013年的34年间，他工作于美国内政部地质调查局，大半生致力于研究地质、矿物及气体水合物在不同条件下的物理化学性质。2013年周义明主动要求退职回国，成了深海所一级研究员，并牵头创建深海极端环境模拟研究实验室。

　　周义明先带我们参观了他的两间实验室。说实在的，看着一台台嗡嗡运转的精密仪器以及密密麻麻的线路，我这个"科盲"真是一头雾水。我请教周义明，能否通俗地讲讲，深海所究竟是研究什么的。

　　"深度超过6000米的海域我们称作海斗深渊区，人类对其所知，甚至还不如太空领域。"周义明语调沉稳、娓娓道来：

"深海探索并非易事。海水深度每增加 10 米，物体所承受的海水压力就会增加一个大气压。在万米海底，物体承受的压力将达到 1000 个大气压，相当于手指甲盖大小的面积上，要承受约 1 吨的重量。设立深海研究机构，就是依靠基础科学来打桩铺路，为进一步深海探索提供认知基础。"

周义明说，在所有的海洋科学中，深渊科学是人类目前了解最少的。为了在这一领域有所发展，中科院 2011 年在三亚筹建了集科考研究、工程装备制造于一体的全新科研机构——深海所。

"您从事的极端环境模拟研究又是做什么的呢？"我指着实验室里的仪器问道。

"我们在实验室里模拟出深海环境，通过观测样品变化，进一步了解矿产资源在海底的形成机制，搞清楚海底岩石的来龙去脉，就能为我们今后开发海底矿产、研究深海微生物乃至追溯生命起源带来启发。"

周义明一边讲，一边抽出一根牙签般粗细、一尺来长的管子继续讲道："从万米深渊采集来的海水样本，我们会把它注入这个毛细硅管中，然后两端加压、加温，模拟出深海的压强环境。通过显微镜的观察、仪器的测试，把相关的光谱震动变化情况记录下来，并逐渐建立起数据库。"

周义明在美国从事地质、矿物研究 30 余年，深知海洋科学研究的重要性以及我国在这一领域与世界领先国家的差距。

他说，建立深海所主要有三个方面的考虑：

一是中国在海洋领域的科学研究与工程技术严重脱节，主要技术装备都依赖国外，并且长期受到禁运限制，中国高科技被隔离在海洋领域之外；

二是中国海洋科研的主力基本滞留于浅海地区，在临近深海的前端领域，没有整建制的公立海洋研发机构，也没有共享开放的海研基地，难以适应新时代的战略需求；

三是中国超过 1000 米深度的海域主要位于南海，平均水深 1212 米，最深 5567 米，因此南海是进入被称为"内太空"的深海的桥头堡。海南的海洋科技力量虽然薄弱，但在此基础上设立深海研究机构，有利于打破学术界、业界、部门的界限，按新的深海科技战略需求汇聚人才，凝聚新的战略力量。

从实验室出来，周义明带我们来到深海所的工程实验车间，"深海勇士"号载人潜水器就矗立在中央。"深海勇士"号是一台我国拥有自主知识产权的 4500 米级载人潜水器，国产化率达 95%。2017 年 8 月至 10 月，在南海进行首次载人深潜试验，完成了从 50 米到 4500 米，不同深度的下潜 28 次，最长水中时间达到了 10 小时 36 分。

周义明说："海洋最深深度有多少米，现在并没有定论，普遍认为超过 1 万米。2012 年 6 月，我国 7000 米级载人潜水器'蛟龙号'成功完成了西太平洋马里亚纳海沟的深潜作业，让中国载人深潜一下子处于了世界领先地位。但是'蛟龙号'基本上是由国外设备组装而成，不能算是我们自主研制的。中国已经部署了 11000 米大深度项目，预计 2020 年下水。"

　　离开深海所前，周义明对我们讲，海南是我国进入深海的桥头堡，是开展深海研发和试验的最佳天然场所。他的晚年打算就在深海所度过，争取多做一些基础研究，多培养一些年轻科研人才，填补我国深海战略的空白。

「豆哥」的善举

"豆哥"是台湾人，今年60岁，卖了40多年的豆浆。他从台湾新北市永和区第一家豆浆店做起，就这么一家店一家店地在台湾铺延开来，后来又开到大陆，以至到今天在大陆开了近600家。生意做大了，人称"豆哥"。"豆哥"大名林炳生，台湾永和豆浆集团董事长。

几年前，"豆哥"邀我去了趟牡丹江市，看他的大豆种植基地。广袤的平原，庄稼地一眼望不到头，切切实实感受到了为什么都说东北是个"大粮仓"。"豆哥"说他不用转基因大豆做豆浆，只用东北大豆，自己种、自己加工。虽说我们几年没见了，但偶尔路过"永和豆浆"的店面，还会想起"豆哥"快言快语、豪爽干练的印象。

前几天看微信朋友圈，得知"豆哥"要去云南做慈善，救助一名得了地中海式贫血症的孩子。他邀请志同道合者一同前往。我觉得这事挺有意义，跟他联系上，就相约而行了。

出发之前，简单了解到这名被救助的孩子叫黄舜朝，傈僳族，今年8岁，家住云南省华坪县。1岁时，他被查出患有地中海式贫血；2岁时，他的父亲不堪重压，离家出走。他曾3次与别人配型成功却都被悔捐。7年来，他只能靠一直不断输血维持生命。目前，8 岁的小舜朝体重只有 19 公斤，如果再拖下去，他将错过最佳治疗时机。

2018 年 6 月 14 日，也就是这次救助活动的半个月前，"豆哥"偶然得知小舜朝幸运地与一名台湾小伙再次配型成功，可是家境贫寒的他，却无力支付高昂的手术费用。"豆哥"找人连夜商讨，毅然改掉了定好的所有行程，开启了对小舜朝和他所在的新阳小学的紧急救助。短短几天，报名参加慈善行的朋友就达到了 40 余人，而原本"豆哥"想，能有 10 人参加就知足了。

苦命的快乐小孩

我们是在四川省攀枝花市与"豆哥"一行汇合的，从攀枝花进入云南华坪县，这是最便捷的一条路，走高速只要一个小时。在华坪县城，我们改乘中巴车，因为后面都是山路，大巴车上不去。

中巴车从县城开出后不久，就一头扎进了大山里。山路越走越陡，弯道越来越多、越来越急，我们的身体像不倒翁一样被甩来甩去，很难有直立的时候。中巴车喘着粗气，越爬越高，速度也越来越慢。车的一侧就是万丈悬崖，大家都尽量把目光投向远方，避免引起眩晕。

就这样行驶了一个小时，汽车停了下来。不是到达目的地了，而是汽车已无法通行，剩下的路要靠我们徒步行进。黄舜朝的家，和他所在的新阳小学，在大山深处。

从我们下车的半山腰，到黄舜朝家有2公里，步行要近一个小时。黄舜朝的妈妈已等在山口，带着我们往家里走去。

山路弯弯，坑坑洼洼。前一天刚下过雨，三步五步间就有一滩一滩的水坑，满是泥巴，不但考验我们的眼力，更是考验脚力，每个人都蹦来蹦去，个个像走梅花桩的高手。眺望四周，尽是大山。什么才叫大山呢？我以前没有明显的感受，这次有了强烈的印象——云不是在天上，而是在脚下、在身旁。

黄舜朝的妈妈蔡安琪个子不高，面庞清秀，普通话说得很好，或许是曾在丽江做过生意的缘故，言谈举止很是得体。她一边走，一边给我们说起小舜朝的病情。

小舜朝1岁9个月的时候，有一天突然脸色苍白、呼吸困难，昏厥了过去。蔡安琪立刻把他带到当地医院检查，检查结果是血红蛋白特别低，医生建议他们去攀枝花检查。攀枝花医院怀疑是白血病，又建议他们去成都。成都的医院诊断是地中海式贫血，但是不能确诊是中度还是重度。他们又去了广州医科大学，最后确诊是重度地中海式贫血。

随行的一位朋友多少懂些医学，他告诉我们，地中海式贫血是一种遗传疾病，由于遗传原因，导致人体不能正常生成血红蛋白。当溶血的速度快于骨骼造血的速度，就会出现贫血症状。早期发现的病例多集中在地中海沿岸，所以被称作地中海式贫血。这种病症在我国各地都有，以广东、广西等地居多。

我问蔡安琪："得了这种病，小舜朝平常的状况是怎样的？"她说，主要是精神不振，发育也比较慢。小舜朝已经8岁了，长得瘦瘦小小，看起来只有四五岁的样子。智力也受到一定影响，本该上小学二三年级了，但他还在上学前班。

蔡安琪讲，现在唯一的办法就是每个月输一次血，如果不输血，小舜朝就会变成一棵枯萎的小树苗，蔫头耷脑；输了血以后，立马又活蹦乱跳。每次输血量从最初的 200 毫升逐渐加量，到现在每次 500 毫升、600 毫升。每次输血后，还要打祛铁针、吃祛铁药。频繁的输血，使小舜朝的血液中存留了大量的铁，而过多的铁，同样损伤他的身体。

小舜朝的妈妈说，要想最终治愈小舜朝的病，只能是找到跟小舜朝各项指标相匹配的造血干细胞，进行骨髓移植，彻底改造小舜朝的造血基因。

这几年来，她四处寻觅，大费周折，几次眼见希望降临，又希望破灭，其中有两次已经配型成功，但到最后一刻，对方却悔捐了。还有一次万事俱备，只是捐献者的年龄太大，蔡安琪最后选择了放弃。

这次他们又盼来了巨大的希望。广西医科大学通过台湾骨髓库，终于找到了一位血型指标跟小舜朝匹配的台湾小伙子，愿意救治小舜朝。

大家交谈着，不知不觉就到了小舜朝家。这是一处建在山间一小块平地上的院落，视线所及的范围内，大山里只有小舜朝一家。院门首的一间是伙房，院子里有三间红砖房，墙砖裸露着，感觉房子是个半截子工程。

小舜朝看到来了这么多人，倒也不羞涩，一趟一趟地帮着妈妈给客人们端来土豆、玉米、李子。谁跟他说话，他都笑眯眯地有问必答，看不出跟别的孩子有什么不同。

　　三间房门都敞开着，往里一看，除了简单的卧具，几乎家徒四壁。有个房间的地上放个大纸箱，里面全是针管和药瓶，这应该是小舜朝的房间。

　　"豆哥"这次家访，就是来和小舜朝一家商量手术一事的。他将资助全部骨髓移植的费用，包括手术后的康复费用，预计在六七十万元。他还将派人去台湾与捐献者对接。手术准备在广西医科大学进行，这家医院在这方面很有经验。

　　"豆哥"反复强调，这些钱不是一次性交给小舜朝家，而是通过他所创立的两岸爱心基金会支出，贯穿手术的始终。"豆哥"说，这两年他越来越看重"点对点"的直接捐助。不久前，他捐助了70余万元，帮助两名几近失明的大陆孩子去美国做了眼科手术，从始至终，每一笔开销都经他的手，他说这样能够保证每一分钱都用在受捐者身上。

　　蔡安琪很感激"豆哥"的善举，因为每月给小舜朝的输血，已经让她的一家濒临倾家荡产，如果没有资助，就是有再匹配的骨髓捐献者，小舜朝仍然命悬一线。我能看到蔡安琪的眼中一直满含泪水。

　　大人们在交谈间，小舜朝拿了一把小锄头溜出了院子，在一处土堆上抡了起来。我跟了出来，逗他说话——

　　"你在做什么呢？""盖城堡。""盖城堡做什么呢？""叫同学来玩。""有同学找你玩吗？""有啊。""你们玩什么呢？""玩泥巴。""为什么玩泥巴啊？""高兴啊！"

　　因为还要赶着去小舜朝就读的新阳小学，我们匆匆告别了小舜朝的家人。在我们即将登车离开时，回头看见小舜朝的妈妈匆匆赶了过来，背篓里放着满满的煮熟的鸡蛋、热乎乎的火烧粑和玉米，二话不说就往我们的手中塞。

　　这一刻，我突然感觉到：富人与穷人，在道义上未必能分出高下。富人的扶危济困固然可敬，但是穷人的回馈，往往比富人的赠予更可贵。

　　2019年3月18日，"豆哥"给我转来了小舜朝妈妈的微信——"经过85天的奋战，舜朝在各位贵人携手创造的生命奇迹中，终于得以重生！经历了各种并发症今天终于出院，感恩最艰难的脱贫路有你们，给我们经济的帮助和精神的支柱，才让我们一家人脱离了病痛的苦海，对于我们整个家庭都是重生！"

夫妻"孩子王"

小舜朝的学校叫华坪县船房乡嘎佐村新阳小学。

一座简易的白色二层小楼、一块篮球场大小的操场、一根旗杆，土坡上的一个小食堂，这就是新阳小学的全部。

楼下三间是教室，分别是学前班、一年级、二年级。楼上三间是办公室和宿舍。我们到的时候，教室里的条凳已经搬到操场，显然一下子涌进了四五十位客人，学校有些招架不住。

新阳小学有36名学生，其中学前班18名，一年级9名，二年级9名。有三位老师，郑万宣教一、二年级的课业兼任校长；李维菊，也就是郑万宣的妻子，带学前班兼做厨师；还有一位刚来不久的年轻老师，他恰好外出，我们没有见到。新阳小学是华坪县唯一一座非"完小"，也就是年级建制不完整的小学。

郑万宣今年47岁。我非常震惊他在新阳小学任教已有29年。我问他："这么巴掌大的一个山村小学，怎么会让你这么难舍呢？就从来没想过离开吗？"他说："有几次机会，上面要把我调到山下的中心学校，但老乡不干，到乡里上访，不让我走，说我走了，就没人教课了。我是这村子里的人，怎么能不管呢？"

我接着问他，难道没有后悔过？他说："当初有过，后来没有了。以前这个学校连个初中生都没出过，这些年已经出现了大学生，觉得还是很值得的。"

郑万宣说，村里条件太艰苦了，连条像样的路都没有，下过雨，摩托车都上不来。学校也来过几个年轻的老师，但都干不过一年就走了。他也不强求，毕竟年轻人都要发展。

我们说话间，孩子们和家长已经在操场的条凳上坐好，旗杆下也拉起了举行捐赠仪式的横幅。"豆哥"他们正忙着准备分发的物品。来之前，"豆哥"曾给郑万宣打过电话，询问学校需要什么。"豆哥"说，捐赠不能一厢情愿，带很多人家不需要的东西，反而给人家添麻烦。最后他们带了书包、羽绒服、书本，还有一些食品，更特别的是，"豆哥"带去了郑万宣最需要的——5台电脑。郑万宣说，他最想建一间多媒体教室，虽然现在学校还没有通网，但今年9月份就会有了，他很感谢"豆哥"的雪中送炭。

捐赠仪式很热烈，孩子们更是开心，小操场上欢声笑语。眼看午饭时间快到了，我好奇今天的午饭会是什么，就绕到旗杆后面的食堂，想提前探个究竟。

食堂不大，一个灶间，一间餐厅。餐厅有三四十平方米，摆着五张小方桌，方桌四周摆着条凳。

走进灶间，一股浓烈的辣椒味儿突袭而来，立刻呛得我咳嗽起来。郑万宣的妻子李维菊正翻炒一大锅的辣椒土豆丝，她满头大汗，今天中午几十人的饭菜都是她一个人在张罗，虽然村里来了几个帮工，但掌勺还得靠她。

灶间里只有一个灶台，上面一口大铁锅，下面的劈柴烧得正旺，所有的菜、汤，都指着这口大铁锅一样一样地来。李维菊说，上个月刚买了一个蒸米饭的电炉子，插上电就不用管了。以前蒸饭也靠这口锅，做一顿饭很费时。

李维菊今年43岁，在学校也有十几年了，跟丈夫郑万宣一起以校为家，一年到头住在学校。我一边看她手脚麻利地忙活着，一边和她聊了起来。

"孩子们的伙食标准是多少？米、面、菜都是自己买吗？"

"每个孩子中午的伙食费是4块钱，米、面、菜、油、肉都是每天由配送中心送过来，我只管做就是了。"

"饭菜是怎么搭配的呢？"

"按理说每天都应该有个肉菜，但是钱不够，只好每周一、三、五，一个肉菜、一个素菜；二、四，用鸡蛋代替肉，一个鸡蛋炒番茄，一个素菜。米饭和汤每天都有。"

"卫生怎么保障呢？孩子们有没有吃坏肚子的时候？"

"每个菜做好后，我都会留出一点当样品，要是有孩子吃出问题，上面会来查的。但是我这里从来没出过问题。"

饭菜备齐，大家落座就餐。看着李维菊忙活出几十人的饭菜，大家对她纷纷表示感谢。坐在一旁的郑万宣说，今天所有人的饭钱都由"豆哥"出了。除了这，"豆哥"还与学校商量好了，以后每个学生的早餐，按照午饭的标准，也由"豆哥"资助。

边吃边同"豆哥"聊天。他说，"扶贫助学"已经成为他的企业精神之一。他以前也捐助过希望小学，但是现在更愿意对贫困地区的学生"一对一"捐助，这样可以真切看到一个孩子的变化。

天助自助者

在新阳小学，我认识了驻嘎佐村已经两年多的扶贫干部蔡国民。

蔡国民今年57岁，他小时候就在新阳小学读过书，1983年到县里工作，后来当了县政协农委会主任。两年前县里安排驻村扶贫工作，蔡国民原本就是嘎佐村人，所以他选择了回老家驻点。

蔡国民是嘎佐村驻村扶贫工作队的队长，他们四个人负责91家农户的对口扶贫工作。"豆哥"这次能来全是蔡国民的弟弟在穿针引线，所以听说我们到了，蔡国民就从山下的扶贫点赶了过来。在"豆哥"与新阳小学进行捐赠仪式的间歇，我跟蔡国民聊起了扶贫。

我问他，扶贫两年多了，感到最大的困难是什么？"条件太差，方方面面都差。"他感慨道。

蔡国民先说起嘎佐村的自然条件。嘎佐村有800来户，全部是傈僳族，散落在36平方公里的大山中，谁也不挨谁，太分散了。十来户住在一座山里，修一条路的投入少则几十万，多则上百万，但是投入大也要修。山多地少，而且山体的石漠化越来越严重。村民的饮水十分困难，基本靠雨后收集从溶洞或山泉涌出的水生活。

我问蔡国民："县里对扶贫的财政支持多不多？"

他无奈地说："很少，县里财政这几年也遇到了困境。"

以前华坪县是全国排进百强的产煤大县，最多时有80多家煤矿企业，销售给临近的攀枝花钢铁厂，所以华坪县并不是国家贫困县。但是随着国家对煤矿企业的限量减产，华坪县的煤矿一关再关，到现在只剩两家了，县财政收入遭遇断崖式下跌。县财政减少了，划拨到扶贫上的资金也就相应少了很多。

自然条件差、县里拨款少也就罢了，更麻烦的是村民创收的途径和手段也少得可怜。嘎佐村农田很少，只能种点维持口粮的苞谷，收入全指望着山上种的花椒和核桃。这里的花椒属于云贵川一带特有的青花椒，麻辣、清香。但是青花椒树有一个特点，就是隔年产椒，头一年产了，第二年就颗粒无收。蔡国民说，他们正在想办法请农业专家解决这个问题呢，但这也是急不得的事。

蔡国民曾陪上级领导到村里视察，领导看了以后非常震惊，说这里根本就不适合居住，提出要把村民从山里迁出去，但执行起来难度也是很大。首先是800来户，3000多人，数量大，找安置的地方就很难，而且，人迁出后还要解决他们的耕地，不然生活不下去。县里也曾组织一些村民外出务工，但出去不到一年就都跑回来了，他们还是过惯了每天放放羊、爬爬山的懒散生活。

我本想跟蔡国民多聊几句，但是有人来找他办事，他急匆匆地走了。临走时他对我说，"救急不救穷，捐助当然是好事，但解的只是燃眉之急，要根本解决'穷'的问题，还得靠教育，假如孩子们有出息了，走出大山，不再守着大山吃饭，或许就远离贫穷了。"蔡国民说的在理。

在当天傍晚的座谈会上，我见到了华坪县县长庞新秀。她听说我是记者，赶紧加了我的微信，拜托我有机会一定要帮忙推销一下华坪芒果。庞新秀说，由于自然环境和种植方法独特，华坪芒果成为我国纬度最北端的优质晚熟芒果。

在从攀枝花到华坪县的路上，我曾看到路两旁的山上种了很多芒果，这时正是挂果的时候，每棵树上挂满了防虫防晒的纸袋，特别显眼。

我问庞县长："种芒果能帮农民脱贫吗？"

她肯定地说："能。"

"为什么在嘎佐村很少看到芒果呢？"我接着问道。

"嘎佐村在大山深处，交通实在不便，而且那里土壤条件差，搞不起规模。"庞新秀说，华坪县已经把芒果种植作为县里优先发展的产业，现在芒果的种植面积已经达到14万亩，其中1万亩已经通过国家绿色食品基地认证，7.8万亩通过了无公害农产品基地认证。更可喜的是，"华坪芒果"已成功申报国家地理标志产品。

中午在跟蔡国民聊天的时候，蔡国民也提到，在华坪县种芒果的都是一些种植大户，而且价格都由外地经销商控制着，农民得不到多少实惠。我就着这个话题问庞新秀："农民怎么才能从芒果种植中获益呢？"

庞新秀说："云南省已经开始注重绿色高效生产基地的建设，积极推动农产品产后加工增值，推进农业与文化、旅游、康养等产业的融合。只要有了产业基地、有了大项目，就可以让广大小农户参与进来，带动农民增收致富，华坪县的荣将镇就入选了云南省十个示范镇之一。"

我这次到了华坪县才知道这里有这么好的芒果，以前一说芒果，首先想到的总是海南、台湾，以后有机会一定为华坪芒果多做些宣传，也算为脱贫工作尽一份力。

绵
阳
气
质

北京到绵阳有直飞航班，两个半小时即到。我一直觉得绵阳这个地方名气不是很大，去之前也搞不清它的方位。去了之后才发现，是我孤陋寡闻了。绵阳，其实是一个很了不起的地方。

绵阳在成都东北方向 140 公里处。绵阳下辖的一个县级市叫江油，是诗仙李白故里。绵阳的北川县，是 2008 年 5·12 特大地震伤亡最惨重的地方。当然，这是令人不堪回望的一页。绵阳令我惊讶的是，它的科技实力非同凡响。我在绵阳市科技成就展示馆了解到，绵阳是中国唯一的科技城，是中国重要的国防军工和科研生产基地，拥有"两院"院士 28 名，令任何一个地级市望尘莫及。绵阳累积荣获的国家科技进步奖的数量，居全国地级市第一位。绵阳的军工企业也很厉害，大名鼎鼎的长虹，建于 1958 年，是国家第一个五年计划中 156 个重点工程之一，是国内唯一机载火控雷达生产厂。90 年代后，长虹实施军转民，华丽转身为中国最大的彩电基地，赢得"彩电大王"的称号。绵阳现在还是北斗导航系统重要的研发制造基地。

2019 年初春，我连着两次去绵阳采访，先是梓潼县，后是盐亭县。这两个地方，一处令我深深敬仰，一处让我满怀敬意……

致敬"两弹城"

我到梓潼这天是农历二月二,"龙抬头"的日子。传说中的龙,在这一天从沉睡中醒来,人们通过种种形式,祈龙赐福,风调雨顺,五谷丰登。

绵阳市委宣传部安排我们去"两弹城"采访。路上,细雨绵绵,下个不停,气温骤降到只有四五度。南方的湿冷,是北方人心中挥之不去的魔咒,这种彻骨之寒,令人备受煎熬,无可奈何。眺望车窗外,田里的油菜,叶绿花黄,一片接着一片;路边的桃树,花满枝头,一棵连着一棵,这分明又在不容置疑地向我宣告——虽有凄风苦雨,但春天毕竟已经来临。

汽车在狭窄的山路间盘旋,最终停在长卿山西麓的一个山坳里,这里就是"两弹城"所在地。长卿山因司马相如曾在此读书而得名。司马相如字长卿。"两弹城"是中国唯一的核武器研制机构——九院(中国工程物理研究院)总部所在地旧址,是20世纪60年代中国研制原子弹和氢弹的指挥和决策中心。23位获国家"两弹一星"功勋奖章者中,有9位曾在此工作过。2018 年 12 月 18 日，在庆祝改革开放 40 周年大会上，党中央、国务院表彰了 100 名"改革先锋"，排在第一位的是一位名叫于敏的老人。于敏就是曾在"两弹城"工作过的"两弹一星"功勋。于敏被称为"国产土专家"，他从未出国留学，完全是我们国家自己培养的人才。于敏北大毕业之后就到九院工作，隐姓埋名 30 年，直到 1988 年才被解密。我听绵阳的同志讲，中国的"原子弹之父"到底是谁，始终没有共识，至少是没有一人可以独享这一"殊荣"，唯独"氢弹之父"公认是于敏，在科学界毫无疑义。令人悲痛的是，于敏在我们来"两弹城"仅仅一个多月前，刚刚离世。

"两弹城"在梓潼的 23 年中，取得了三个重要成就：一是在我国进行的 45 次核试验中，有 22 次的前期精密研究工作都是在梓潼完成的；二是完成了核弹武器化，形成了有效的核威慑力量；三是新一代核武器（中子弹）研究取得突破。

"596"与"争气弹"

讲解员赵奕如带我们从精英门步入"两弹城"。小赵二十岁出头，模样秀丽，热情大方，快人快语，典型的"川妹子"。她当讲解员还不到两年，但她说已经熟悉了这里的一草一木、一砖一瓦以及这里的每一个故事。"两弹城"占地 1000 余亩，167 栋建于 20 世纪 60 年代的建筑，保存完好，掩映在高大挺拔的香樟树和梧桐树中。所有建筑，包括大礼堂、图书馆、情报中心、办公大楼、院士别墅、邓稼先旧居都是红砖砌就。这些毫不起眼的砖瓦房非常坚固，在 2008 年 5·12 大地震中丝毫无损，可见当时的建筑异常坚固。80 年代，"两弹城"建了一座用于接待访客的"将军楼"，只有这座建筑是白色的，极为醒目。山坡上有一处长达千米的防空洞，是当时为预备打仗、用来转移人员。小赵对我们讲，如果回到二十几年前，我们根本不可能像现在这样站在这里。当年，"两弹城"的外围布满了层层铁丝网，内部更是五步一岗，十步一哨，保密要求极其严密。

行进间，最引我们注目的是建筑外墙上很多"文革"时的标语和墙体画，还有当时激励科技人员的豪言壮语，这都是那个时代的鲜明印记。图书馆的一面墙壁上，绘有一幅毛泽东指点江山的画，画上写着："在今天这个世界上，我们要不受人家的欺负，就不能没有这个东西"。画的左下角，写有"596"和"争气弹"几个字。我们驻足沉思之际，站在一旁的小赵说："这个东西，指的就是原子弹，核武器。"

"596"是中国第一颗原子弹的工程代号。"中国最早原子弹的研制得到了苏联的帮助和参与，但是在 1959 年 6 月，由于一系列的原因，中苏关系恶化，苏联从中国撤走援华专家，为了记住这一天，九院决定将第一颗原子弹的代号取名为 596。"小赵的讲解把我们的思绪带回到了当年的场景。

"苏联撤走专家的时候，他们说中国要是离开苏联的援助，休想在20年内造出原子弹来。为了争口气，在物质匮乏、环境极其恶劣的情况之下，九院的科研人员发愤图强，日夜三班倒，一年多的时间里，硬是用手摇计算机、计算尺、算盘，算出了中国第一颗原子弹的理论数据。皇天不负有心人，在1964年10月16日，中国成功爆炸了第一颗原子弹，因此，中国也将这颗原子弹取名'争气弹'。"小赵略带顽皮地接着讲道，"不知是巧合还是天意弄人，赫鲁晓夫也在同一天倒了台。"

第一颗原子弹成功爆炸的两年零八个月后，中国第一颗氢弹实验成功。从原子弹到氢弹，中国核能人创造了中国速度。"中国人凭什么取得了如此巨大的成就？"为了回答我们心中的疑问，小赵带我们走进了"两弹历程馆"，在这里，我们认识了九院的"三尊菩萨"。

三尊菩萨

"两弹历程馆"由九院的模型厅和印刷厂改建而成，面积约300平方米。展馆以文物、图片、场景复原等形式介绍了在特殊年代下"两弹"工程的研制历程，这里是"两弹精神"最为感人的诠释地。其中有一个展厅，被称为"群英荟萃"，讲到新中国成立之后到1955年，我国从海内外汇聚了1500名科技精英，这批科学家对中国核武器的研制起到了奠基作用。

　　"您现在看到的这座模型，复原的是海外科学家乘船归国的情景，船头上站立的三位就是邓稼先口中的三尊'大菩萨'，他们分别是负责爆轰物理的王淦昌、理论物理的彭桓武、空气动力学的郭永怀，他们三位是研制核武器的三大支柱。"静静地站在模型前，听小赵给我们讲解到，当年苏联从中国撤走专家，我国的核武器事业一度陷入瘫痪，于是，钱三强就把他们三位请到了九院。"菩萨乃佛教中的集大成者，用菩萨来形容他们，可以看出他们在科学界的地位。"

　　站立在塑像中间的是王淦昌，他被称为"中子弹之父"，他的一生三次与诺贝尔奖擦肩而过。王淦昌 1961 年调入九院，由于他在国际科学界享有很高声誉，为了保密，他隐姓埋名 17 年，改名王京，直到 1978 年才被解密。

　　站在王淦昌右手边的是彭桓武，他是华人里面第一位在欧洲当教授的人。曾经有人问他为什么回国，他说："回国不需要理由，去问那些不回国的人，他们才需要理由！"这句话成为他一生中非常经典的一句爱国名言。

　　王淦昌左手边的这一位是郭永怀。小赵花了好长一段时间给我们介绍郭永怀，他的故事在科学界广为流传。他是我国"两弹一星"功勋奖章获得者中被称为烈士的科学家，也是唯一一位参与设计了"两弹一星"的科学家。郭永怀毕业于美国加州理工学院，毕业之后成为美国康奈尔大学航空研究院的三位创始人之一。他的论文，解决了飞机飞行过程中的"声障"

问题，奠定了他在美国科学界的领导地位。在美国曾经有人问他"如果美国发生了战乱，你是否愿意留在美国服兵役"，郭永怀当时很坚定地只回答了一个字：no！并且表示，我来到贵校只是暂时的，总有一天，我会回到祖国。就因为他的这句话，他在美国的行踪遭到了限制，很多保密项目都禁止他参与。在回国之前，受到师兄钱学森在美国被软禁的前车之鉴，在一次和同学聚会的篝火旁，郭永怀将自己十几年来写的尚未发表的论文手稿一页一页地扔进了火堆里，燃成灰烬。他的夫人李佩为此感到无比的惋惜，但郭永怀却说："没关系，这些东西早就装进了我的脑子里，人的一生有两个东西是带不走的，一个是知识，还有一个就是自己的理想。"

1956年，郭永怀终于回到了祖国。然而令人痛惜的是，1968年在青海进行的第8次核试验中，郭永怀发现了一组非常重要的热核导弹实验数据，他急于把这组数据从青海带回北京进行理论研究。就在飞机快要到达的时候，却意外发生机械故障，不幸坠毁。飞机残骸散落一地，十几具烧焦的遗体面目全非。救援人员通过一块手表，辨认出了郭永怀的遗体。找到遗体时，在场的每个人失声痛哭。郭永怀和他的警卫员面对面紧紧地抱在一起，把两具遗体费力分开之后，震惊的一幕出现了，从他们身体里面掉出了一份装有绝密资料的公文包，公文包里面的绝密资料被他们用身体完好无损地保存了下来。22天后，依据那份用生命换来的数据，中国第一颗热核导弹成功发射，实现了从氢弹到氢弹武器化的飞速跨越，而这一年，郭永怀年仅 59 岁。

小赵深情地讲道："郭永怀的一生有两份手稿都曾被烈焰召唤，但不同的是，一份是他为了痴爱而甘心焚毁，一份是他为了痴爱而甘心护卫。如果说，前者是他周密计划之后的勇毅之举，那么后者则是他在危急时刻的本能所为。生命即将化为乌有，但这个赤子与他的战友硬是用瞬间加厚的血肉，为易燃的纸张上了阻燃保险。岁月的流逝，带走的是时间，但不会带走人们对他的缅怀。"

两弹元勋邓稼先

从"两弹历程馆"走出，拾级而上，不觉来到一片平房区。在最前排处的空地上，立着一尊半身铜像，下刻张爱萍将军题写的"两弹元勋邓稼先"七个金色大字。铜像背后的房屋曾是九院院长、"两弹"元勋邓稼先的住宅。邓稼先隐姓埋名 28 年，其中 16 年是在"两弹城"度过的。邓稼先是中国核武器研制与发展的主要组织者和领导者，成功设计了中国原子弹和氢弹，把中国国防自卫武器引领到了世界先进水平。

门前牌匾上"邓稼先旧居"这几个字，是邓稼先的夫人许鹿希题写的。这是一套 40 多平方米的红砖住宅。经过门首的警卫室，里面的两个房间由一个小过道相连，分别是邓稼先的卧室和办公室。卧室内摆放着一张油漆斑驳的旧钢丝床，这是邓稼先的岳父当年在苏联专门定制的弹簧床。小赵顺便介绍道，邓稼先的岳父是五四运动重要的学生领袖、后来担任全国人大常委会副委员长的许德珩先生。卧室靠墙处有一排书柜、一个十分平常的衣柜和一个衣架，衣架上有邓稼先常穿的那件深蓝色的外套。办公室里摆放着一张普通的办公桌、一把普通的藤椅、两张单人布面沙发、一个小茶几。桌上有一部红色电话机，这是一条专线，直通周恩来总理办公室。办公室的墙上挂着一幅旧照片，是邓稼先和基地副部长赵敬璞的合影。小赵告诉我们，这张照片代表着邓稼先身体健康的一个转折。

1979 年，在新疆的戈壁滩进行了一次核试验。试验时，飞机空投失败，核弹从高空直接摔到了地上。指挥部立即派出一百多名防化兵在出事现场搜寻，却没有找到核弹的碎片。邓稼先是搞理论的，想到其他同志不一定能准确地辨认出核弹碎片，而他又想获得第一手的实验数据，找出这次试验失败的原因，于是决定亲自到试验场勘察情况。强烈的爱国心和责任感，让邓稼先义无反顾地冲到试验场，最终找到了核弹的碎片，并近距离地进行观测研究。通过他的分析，确定并不是技术上的问题，而是飞机在空投时，降落伞没有打开，核弹直接从高空摔落到地上。当时他就长出了一口气，对于祖国和人民，他终于有了一个平安无事的交代。而此时，他也意识到自己的身体肯定是有事了，因为他再清楚不过了，核弹里面的放射性钚有多么大的危害，一旦侵入人体就极易被骨髓吸收。几天后，邓稼先回到北京住进医院检查，他的尿里有很强的放射性，白细胞内染色体已呈粉末状，肝脏也受到损害。平常不爱拍照的邓稼先，竟主动要求拍了这张照片作为留念。

办公室的墙上有一张邓稼先手写字条的影印件，引起了我们的注意。字条上有一句话，"明天我要做一个手术"，在"手术"两字前，明显可以看出，邓稼先后来加了一个"小"字。他那是不想让大家担心，但那时的他，已经罹患直肠癌晚期，体内不停出血。

还有一张邓稼先的手稿，里面对病情也只说了一句话："今天我打了化疗，打完挺不舒服的。"这是邓稼先第一次向别人表达自己的病痛，而其他时候，他说的依旧只有工作。

邓稼先 1986 年去世，终年 62 岁。离世前，他对他夫人说过这样一句话："我生前从未向组织要求过什么，我死后也不要，在我死后就把我的骨灰放在我母亲墓旁。"

离开邓稼先旧居，小赵的讲解工作就算结束了，我们就此道别。天色向晚，接送我们的汽车已停在精英门外，而此时的我，却不舍离开。

我在绵阳，随处可见"两弹精神"的巨幅标语——爱国奉献、艰苦奋斗、协同攻关、求实创新、永攀高峰。中华民族历经磨难，中国人民也善于总结提炼各种"精神"，中国这么大的国家，没有点"精神"也走不到今天，"两弹精神"岂不就是中国屹立于世界民族之林的一根脊梁吗！

1958 年，毛主席在一次讲话中说道：原子弹就那么大点儿东西，可是没有这个东西，人家就说你不算数。我在参观中了解到，新中国成立初期，美国前后七次对中国进行核威胁与核讹诈。1950 年朝鲜战争爆发，美军在遭到挫败后，准备将 30 到 50 颗原子弹投放在我国东北的军事要地和敏感地区，美国总统艾森豪威尔竟下令将核导弹运到日本的冲绳岛，妄图迫使中国就范。我国的第一代国家领导人意识到，中国如果没有原子弹，没有核武器，那么在世界大国中，就没有地位，就没有和平，就要受到欺负。原子弹不仅维护的是国家的威严，更关系每个中国人的尊严。

我大致梳理了一下，23 位"两弹一星"功勋奖章获得者，他们大多出生于清末民初，那时的中国积贫积弱，任人宰割，他们都经历过深重的苦难。我还数了一下，23 位功勋中大多数人从海外归来，目睹过西方的先进和强大，他们也都享受过优渥的生活。然而，最终他们还是回到祖国，把个人的命运乃至生命，无私地奉献给了国家，"以一人之身成一国之事，全万家之福"。我们今天作为一名中国人，这种自豪感和安全感从何而来？我这次来到"两弹城"，心里明白了许多……

清明访字库塔

2019 年的清明，我去盐亭县报道祭祀嫘祖大典。嫘祖是黄帝的正妃，首创蚕桑，编绢制衣，辅弼黄帝，统一中原。以前当地祭祀嫘祖都是在农历的二月初十嫘祖诞辰这一天，但从 2019 年开始，放在了清明，这样就与陕西黄陵县祭祀黄帝大典是同一天，遥相呼应。

我之前没去过盐亭，也不了解这个地方，这次去采访知道了一些。盐亭位于四川盆地中部偏北，归绵阳市管辖。"盐亭县，以近盐井，因名。"这是《元和郡县图志》对于盐亭县名由来的记载。西魏恭帝元年（公元 554 年），盐亭县设立。此时的盐亭已经依靠盐业，从交通咽喉要地，成了经济发达的地区。从此，盐亭的地名，与这里制盐产业的影响一道延续了 1400 余年。民国时期，盐亭的盐井总数超过 2000 口，盐产品北销广元、陕西，南销遂宁、重庆等地。

祭祀活动结束后，还有半天时间空了出来，县委宣传部的同志问我，想去哪里看看？我想起头一天傍晚刚到盐亭，宣传部安排去县博物馆参观。博物馆很小，只有四五个房间，很快就看下来了。走到出口处，不经意间瞥见一面墙上整齐排列着二三十张塔形建筑的图片，引起我的好奇。"这是字库塔，古时用来焚烧字纸。"博物馆杨晓刚馆长随口说道。我心里一直惦记着这事。既然还有半天时间，我说要不就去看看字库塔吧。我本打算请杨晓刚一起去的，我觉得没个明白人给讲解，恐怕看不明白，但他去市里办事去了，陪不了我们。后来，宣传部联系上了冯青春。

*

我们接上冯青春就乘车直奔乡下了。路上跟冯青春聊天，才知道他称得上是研究字库塔的专家。他今年39岁，当了8年的县文管所所长，两年前离开文管所，到嫘祖文化景区任职。他任文管所所长时，花了5年时间，把盐亭县内文物的家底摸了一遍，确定县内的字库塔有32座，每次他都搬着梯子，爬到字库塔上面，拓印文字，登记造册。

"字库塔的叫法很多，比如惜字塔、焚字炉、敬字亭等等，顾名思义，是古时焚烧字纸的塔形建筑。古人认为文字神圣而崇高，写有文字的纸张不应随意丢弃，哪怕废纸也需洗净焚化。"路上，冯青春说起了字库塔的用处。

汽车在弯弯曲曲的山路上盘旋，路很窄，将将容下一辆车通行，若对面来车，必有一方先行在田埂上避让。30 分钟后，我们的车在一处山坳中停了下来。周围散落着几户人家，房子很旧，全是木板房。身边的油菜长"疯"了，超过了我们的头顶，我还是第一次见到长这么高的油菜。黄灿灿的花期已过，一串串油菜籽显露出饱满的外形。另一块田里的豌豆秧绿葱葱的，盛开着细碎的白花和紫花。田间地头零散的地块上种着胡豆和蒜苗，青翠鲜嫩。不远处，一对老夫妇正在不紧不慢地耕作着，老头儿在前边赶着黄牛犁地，老伴儿跟在后面，一手提篮，一手撒种，一问得知，他们种的是花生。这个村子叫阳春村，田野中最显眼的建筑，就是冯青春最属意的一座字库塔——莲池寺字库塔。

这座字库塔建于清光绪十四年（1888 年），是盐亭诸多字库塔中造型最为宏伟的一座。这座塔旁原有一寺，称作莲池寺，塔因寺而得名，只可惜寺庙已在多年前毁掉，空留一塔，孤零零地守望着天地。塔高 9 米，共 5 层，逐层内收。站在塔下，举目眺望，塔身雕刻的人物、花卉、瑞兽及文字清晰可见。冯青春领着我们四面观赏，这座塔为少见的四方形结构，每层每面都有两根对称的石柱，上面镌刻的楹联，读来更是颇有韵味，比如"残章无委地，零字悉焚炉""品端登品地，功到得功名""丙丁焚断简，甲乙定佳文""英才需雨化，文运自天开"……

从塔身上的题记中可知，莲池寺字库塔的修建得到了诸如药王会、文昌会、嫘祖会等民间团体的支持。在这些民间团体中，首次发现了"惜字会"。冯青春说，清代惜字信仰盛行，人们自愿上街收集字纸成一时之风气。所有用过的经史子集，即便磨损残破，也要先将其供奉在字库塔内十年八载，然后择良辰吉日行礼祭奠，再点火焚化。敬惜字纸的信仰发展至巅峰时，连朝廷都屡屡过问，康熙皇帝曾训示："字乃天地之至宝……与以天地间之至宝而不惜纸，糊窗粘壁，裹物衬衣，甚至委弃沟渠，不知禁戒，岂不可叹！故凡读书者见一字纸，必当受而归于篚笥，异日投诸水火，使人不得作践。"雍正皇帝更是警告臣下："再有抛弃字纸者，经朕看见，定行责处。"

冯青春还讲道，过去还有一种仪式叫"送圣迹"，收回的废纸要用加入香末的水冲洗，洗字纸的水也不能随意泼洒，要用筛子过滤，以防漏掉剩字。字纸晒干后入炉焚烧，用木勺将灰送入陶瓮中，待盛灰之瓮到一定数目后，以船送入江心，待水慢慢淹没，瓮自沉入水中。

冯青春说，他小时候，父亲常常带他到字库塔前告诫："只字必惜，贵之根也。粒米必惜，富之源也。片言必谨，福之基也。"父亲的教诲冯青春一直记在心里，也始终遵循着，到如今，他每天写过的字都不会随意丢弃，他会收集起来，攒到一定的数量，拿到字库塔中烧掉。他说这样做并非泥古不化，而是对文字的一种敬畏。

*

离开阳春村，我们寻访下一座字库塔。听冯青春介绍，盐亭全县的 32 座字库塔，分布在 17 个乡镇，有的建在寺庙、道观、宗祠、书院附近；有的建在场镇、集市等公共空间；有的建在群山之中，绿水之侧。除了我们刚刚见到的莲池寺字库塔，还有云仙寺字库塔、盘龙寺字库塔、高院寺字库塔、毛罐寺字库塔等，可以想见，这些字库塔曾与寺庙相依相存，可惜的是，这些寺庙已经永远地消失了。

在车上，我问冯青春："怎么会有字库塔呢，这里有什么缘由吗？"冯青春不愧是专家，他的解释，又为我打开了一扇了解中华传统文化的窗口。

随着文字的出现，对文字的崇拜也应运而生。西汉刘安《淮南子》载："昔者仓颉作书，而天雨粟，鬼夜哭"，形象地描绘了仓颉创造文字之后道破天机，惊天地泣鬼神。古人认为文字神圣崇高，随之将对文字的崇拜演变为对字纸的敬惜。宋代学者张舜民《画墁集》记载，宋人王曾之父爱惜字纸，看到被遗弃的字纸，哪怕落在粪秽之中，也要拾起来用香水洗净。"从古至今，任何信仰都有其供人们尊崇的标识，由此，从宋代开始，用于焚烧写有文字的塔形建筑随之出现，到明清时盛行一时。"冯青春从手机中调出收藏的图册，接着讲道，从外观看，字库塔的造型大多采用六角柱体或八柱体，也有的建成简朴的四柱体。塔顶及塔身装饰风格各异，大多雕梁画栋，但也有的非常古朴，仅青砖碧瓦，未做更多装饰。然而不论造型及风格如何，塔身都会留有一小孔，或方、或圆、或倒 U 形，便于投入字纸。字库塔经历代演化，渐渐成为文字图腾崇拜的象征以及企盼考取功名的精神寄托。后来，字库塔也有祈求吉祥风水、圣人庇佑以及标明书香之家身份的意味。

"我以前怎么没有听说过字库塔呢？""那是因为字库塔很少见。"冯青春说，从目前的统计数据看，全国仅存留 251 座。字库塔分布的地域性很强，在北方地区，虽偶有史料记载，但几乎没有留下任何遗迹。字库塔在南方，如四川、湖南、江西、贵州、浙江、福建等省虽有发现，但数量也极其有限。盐亭堪称"中国字库塔之乡"，有 32 座，且造型精美，保存完好。

*

说话间，我们的车停在村口旁，迎面正对一座四角飞檐高翘的牌坊，奇特的是，牌坊正中之上还耸立着一座六角阁楼式塔。"这就是全国唯一一座字库和牌坊的结合体——檬子垭字库坊。"每逢有客人来访，冯青春总是乐此不疲地把他们带到这里参观。

我们围着这座字库坊细细观赏。这座建于清咸丰年间的字库坊保存非常完好，总高 8.6 米，其中坊身高 6.2 米，塔高 2.4

米。坊身、门柱、抱鼓之上镌刻的"二十四孝",如"戏彩娱亲""弃官寻母"等,还有"辕门射戟""连中三元""射白鹿"等戏剧故事,须眉毕现,栩栩如生。冯青春说,他十分喜爱这座字库坊,因为放眼全国,这种坊上有塔的造型,依目前的统计,仅此一座。字库坊的正面刻有"惜墨如金"四字,因此该坊亦称作"惜墨如金坊"。

坊身中门内侧刻有《檬子垭新建字库记》的题记,因题记位置较低,虽部分文字有残损,但整体依稀可辨。冯青春指着题记,给我讲起这座字库坊的由来。

话说檬子垭村有个石匠姓金,看到乡人丢弃字纸,屡屡规劝无果,遂与乡民商议筹建字库塔。石匠人微言轻,乡民鲜有响应。石匠领着儿子独自在山中采石,历时 3 年,终于凑够了所需石材,此时金石匠家中已快揭不开锅了。金石匠的义举感动了乡民,也令读书人自愧不如,他们纷纷捐资,协助石匠建造了这座牌坊。

清代盐亭民间还流传着许多故事,宣扬敬惜字纸的福报与不敬字纸的恶果,惜墨如金坊上也刻有两则:江陵人郭化卿,算命者曾说他"止有三九之寿,且无子"。化卿平生洁身自好,敬惜字纸。二十七岁那年,化卿坐船外出做生意,偶然上岸看到满地的碎烂书籍,急忙收捡。船家久等他不来便开船离开,化卿后来听说商船遇到强盗,人货俱没了。逃过一劫的化卿回到家中,妻子已有身孕,并产下一子,再碰到算命者,说他寿命已延至九十八岁。相反，有个叫何吉的人，常用纸抹桌糊窗。有一天，他用字纸抹了桌子随手扔在地上，家童误扫入茅厕，两日后天雷滚滚，何吉与家童俱被震死在茅厕旁。这些故事写在坊上，口口相传，妇孺皆知，敬惜字纸的观念渐渐深入人心。

我从盐亭回到北京的当天，杨晓刚就给我传来了盐亭32座字库塔的图文资料，我能深切感受到，他和冯青春一样，深深热爱着家乡田野中饱经风霜的字库塔，坚守着惜墨如金、敬惜字纸的信仰。

翻阅这些资料，觉得每座字库塔上的楹联都很精彩，令我记忆深刻，如"火候文章光万丈，风流人物炳千秋"（榉溪笔塔）、"塔助青龙摆尾，库降白虎低头"（白衣塔）、"蠹简收来燃乙火，蟲书聚处拜庚经"（天台村字库塔）、"收进孔夫字，内藏古今书"（陈家场字库塔）、"遗文休弃掷，贵黑化青云"（孔圣庙字库塔）、"字塔培风水，文华起功名"（天古村字库塔）……我觉得古人不但充满智慧，而且信仰坚定，即使在僻壤乡野，依然闪烁着传统文化的熠熠光彩。

我相信，"敬天惜字"的传统不会因为时代的更替而消失。今天，我们不可能再像古人那样，把经手的字纸拿去焚化，让黑墨化作青云，但是对文字的崇拜和敬畏早已充盈在我们的血脉中，这是文化的传承，更是信仰的力量。

皖南忆李白

子奇画

2018 年 2 月，国台办、发改委等部门出台"31 条惠台措施"。"31 条"力度之大，前所未有。自此，台湾同胞在大陆的学习、创业、就业、生活，享受与大陆同胞同等待遇，台资企业被赋予了跟大陆企业的同等待遇。

一石激起千层浪。紧随"31 条"，各地纷纷出台地方性惠台措施，像上海出台了"55 条"，福建出台了"66 条"等。几个月不到，广大台企台胞就有了实实在在的获得感，迎来了事业发展的春天。

安徽省台办的吴敏处长 6 月初约我去马鞍山市采访，说当地政府有几个支持台商创业发展，帮助台企解决实际困难的例子。我想这是个机会，马鞍山的做法或许具有一定的代表性，不妨去了解一下。

2014 年我曾到过马鞍山，当时是报道台商投诉协调的事。那次采访结束后，我还去了采石矶、太白楼、霸王祠等，对马鞍山市的历史、文化有了一些了解。马鞍山的市容市貌，尤其令我印象深刻，没想到一个钢铁城市，环境这么优美、整洁。

马鞍山横跨长江、接壤南京，自古就有"金陵屏障、建康锁钥"之称。从北京去马鞍山，坐飞机或高铁可以先到南京，从南京再到马鞍山只有 30 公里，开车半个小时就到了。马鞍山人说，南京更像他们的省会。

我上次到霸王祠，了解到马鞍山的一些历史。马鞍山这个名字，相传源于楚汉战争。楚霸王项羽败退至和县乌江，四面楚歌。霸王请渔人将心爱的坐骑乌骓马渡至对岸，后自觉无颜见江东父老，自刎而亡。乌骓马思念主人，翻滚自戕，马鞍落地化为一山，马鞍山由此而得名。

马鞍山设市是在 1956 年。现在的人说起马鞍山，首先想到的是"马钢"。马钢成立于 20 世纪 50 年代，60 年代曾有"北有大庆、南有马钢"之说，可见当时"马钢"很有名气。因为全国援建"马钢"，当时去了很多技术人员，所以延续到今天，马鞍山人的素质都是很不错的，尊重知识、尊重人才，教育氛围浓厚。

吴敏是泾县人，泾县就在紧邻马鞍山南边的宣城境内。采访任务结束后，吴敏说要不去他老家看看，我和马鞍山台办的张伟主任都说好，于是欣然前往。

桃花潭——"情"传千古

从马鞍山开车，经芜湖市，两个小时后就到了宣城市的泾县。通常来说，安徽省长江以南的地域统称皖南，包括马鞍山、芜湖、宣城、安庆等 7 个地级市。

以前不太了解泾县，这次来了才知道泾县大名鼎鼎。皖南事变的发生地就在泾县。自宋朝以来，文房四宝中的宣纸，正宗原产地一直是在泾县，这点历代都毫无争议。

当然，我这次到泾县，最大收获是到了桃花潭。

李白乘舟将欲行，忽闻岸上踏歌声。
桃花潭水深千尺，不及汪伦送我情。

这是李白的《赠汪伦》。我不知道现在的小学课本里还有没有这首诗，我小时候是有的。我的古文功底算是糟糕的，唐诗宋词记不得几首，但是这首《赠汪伦》，是我最能朗朗上口的诗作之一。

桃花潭西距泾县县城 40 来公里。沿桃花潭镇的翟村主街西行 200 米，再从踏歌岸阁的门楼下穿过，青弋江便横在眼前。眺望对岸正前方，江岸上筑有一阁，名为"怀仙阁"。"怀仙阁"下有奇石伸入江中，水光潋滟，碧波荡漾，这就是桃花潭。

我原来想象，潭者，不过是个深水池，其实不尽然，古人把江面水深之处也称作潭。桃花潭水深三四十米，要比青弋江的其它地方深许多。从踏歌岸阁前的渡口上船，我们在桃花潭水面附近兜了一圈，想象着当年李白乘舟欲行，忽闻岸上传来阵阵歌声的情景。

相传唐代天宝年间，泾县豪士汪伦听说李白旅居歙县，欣喜万分，遂修书一封曰："先生好游乎？此地有十里桃花；先生好酒乎？此地有万家酒店。"李白欣然而来，却未发现有十里桃花和万家酒店。汪伦据实以告："十里桃花者，桃花渡也；万家酒店者，乃店主姓万。"李白听后大笑不止，被汪伦的盛情和幽默深深感动。

汪伦以及众乡亲的淳朴热情，加之桃花潭的自然美景，使李白和汪伦之间的情谊日愈深厚。居住数日后，李白离去。临行前，汪伦带领众乡亲，恋恋不舍，踏歌相送至渡口。李白感激之至，挥笔写下《赠汪伦》。后人为纪念李白与汪伦的情谊，把李白乘船离去的渡口称为"踏歌古岸"。明代，当地人又在古渡岸边建造了"踏歌岸阁"。一段佳话，千古传唱。桃花潭由此名闻天下，成为世人心中的友谊之潭、感情之潭。

陪同我们的泾县统战部谈学俊主任算得上是研究李白的专

家，桃花潭景区的开发和建设他都曾参与。谈学俊说，古人写诗，一般忌讳在诗中直呼姓名。李白诗词上千首，只有这一首《赠汪伦》把主客姓名置于了诗题当中。

至于汪伦是何许人也，谈学俊说，有的观点认为汪伦就是一位普通村民，像历代出版的《李白集》《唐诗三百首》《全唐诗》等的注解，都认定汪伦是李白游历泾县时遇到的一位普通村民，此观点一直延续至今。但是也有的研究认为，汪伦为"唐时知名士"，与李白、王维等人关系很好，常以诗文往来赠答，做过泾县令，任满辞官，后居桃花潭。

从桃花潭上岸后，我们一行折返至踏歌岸阁。这是一座古色古香的二层阁楼，是后人纪念李白、汪伦两人的深厚情谊所建。有的资料记载，此楼可能原建于明末清初，乾隆十三年（1748 年）重修，民国年间和 1949 年后又进行过维修。阁楼底层为过道，两边是砖砌实墙，下面是麻石砌成的基础，有石阶下河。阁楼底层向老街一面是敞开式，临潭为半圆形门洞。上层为一小楼，向潭一面设窗台栏杆，可供游人凭眺潭上风光。檐下高悬"踏歌岸阁"四字横匾，是 1983 年重修时，原安徽省书法家张恺帆所书。小楼临街一面设木制屏风，刻有《踏歌送行图》，再现了当年汪伦送李白的动人情景。

返程前，我们在桃花潭镇里转了转，还真有些挺不错的看点。青弋江把桃花潭镇的两大姓氏隔开，"划江而治"。江西为"万"姓，当年汪伦跟李白提及的"万家酒店"，即此也。江东为"翟"姓，这里的翟氏祠堂号称"中华第一祠"。祠堂建于明万历年间，主体祠堂建筑面积2600多平方米，坐北朝南，规模宏大，地面和屋顶逐渐抬高，寓意"步步高升"。正堂中悬挂着万历皇帝特赐的"忠孝堂"三字红底金字木匾。

说到"翟氏宗祠"，还有一段历史故事。据说，元朝末年，农民起义军领袖陈友谅与朱元璋争夺天下，在鄱阳湖决战时，因骄而失战机，结果60万汉军败于朱元璋20万吴军之手。战后，陈友谅义子张祐保颠簸辗转至泾县水西翟村，过继给翟氏为继子，更名为翟敬六。翟敬六即江东翟氏一世祖。祠堂内部屏风、大门，采用绿底点金形式，所有匾额在其衬托下熠熠生辉，用以代表鄱阳湖水和天上星辰，告诫后人牢记鄱阳湖水战失败的教训。直到如今，每年腊月二十三祭祖时，祠内还会摆上108桌酒席，声势显赫。

李白墓——"义"守千年

离开桃花潭返回马鞍山的途中，张伟说："上次你来马鞍山去了采石矶、太白楼，今天时间还早，要不去李白墓园看看？"我说："好，这次来皖南就算是追忆李白之旅了。"

"聚山纳川，一马当先"，是马鞍山的城市精神。这句口号中嵌入了马鞍山市所辖的两个县名，"山"字指的是"含山县"，"当"字指的是当涂县。

当涂县位于马鞍山市的正南方向，县城东南6公里处是大青山。大青山有着"中国第一诗山"之誉，它的西麓，苍松翠柏掩映之中坐落着一处江南园林式的建筑群，这就是著名的文化古迹名胜、国家级文物保护单位——李白墓园。

到李白墓园时，恰好中午，日头正毒，园门口空无一人。书有"诗仙圣境"四个大字的牌楼，高高耸立在园门外，威严壮观。过了牌楼，行至墓园正门，一位中年男子迎了出来。我们说明来意，他说非常乐意给我们讲解。

边走边聊，我问他怎么想起来李白墓园做导游了呢？他说他不是导游，他是李白墓的守墓者。我非常吃惊，这个年代还需要守墓者？

他叫谷常新，今年 56 岁，从 1985 年正式进入李白墓园后，就再也没有离开过。他和妻子一起住在墓园，负责墓园的看护和讲解，他妻子还看管着一间书画店，兼卖一些食品饮料。我们浏览了一下店里的书籍，还是很有品位的，我买了一本《当代名家书李白》，荣宝斋印制，还算精美。

谷常新怎么就做了李白的守墓人呢？在前往李白墓的途中，谷常新给我们讲起了其中的缘由。

李白一生足迹遍布大半个中国。他在漫游生涯中，曾多次来到当涂一带游历。有的史书记载，李白七次到当涂，并在这一带留下了 50 多首脍炙人口的诗篇，其中《望天门山》《夜泊牛渚怀古》《横江词》等，成为千古名作，广为传诵。

李白为何热衷当涂，并最终把他的终老之地放在这里？谷常新说，这就不得不提到与李白有着紧密关联的两个人物。

在当涂大青山下，有一座谢公祠，是南北朝时宣城太守谢朓的故宅。谢朓在世时，酷爱当涂大青山风光，把大青山比作"山水都"，其间写下了很多有名的诗篇。谢朓是山水诗的代表人物，尤擅五言山水诗，有"山水诗祖"之称，对唐代诗坛有着深刻影响。谢朓后遭诬陷，下狱而死，年仅 35 岁。

盛唐时期，当时的诗人无不尊崇谢朓，李白最为敬仰和赞赏他，作品亦受其影响。李白笔下直接提到谢朓的诗有 12 首，难怪后人评价李白是"一生低首谢宣城"。

李白一生仰慕谢朓风范，寻访谢公踪迹，尤其眷恋当涂谢公山，多次到谢公故宅祭拜谢朓，并写下《谢公宅》《游谢氏山亭》《谢公亭》等怀念诗文。李白生前曾明确表示，死后要与谢朓结为"异代芳邻"，葬在当涂大青山。

讲到这里，谷常新抬手一指，我们已到太白祠。

太白祠是园内最高建筑，面阔五间，进深三间，砖木结构，粉石灰墙壁，东西山墙作马头墙状。正庭门楣上悬挂着林散之手书"太白祠"匾额。门前抱柱楹联曰："诗中无敌酒里称仙，才气公然笼一代；殿上脱靴江头披锦，狂名直欲占千秋。"涵盖了李白一生狂傲自负的个性。祠内正厅立有一尊两米多高的汉白玉李白塑像。塑像侧身而立，左手按剑，右手后挽，胡须飘拂，给人感觉饱经沧桑、气度非凡。祠内横匾"诗无敌"三字无疑是对李白在诗歌史上地位的高度评价，由著名书法家司徒越题写。梁檐下是由著名书法家舒同所写的"太白高踪"四字横匾。

走出太白祠，谷常新接着给我们讲解，除了李白敬仰的谢朓，还有一个对李白很重要的人物，就是李白的族叔李阳冰。

唐肃宗上元二年（761年）十月，穷困潦倒、贫病交加的李白，在万般无奈之际，抱病来到当涂，投奔当涂县令李阳冰。这是李白最后一次到当涂。

李阳冰是唐代著名文字学家和书法家，相传，大书法家颜真卿书碑时，"必得阳冰题其额"。其实，李白与李阳冰并非沾亲带故，况且李阳冰比李白还小十来岁，但在无路可走的情况下，李白将李阳冰认作族叔，希望得到他的周济，这也是情理之中的事了。

李阳冰接纳李白之后，李白便卧床不起。李白自知大去之期不远，此时李阳冰又任期将满，准备赴京候选。这种情况下，李白将自己留存的诗作手稿交给李阳冰，并嘱托李阳冰为诗文编集作序。李阳冰不负重托，终于在他离任前编辑告竣，成《草堂集》十卷，并作序文一篇。

我们正在为李白的晚年感慨唏嘘之时，谷常新已带我们来到李白墓前。

这是一个小院落，一座用青灰石块砌成的五边形坟茔位于正中央，这就是声名赫赫的太白墓。墓前陈一石案，为供祭品所用。墓碑上刻有"唐名贤李太白之墓"，据说为杜甫亲书。墓冢有一人多高，绿茸茸的青草覆盖其上。谷常新说，这是李白的真身墓地，从未被盗挖过，历朝历代多有修葺。我们围着坟茔顺时针静静地走了一圈，以示对"诗仙"的敬仰和缅怀。

谷常新说李白病逝后，开始并没有葬在现在这个地方，而是时隔54年后才移葬到这里，而这就不得不提到谷家了。

李白去世后，原葬在与大青山隔河相望的龙山东麓。由于李白生前钟情谢朓，"悦谢家青山，有终焉之志"，曾明确表示死后要与谢朓结为"异代芳邻"。唐元和十二年，宣歙池观察使范传正遂将李白墓由龙山迁葬至大青山谷家村，与谢公祠相邻相伴。

李白客死他乡，他在大青山本无田地，他的墓地又是如何迁到谷家村的呢？谷常新说，这就要说到谷家与李白的千年不解情缘了。

李白客居当涂时，与富裕殷实的谷家村乡绅谷兰馨结为知己朋友。谷兰馨曾陪李白远游多地。谷兰馨离世前交代子孙，李白的遗骸可葬于谷家土地上，要求子孙世世代代照看李白之墓。李白墓迁葬谷家村后，谷家人就成了李白的守墓人。太白祠内，一块 800 多年前的碑文记载：太白墓"东与谷氏为邻"。

1200 多年，谷家人对李白墓的守护一直没有停止，派专人打理，不时清扫祭拜，奉为先人，这其中的风风雨雨可想而知，可以说是历经了世间沧桑。李白墓能够保留至今，谷家人功不可没。

宋明时期，谷家家族繁盛，很多族人迁往外地，但仍留下两个兄弟居住于此，继续守墓。另外，因为李白在文坛不可替代的地位，历朝历代，官方也会拨专款用于修缮李白墓。从唐朝 817 年到清朝光绪四年，大修 12 次，谷家从中鼎力协助。

谷常新介绍说，1949 年前，谷家人一直自发维护和整修即将坍塌的太白墓。"文革"期间，在谷家人的悉心保护下，太白墓才免遭"扫四旧"的厄运。 1979 年，当涂县政府准备重修太白墓，谷常新的叔叔谷经朝主动要求专门守护太白墓，直到 2003 年才离开。1982 年，李白墓扩建成李白墓园，征用附近谷家村 20 多亩地，谷兰馨 49 代孙谷常新家的 2 亩多地也被征用，谷常新后来进入李白墓园工作，正式成为一名守墓人，一转眼 30 多年过去了。

谷氏后人谨记祖先遗嘱，千百年来一直守护着李白墓园，直到今天，"凡已四十九代矣"。青山谷氏信守承诺，世代传承守护诗仙墓的事迹广为人道。

从李白墓出来，我问谷常新为什么墓园冷冷清清，看不到游人？他说主要是宣传不够，很多人并不知道李白的终老之地在马鞍山市的当涂县，这与李白的"诗仙"地位很不相称。谷常新不无遗憾地说："每年重阳节前后，马鞍山市举办中国李白诗歌节的时候，李白墓园会热闹一下子，然后就悄无声息了。"

他建议当涂县应该主打李白文化，让李白文化成为"当涂之魂"。我也赞同应该这样。

吴头楚尾看鄂东

我 50 岁生日那天，一半时间是在巴黎过的，一半时间是在从巴黎飞北京的航班上过的。国航很贴心，乘务员还送了我一张生日贺卡，看来以后还得多坐国航。50 岁，人生中挺重要的一刻，我就这么忽悠一下子，在欧亚大陆的空中一划而过了！

那天到了首都机场，没出航站楼，我又转乘最近一趟航班飞到武汉，再从武汉赶到黄石时，天已经完全黑了下来。我是赶去参加两岸媒体"吴头楚尾看鄂东"采访活动的。我到的当天，活动已进行一半了。

"吴头楚尾看鄂东"，这个主题很有意思，七个字蕴含着深厚的历史、地理及文化内涵。

鄂东，指的是这次采访活动要去的湖北东部的黄石市和鄂州市，湖北简称"鄂"，所以是"鄂东"。"吴""楚"两字，是指先秦时期的吴国和楚国。长江流向是自西向东，相对而言，上游为头、下游为尾。长江穿越吴、楚，"鄂东"正好处在吴国的上游，谓之"吴头"，又处在楚国的下游，谓之"楚尾"。我没到过鄂东，所以对这次采访活动很感兴趣。

石头开花

站在高处，俯瞰大冶铁矿的露天采矿坑，给我的第一印象是很像古罗马斗兽场。只见矿坑四面的边坡，每12米向下延伸一层，层层递减，直至深达444米的底部，最终浓缩成一个圆点。眺望在坑底行驶的汽车，像是蚂蚁搬家。

然而，大冶矿坑要远比古罗马斗兽场大得多。这个号称亚洲最大的露天铁矿采坑，东西长2400米、南北宽550米，坑口面积达108万平方米，相当于150个标准足球场。露天采坑由大冶铁矿长年阶梯式采矿形成。有专家称，这样规模的露天采场，是世界矿业史上的一个奇迹。

大冶采矿坑1958年开始开采，到今天已有60年，如今，它已基本停产，成为黄石国家矿山公园。负责接待我们的阎红勇，是公园管理处的主任。

阎红勇今年43岁，大学学的是机电一体化，1998年毕业后就在矿区工作。我们听说他工作刚三天就当上了厂长，都很惊讶。他说，他工作的第三天，有人急匆匆地叫他去车间。他一进车间，看见来了一大群人，一打听，才知道这些都是各级领导。原来，厂里一台日进斗金的拉丝机坏了好几天，怎么也修不好，领导们正发愁呢。有人提到阎红勇是刚来的大学生，学的就是机电设备，要不让他看看。没想到，这次机会成就了阎红勇，他还真给修好了，于是当时就被任命为厂长。

黄石国家矿山公园2007年4月建立，是中国首座国家矿山公园。我们看到绿树掩映之下，有很多用废弃采矿设备零件搭建的雕塑，其中一尊是张之洞的头像，有七八米高。阎红勇说，中国钢铁工业的起步，张之洞是当之无愧的首位功臣。

1889年8月，清廷调张之洞任湖广总督，督修卢汉铁路南段。张之洞奏请清廷，把原议在广州兴建的新式炼铁厂移到湖北。第二年，清廷在武昌水陆街设"湖北铁路局"，开工兴建汉阳铁厂。张之洞后又决定开办大冶铁矿，以作为汉阳铁厂的原料基地。1893年大冶铁矿建成投产，并且成为中国第一座用机器开采的大型露天铁矿。时至今日，大冶铁矿是张之洞创办的洋务企业中，唯一保留下来，并仍在正常运作的一家。

1908年，近代民族资本家盛宣怀将大冶铁矿与汉阳铁厂、萍乡煤矿合并，组建了亚洲最早、最大的钢铁联合企业——汉冶萍煤铁厂矿有限公司，黄石因此成为中国近代钢铁工业的摇篮。1952年，大冶铁矿列入武钢集团开始重建，1958年投产后成为全国十大铁矿厂之一，被誉为"武钢粮仓"，是毛泽东主席生前视察过的唯一一座铁矿山。

在黄石国家矿山公园展览馆里，我看到一组数字：1958 年至 2016 年，大冶铁矿累计采出原矿近 14000 万吨，生产铁精矿近 8600 万吨，铜近 40 万吨，黄金近 16000 千克。1990 年前，为武钢提供的铁金属量，占武钢全部生铁产量的 70%。

大冶铁矿位于黄石市的铁山区。阎红勇生在铁山，长在铁山，又一直工作在铁山，他对铁山充满了感情。他说，铁山因铁成名，正因为大冶铁矿的重要地位，国家在 1979 年设立了铁山区，成为中国最小的县级行政区。当时大冶铁矿的职工有 1.1 万人，可谓区矿一体。阎红勇说，那时大冶铁矿既是企业也是社会，办了医院、学校、商场，上学、看病都是免费。他清楚地记得小时候，大冶铁矿还有饮料厂，生产汽水、雪糕，也是免费的。人与人之间好像都认识一样，像一个大家庭。

阎红勇说，他喜欢读书，爱钻研一些技术问题。或许正是因为这个特点，2000 年以后，随着铁矿资源的衰减，上级就把大冶铁矿转型的任务交给了他，黄石国家矿山公园就是阎红勇一手操办起来的。

阎红勇介绍，从 1958 年起，大冶铁矿累积排放废石 3.54 亿吨，堆放废石就占去了 300 万平方米的土地。一方面铁矿资源逐渐枯竭，另一方面开采铁矿造成的污染越来越严重，阎红勇说，在他小时候的印象中，黄石就是一座"光灰"城市——灰尘漫天。"吃资源"的老路真是走不下去了。

为了再造绿色家园，阎红勇和矿山人开始寻找适合在废弃矿石上生长的植被。经过反复试种，他们把目标锁定在了刺槐。虽说刺槐能在恶劣环境下生存，但恐怕世上的刺槐，还没有在废矿石上生长的先例。阎红勇他们锲而不舍，每倒下一棵树苗，就补种一棵，最终创造了石头上也能种大树的奇迹。经过18年的努力，大冶废石场成为亚洲最大的硬岩复垦林。每年刺槐盛花期时，矿山公园都会举办槐花节。槐花，成为大冶最亮丽的花朵。

我们离开的时候，阎红勇告诉我们，2018年1月，黄石国家矿山公园已经入选第一批中国工业遗产保护名录。大冶铁矿转型到文化和旅游产业，虽说刚刚起步，但前景广阔。

千古吴王城

湖北简称"鄂",我以前不明白为什么,这次到鄂州,算是明白了。

春秋时期,楚王封其子熊红为"鄂国之王",鄂国就是现在的鄂州。湖北简称"鄂"即由此而来。

自此以后的两千多年,鄂州与"鄂"结下了不解之缘,相继被称为鄂县、鄂邑、鄂城、鄂州。但与鄂州历史渊源最密切的,莫过于三国孙吴。

我们到鄂州的当天,下车伊始,就直奔西山。西山留下了吴王孙权诸多的历史踪迹。

西山剑石峰是吴王试剑的地方。史料记载,公元 221 年,孙权将都城迁到鄂县,并取"以武而昌"之意,将鄂县改名为武昌。因为按照孙权的战略设想,东吴要靠武力征服天下,以达到繁荣昌盛的目的。所以讲到古老的武昌郡,最早起源就是今天的鄂州市,而武汉三镇之一的武昌,在三国时叫江夏。

孙权将都城迁到武昌,还有一个重要原因,就是当地铜铁矿丰富，为他冶炼兵器、钱币以及高级生活用具，提供了坚实的物质基础。《古今刀剑录》记载，孙权曾做"千口剑、万口刀"，其中有一把就是专门为孙权打造的。有一天，孙权带领文武百官登上西山的剑石峰舞剑，一是要试一试吴王剑是否锋利，二是要借此表达在武昌建都的决心。当时，立在他眼前的是一块完整巨石，他举起宝剑对天祷告：若苍天有眼，成全我东吴大业，我必削石如泥。结果手起剑落，巨石一分为二，一立一卧。

我们站在被一分为二的巨石面前，仿佛就置身于孙权刚刚手起剑落的那一刻。此时，鄂州市摄影家协会的何景星反问我们："孙权当年有如此大的雄心，而且一剑将此石一分为二，可是到后来，他为什么只能拥有天下的三分之一呢？"

看到我们哑然，何景星逗趣儿说道："这一块立着的石头呢，看上去占整块巨石的三分之一，而倒下的那一块却占到了巨石的三分之二，所以后人常说，看来孙权只占三分之一的天下，此乃天意！"

下西山，进入鄂州市区，我们开始探访吴王城遗址。何景星先给我们打了预防针。他说，吴王城原本就不大，东西长不过 1100 米、南北宽也不过 500 米，1700 多年过去了，遗迹已所剩无几。滨江大道上的武昌门看起来巍峨耸立，其实是近年新建的。

吴王城的兴建也是颇有故事。221 年，孙权改"鄂"为

"武昌",修筑武昌城。曹操死后,其子曹丕称帝,建立曹魏政权。221 年 8 月,行韬晦之计,孙权面北向曹魏称臣。11 月,曹丕赐给孙权九锡,册封其为吴王。东吴群臣对此多有不满,认为不应该接受魏封。孙权说:"昔沛公亦受项羽拜为汉王,此盖时宜耳,复何孙邪?"遂接受"吴王"封号。"吴王"的帽子,孙权一戴就是七八年,所以武昌城又被称作"吴王城"。

如今的吴王城遗址上已看不到昔日的痕迹。由于遗址地处市中心,很多地方被一些机关单位占据,零星的空地,也被附近农民当成了自家的"菜园子"。鄂州市政府 1997 年开始对吴王城遗址实施重点保护,在南城墙外修建了配套的吴都仿古建筑群。2004 年,又进一步拆除了遗址上的所有建筑,出巨资收回了一度出让给工厂的土地,对全长约 500 米的城垣进行修复保护,建护栏、立标志。2017 年,又在吴王城遗址四周安置了界碑和界桩,使游客能清楚了解吴王城遗址的所在范围和历史沿革。

在新建的武昌门对面,便是鄂州市民颇为自豪的十公里滨江大道公园,江对岸便是黄冈市。鄂州市与黄冈市被长江阻断,以前交通十分不便,两市之间的往来只能靠轮渡,现在有了跨江大桥,两市已融为一体。滨江大道公园现在成为市民非常喜爱的休闲之地,不同主题的园林小景,精巧别致。

在滨江大道公园,眺望江中逆流而立的观音阁,令人心潮澎湃。我特别纳闷:古人是怎么在激流澎湃的江中巨石之上,建起这么一座巧夺天工的楼阁呢？而且饱经700多年狂风恶浪屹立不倒。何景星说，1998年长江发生特大洪水，观音阁完全被洪水淹没，但洪水过后，观音阁整体完好，只是外观有轻微损伤。观音阁因奇、绝、险，且江心仅有一阁，被誉为"万里长江第一阁"。

观音阁坐东朝西，阁长24米，宽10米，高14米，基座厚1米。阁身以青砖砌就，是典型的木框架、亭阁式建筑。阁内一亭二楼三殿，总建筑面积300多平方米，整座阁楼与阁下的龙蟠矶绝妙地融为一体。

何景星介绍说，观音阁被称为"万里长江第一阁"，是因为它有三个"一"。

第一个"一"是"一江建阁"。在中华漫漫五千年文明史中，浩渺无际的长江上，这样一座楼阁屹立于江中，700余年从未消失，仅此一处。

第二个"一"是"一石建国"。观音阁是建在一块叫龙蟠矶的巨石之上。相传公元221年，孙权定都鄂州前，城东虎头山上有凤凰飞立，而这块龙蟠矶上盘着一条黄龙。龙、凤同时惊现鄂州，即有人告知孙权，此乃龙蟠凤集之乡，显示帝王之祥兆。孙权大喜过望，遂决定在鄂州建都称帝，并将鄂县改名"武昌"，定年号"黄龙"。这就是东吴"黄龙"年号的来历。所以说，三国时期的吴国，是因为这样一块石头而建立的。

第三个"一"是"一宇同堂"。观音阁内供奉着儒教东方朔像、佛教观音像和道教太上老君像。自建阁以来，人们用不绝的香火供奉着三教神仙，以求平安。这就是集三教于一体的神秘"一宇同堂"。

在鄂州滨江大道公园，有一座长 119 米的浮雕墙，36 幅浮雕作品，浓缩了鄂州 4000 余年的历史，集中表现了发生在鄂州的六十余次重大历史事件、五十余位重要历史人物，像尧开樊国、鄂国东迁、楚王都鄂、鄂君启节、子婿解剑等。鄂州历史悠久，文化积淀深厚，我在鄂州只停留了半天，了解的不过皮毛而已。

不食武昌鱼，不算鄂州客

我是到鄂州的当晚，品尝到了大名鼎鼎的武昌鱼。当地有个说法："不食武昌鱼，不算鄂州客。"我也是坐到餐桌上，才知道武昌鱼并非产自武昌，而是来自鄂州。

"才饮长沙水，又食武昌鱼。"这是毛泽东《水调歌头·游泳》中的一句。我相信很多人和我一样，是从这句诗词中知道武昌鱼大名的。但是当年毛泽东吃的武昌鱼，可不是出自武汉三镇中的武昌，而是专门从鄂州送过去的，毛泽东写这句词也是用了典故的。

三国东吴孙权于公元 221 年在鄂县建都称帝，改鄂县为武昌。此后，东吴都城在武昌与建业（今南京）间反反复复。公元 265 年，东吴的末代皇帝，孙权的孙子孙皓，想再次将都城从建业迁回武昌。数次迁都，造成东吴朝廷上下一片怨艾之声。于是，左丞相陆凯上书劝阻，引用了建业民间流传的童谣："宁饮建业水，不食武昌鱼；宁还建业死，不止武昌居。"这就是武昌鱼最早的得名了。

古往今来，许多文人雅士对武昌鱼推崇备至，赋诗吟唱，寄托他们的怡情雅致。比如，北周庾信的"还思建业水，终忆武昌鱼"；唐代岑参的"秋来倍忆武昌鱼，梦魂只在巴陵道"；宋代王安石的"迢迢建业水，中有武昌鱼"等等。

梁子湖是武昌鱼的故乡，第二天一早，我们就驱车前往梁子湖。梁子湖东西长 82 公里，南北宽 22 公里，湖面 42 万亩，是湖北省第一大淡水湖，全国十大名湖之一。梁子湖进水口多达 300 多个，但出水口仅有长港一处，并且受樊口、磨刀矶两闸控制，水流通过 90 里长港后，方才注入长江。武昌鱼之所以肉质鲜美，原因就在这条唯一的出水口。

每年重阳节后，武昌鱼都会随外泄的湖水，从梁子湖出发，游过百里长港，绕过百道湾，来到梁子湖的入江口——樊口，过冬产卵，第二年春天，再携儿带女回到梁子湖。樊口吐纳江湖，是武昌鱼越冬的河槽。《湖北通志》中就有记载："是处水势回旋，深潭无底，渔民置罾捕之，味肥美，余亦较胜别地。"也就是说，樊口这个地方是江水湖水交汇的地方，独特的地理环境和水文条件，使得这里的武昌鱼最正宗、最鲜美。

我们来到梁子湖畔的湖北省团头鲂（武昌鱼）原种场，副场长王斌给我们介绍了繁育武昌鱼的情况。王斌说，随着长江水质污染的加剧，现在已经很难在长江捕到野生武昌鱼了，梁子湖便成了武昌鱼名副其实的母亲湖。原种场的职能就是确保梁子湖中武昌鱼的纯正性，防止基因变异。

为此，原种场在梁子湖围了 5000 亩水域，作为武昌鱼原种保护基地，每两年检测一次 DNA。为了满足全国市场对武昌鱼的需求，原种场还建起了种苗基地。我们看到一口挨着一口的鱼塘，王斌说，塘里养殖的都是武昌鱼种苗，每年向各地提供几千组，这意味着，其他地方武昌鱼的根都在梁子湖。2006 年，国家工商总局认定梁子湖为武昌鱼的原产地。

为了让我们对武昌鱼有更直观的认识，王斌带我们来到原种场的展示厅。他介绍说，正宗武昌鱼跟其它鳊鱼有三个不同：一是普通鳊鱼脊骨上的排刺有 13 根，而武昌鱼有 13 根半，那半根就在腮的下面，又粗又短；二是武昌鱼腹内无黑膜，也就是剖开武昌鱼的肚皮后，它里面的内膜是白色的；三是一般鳊鱼是上嘴唇包住下嘴唇，而武昌鱼是下嘴唇包住上嘴唇，就是人们常说的"地包天"，鄂州方言叫作"反告"。

鄂州极为重视梁子湖生态保护，近年来已经全面取缔了 1.8 万亩大湖围网、1.2 万亩珍珠养殖；1100 户渔民"洗脚上岸"，实行保护区禁捕；建成了沿湖宽 500 米，全长 162 公里，约 12 万亩的环湖水源涵养林带。

梁子湖，三国时期曾是吴国点将练兵之所，明清时期，曾是水陆发达、商贾云集的"小汉口"，如今，已成为武昌鱼的安心之家。

探寻新蓝海

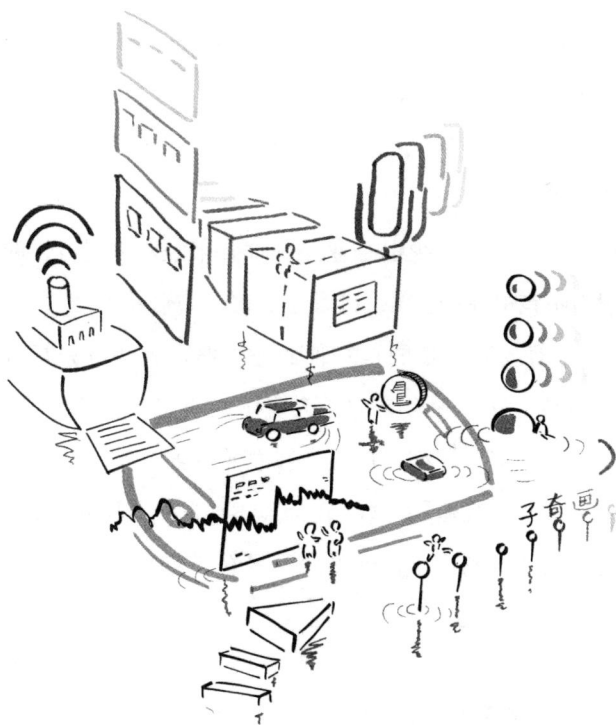

浙江省台办组织两岸记者联合采访，线路围绕杭州湾，主题是"探寻浙江发展新蓝海"。

杭州湾位于浙江省东北部，是一个喇叭口形的海湾。如果大致用一个三角形勾勒一下的话，它的三个点分别是北边的嘉兴市、西边的杭州市、南边的宁波市。杭州湾以钱塘潮著称，是中国沿海潮差最大的海湾。

"蓝海战略"最近几年成了时髦"热词"。我对"蓝海"印象比较深的是浙江卫视的"中国蓝"——这是浙江卫视的品牌定位及频道口号，浙江卫视以企业品牌理念来经营电视台，的确取得了相当不错的业绩。

其实，"蓝海战略"指的是一种商业策略，大致意思是打破现有产业边界，在一片全新的无人竞争的市场中进行开拓。从浙江卫视的"中国蓝"推而广之，我总感觉浙江经济的总体战略似乎也是"蓝海战略"，这次联合采访涉及到的阿里巴巴、乌镇互联网医院和吉利汽车，就是三家具有"蓝海战略"的企业和机构。

相信小的力量

　　阿里巴巴集团总部园区的确很大，我们的大巴车进入园区时，走错了入口，掉头驶向另一个入口用了将近 10 分钟。后来我们了解到，园区占地 450 亩。

　　园区位于杭州市西部的西溪湿地。西溪湿地这些年名气大了起来，差不多逛完西湖的游客，也都会到此走一走。西溪湿地有 10 平方公里大，据说现在只开发了十五分之一，剩下的地方都还是未开发的处女地，是鸟类的天堂。

　　陪同我们的领队蔡骏说，当年南宋皇帝赵构想把皇城建在西溪，但大臣们提出异议——这里地势低洼、沟渠纵横，不适合建皇城。无奈之下，赵构只得把皇城建在了杭州南部的凤凰山。临别时，赵构深情款款地留下了一句——"西溪且留下"。没成想，西溪留给了一千年以后的马云。

　　我们的大巴车停在了一幢构造简洁方正、线条明快的大楼前。我看到园区的建筑基本上都是这种六七层高、方方正正的"火柴盒"。集团公共事务部的郑光明先生把我们接到一间会议室，今天由他负责我们的采访。

在观看一段阿里巴巴的宣传片后，郑光明开始介绍阿里巴巴的成长历程和业务范围。讲解过程中，会议室的大屏幕上不断闪烁着各种数据，变换之快，令人目不暇接。有几组数据，我大致记住了。

第一组：支付宝每秒的支付数是 20.6 万笔，支付网络覆盖 375 个城市、1.5 亿消费者；

第二组：乡村淘宝服务站在全国有 3 万多个村点，在 730 多个县域建立了服务中心；

第三组：小微贷款 3 分钟完成申请、1 秒钟到账、零人工干扰；

第四组：天猫国际已囊括 63 个国家和地区的 4500 多个品牌的商品。

我一定还漏掉了很多重要数据，因为阿里巴巴的业务太繁杂了，它的经营版图简直就是一个数字王国，无论个人、企业、商品、金额，都被一个个快速翻转的数字勾连着，就像一道永远解不完的方程式。

从郑光明的讲解中，我们大致了解到阿里巴巴的经营分为四大板块——电商、金融、物流和云计算。马云最早从做电商起步，设想搭建一个外贸平台，打通从卖家到买家之间的所有关系网，没成想，就这样一步一步构建起了阿里巴巴这个庞大的互联网科技帝国。

听着郑光明讲解电商和物流，我突然想起了天天在我居住小区奔忙的"快递小哥"，他们不就是阿里巴巴"安插"在我们身边的"潜伏者"吗？当下生活中，我们可以整天足不出户"宅在家里"，甚至可以做个"孤家寡人"，唯我独尊，但是我们却越来越离不开"快递小哥"，他们俨然成为我们与外界联系的唯一使者。

"快递小哥"只是我们见得到的，还有一群我们见不到的阿里人，正在搭建一个叫做"速卖通"的平台，努力把最好的中国商品带给世界。郑光明讲了一个事例：2017 年 4 月 10 日凌晨 4:55 分，一位名叫 Rachel Levin 的智利女孩，用信用卡在"速卖通"上，为父亲买了一块来自中国的手表作为生日礼物。这一次点击，让她成为"速卖通"的第一亿位海外买家。目前，全球"速卖通"用户已遍及 220 多个国家和地区，全球在线消费者中，平均每 16 个人里就有 1 个人使用"速卖通"购买商品。过去一年中，"速卖通"上活跃的买家数超过了 6000 万，每天访客数超过 2000 万。

离开阿里巴巴总部园区前，郑光明请我们参观"天猫未来店"，提前体验一下刷脸买单、微笑打折的未来购物模式。这家店面位于总部园区一幢办公大楼的一层，面积有近百平方米，透亮的玻璃幕墙，使得购物者从外面就能看到里面的商品。

我们进店后，要完成首次人脸验证，绑定身份，并开通小额免密支付，然后便可进入闸机任意购物了。

店里有一台叫"Happy Go"的机器吸引了大家，它会根据顾客的不同微笑进行打分，最高可以获得五折优惠。大家轮流在这台机器前绽露各种笑容，请它检阅能打几折。店里的商品主要是阿里巴巴的纪念品、文具和小生活用具，因为是购物体验，所以大家快速地挑选了一些商品便去结账。

我们走到出口，按郑光明的指引，对着闸机上的镜头侧目示意一下，于是付款便在 3 秒内完成了。不用扫码、不用刷手机，就是这么简单方便。郑光明告诉我们，天猫未来店已经完成与多种零售业态的赋能协议签订，未来包括书店、便利店、咖啡店都将得到天猫未来店的赋能，极大提高线下零售的能效。

短暂的参观很快结束了。按阿里巴巴规定，不能在园区内拍照，所以当大巴车即将开出园区时，大家纷纷下车，在阿里巴巴的巨大 Logo 前拍下自己的身影。

几天后，我从杭州湾采访回京，出首都机场 T3 航站楼，看到机场高速路收费口旁最显眼的一块广告牌新换成了阿里巴巴的，上面毫无装饰感的六个黑色大字"相信小的力量"异常醒目。这时，我想到在阿里巴巴参观时，郑光明介绍阿里巴巴的使命就是"让天下没有难做的生意"，到 2036 年，要为全球创造 1 亿个就业机会，为 20 亿消费者提供服务。

的确，每个人虽然渺小，但却支撑起了阿里巴巴庞大的商业帝国。"相信小的力量"，正是阿里巴巴最聪明之处。

无人把脉

出杭州走沪杭高速，驱车一个多小时，就是浙江省嘉兴市。嘉兴紧贴着上海，两地乘高铁不到 20 分钟即可到达。

嘉兴桐乡有座古镇叫乌镇。乌镇是一个有着七千多年历史的江南古镇，小桥流水，白墙黛瓦，摇橹声声，美如水墨。2014 年起，一场大咖云集、科技炫酷的盛会，落地这个古老而宁静的所在，从此这个美丽的小镇又多了一个名号——世界互联网大会永久举办地。我们这次到乌镇的行程很特别，是奔着一家互联网医院来的。

现在各行各业跟互联网"攀亲"成了时髦，动不动就是某某"互联网＋"。说到医院跟互联网的结合，我最初想到的是网上预约挂号。在北京要想看病，过的第一道关就是挂号，特别是大医院，即便半夜赶到医院，挂号大厅早已摩肩接踵、沸沸扬扬，跟火车站候车大厅没什么两样，一打听，人家有的头一天傍晚就来站队了。为什么北京的号贩子怎么抓、怎么打，都消灭不了呢，原因就在于"一号难求"啊。

这次到乌镇，我是第一次听说，也是第一次亲身到互联网医院。一位叫赵雪琦的姑娘接待了我们。互联网医院里没有大夫，也没有病人。赵雪琦介绍说，乌镇互联网医院是借着乌镇互联网创新发展的"东风"，在 2015 年 12 月 7 日正式成立的。作为"互联网＋医疗健康"新业态的探索者，乌镇互联网医院开创了在线复诊、远程会诊、电子处方、在线医保等一系列融合式创新的方式。

在一个超大电子显示屏前，我们看到几个不断变化的数字，赵雪琦给我们做了一一解释：

618937886——这是从 2018 年 1 月 1 日起截至到今天，也就是我们到访的 2018 年 7 月 10 日，互联网医院在全国累计的服务人次；

7531——这是当天的专家团队数量；

60627——这是当天的问诊量。

赵雪琦说，滴滴打车颠覆了传统打车模式，互联网医院则颠覆了传统的就医模式。乌镇互联网医院连接了全国 2700 多家医院和 22 万名医生，建立了 12 个专科远程会诊中心，以医患间的在线复诊和医医间的远程会诊为核心，有效促进优质医疗资源的融合，让全国尤其是偏远地区的老百姓，足不出户也能获得优质医疗服务。截至 2017 年底，乌镇互联网医院日均接诊量达 6 万人次，远程会诊量达 1.2 万人次，成为全国规模领先的医疗健康服务平台。

我问赵雪琦："互联网医院会不会取代医院呢？"

"互联网医院不是要取代医院，而是对医院的补充。互联网医院的作用是把患者、医院、政府等各种资源信息，通过大数据整合，寻找最佳的资源配置。"赵雪琦说，很多情况下，患者的需求是不明确的，它不像人们去商场买东西，要买什么心里很清楚。她举了一个例子，不久前，有一位患者向她们求助，这位患者的病征是身体一半出汗、一半不出汗，不知该去哪家医院、该挂哪个科。这时，互联网医院庞大的医疗系统资源就发挥作用了，提前对患者做出诊断，并通过信息收集和筛选，最后为这位患者找到了最佳治疗方案。

目前，乌镇互联网医院先后在全国 19 个省市建立了分院，为患者提供院前、院中、院后一站式就医流程优化服务。在此基础上，还规模化输出系统、流量、运营三项核心能力，协助包括上海华山医院、北京天坛医院、广东省中医院在内的 100 多家区域中心医院建立医联体，通过远程会诊、双向转诊、人工智能辅助诊疗、健康医疗大数据建设等手段，实现了区域医疗服务体系内的信息共享和业务协同，提升基层的医疗服务、药品供应和检查检验能力。截至 2018 年 5 月，在互联网医院实名注册的用户数已经超过 1.6 亿，累计服务人次超过 5.8 亿。

赵雪琦引导我们在一台台电脑前体验在线问诊、体质辨识、心理测试、智能开方等应用，这种没有医生面对面交流的就诊方式，我们还真有些不适应。赵雪琦说，互联网医院还不能完全取代医生诊治，特别是疑难杂症和手术，还要去医院就诊。

疾风劲雨跨海行

梅雨季刚刚过去的第二天，2018 年的第一场超级台风"玛利亚"便扑向了福建浙江沿海。因为台风擦着台湾北端而过，少了台湾正面防线的阻挡，"玛利亚"满满的一盆风雨，全部兜头泼向了闽浙大地。当地气象部门发出了台风红色预警。

我们此行最期待的一个行程是过杭州湾跨海大桥，如果台风影响行车安全，大桥就要关闭，我们的期待就泡汤了。还好，当天一早虽然风很大，但雨神并没光顾我们所在的嘉兴，带队蔡骏招呼大家快快上车，赶紧出发。

我们是从大桥北端——嘉兴市海盐县郑家埭上的大桥。上桥不久，风依旧很大，而且下起了雨，雨势从弱到强，从疏到密。开弓没有回头箭。我们的大巴车既已上桥，即使风云突变，也只好一路向前了。

在越来越开阔的海面上，大巴车在风雨中如同一叶扁舟，奋力疾行。蔡骏介绍说，杭州湾跨海大桥全长 36 公里，每隔 5 公里，大桥的栏杆就会变换一种颜色，红、橙、黄、绿、青、蓝、紫，七种颜色，基本覆盖了大桥的全长，这样可以减轻驾驶员的视觉疲劳，而且从远处看，大桥宛如彩虹，蔚为壮观。我们眺望窗外，正好是黄色，蔡骏说快到大桥中部了。

风雨交加，显然不宜在大桥上久留，司机师傅以接近限速的速度驾驶着大巴车，一心想着快速通过。大桥的交通警示牌上不时闪烁着"谨慎驾驶、注意横风"的提示语。而就在此时，惊险一幕发生了。大巴车的前门突然大开，风雨一下子涌进车厢，毫无防备的大家一阵惊呼。司机师傅立刻降下车速，坐在最前排的蔡骏，一个跨步冲到前门，用手抓住扶手，想把车门关上。但是风实在太大了，蔡骏用力试了几次，才把门关上。

事后我问司机师傅其中的缘由，他说，这种故障以前从来没有发生过，而且这是电动门，门关上后还有一道保险锁，不过，意外肯定跟风大有关。他说到一个细节，行驶中他开了一下驾驶座旁边的窗户，瞬间的横风，或许是产生故障的"最后一根稻草"。这时，我想起了大桥上"注意横风"的警示，看来横风真的很"蛮横"。

过了大桥后，我们首先来到杭州湾新区管委会，在这里，我们对杭州湾跨海大桥有了更详细的了解。

杭州湾跨海大桥的南端是宁波市慈溪水路湾，虽说大桥两端都在浙江境内，但大桥的重要价值是大大缩短了宁波到上海的距离。杭州湾是个喇叭口，北边是上海，南边是宁波，以前从宁波到上海，要转一个胳膊肘的弯，先绕到杭州再到上海，正好是个三角形。修建了跨海大桥后，宁波到上海莘庄，直行距离只有179公里，一下缩短了120公里。

以往我到宁波采访，或多或少会听到宁波人发一点小牢骚——虽然宁波是个副省级的计划单列市，但是一直被杭州压一头，宁波的发展始终不温不火，一个重要原因就是交通不便，仅有的一条杭甬高速早已不堪重负。特别是宁波与上海被杭州湾隔开，上海经济发展的优势和成果，宁波是看得见、吃不着。现在好了，有了杭州湾跨海大桥，构建起了以上海为中心的江浙沪两小时交通圈。宁波的胳膊和腿松了绑，拳脚也施展得开了，可以更快更好地接轨大上海、融入长三角、走向国际化。

管委会的同志介绍说，2008年5月，杭州湾跨海大桥建成通车时，是当时世界上最长的跨海大桥，后来被青岛胶州湾大桥超越。杭州湾为世界三大强潮海湾之一，有台风、龙卷风；有巨浪、大潮；有混乱的流速、流向；有暴雨、大雾，工程建设难度之大，备受世人瞩目。特别是如何防治海水对钢材和混凝土的腐蚀，更是工程的一大难点。杭州湾跨海大桥一系列技术难题的破解，为日后青岛胶州湾大桥和港珠澳大桥的建设，积累了宝贵的经验。

管委会同志还介绍，杭州湾大桥的设计借助了西湖苏堤"长桥卧波"的美学理念，整座大桥平面为S形曲线，线形优美、生动活泼。他说，我们要是以后有机会在海上或空中看大桥，一定会有特别的收获。

壮心吉利

　　在吉利的参观搞得神神秘秘、紧紧张张。领队蔡骏最初时告诉大家，在吉利汽车研发中心可以拍照，但在汽车组装工厂就不允许。后来他干脆说，哪儿都不能拍照。

　　吉利汽车现在已成为宁波杭州湾新区的招牌企业，听说每天参观考察的队伍络绎不绝。我们虽是记者，但出于对商业秘密的考虑，也不能享受特殊待遇。

　　我们到吉利汽车研发中心时，已是午饭时间，一波一波的年轻人走出大楼，去餐厅就餐。我问身边的讲解员王元元，研发中心有多少人？她说这里有近 8000 人，如果算上各地的研发人员，总共有 15000 人，来自全球 40 多个国家。这个数字真是令我意外。我原来对吉利汽车有些不以为然，觉得它略显低端，没什么技术含量，无非是拼拼凑凑，敲敲打打，也就是中国市场大，不愁销量，要是拼技术，恐怕上不了台面。

　　的确，回头看吉利的历史，确实不算高大上。吉利始建于1986 年，从生产家电零件起步，发展到生产电冰箱、电冰柜、建筑装潢材料和摩托车，再到 1997 年进入汽车行业。从吉利的创业史看，吉利跟汽车似乎没有渊源，如果说有，大概也就是摩托车了，但是摩托车跟汽车显然还是差着行情的。但是老板李书福很执着，一头扎进汽车行业，而且越做越大，后来还收购了沃尔沃，令世人刮目相看。如今的吉利资产总值超过了 2700 亿元，员工总数超过 10 万人，已经连续六年进入世界 500 强。

讲解员带着我们在展示大厅参观，从最新款的车型到智能驾驶理念，从自主研发的发动机到新能源汽车的创新，吉利汽车的档次和水平，再也不是当年的"土包子"了。吉利的整车试制中心，引进了沃尔沃技术标准，单班年产 2400 台，以及涂装总装工作，是目前国内最大、最先进的试制中心。

就在我们到吉利参观的前一天，特斯拉 CEO 马斯克抵达上海，与上海签署协议，将独资建设特斯拉超级工厂，生产纯电动车，最终的年产量达到 50 万辆。

我问王元元："特斯拉的新能源技术走在世界前列，吉利在这方面有什么应对之策？"

王元元说，我的问题正是她要带我们参观的下一项内容。她把我们引导到一辆吉利帝豪纯电动车前，介绍说，吉利汽车在 2015 年就启动了"蓝色吉利行动"，承诺到 2020 年，实现新能源汽车销量占吉利整体销量 90% 以上，其中纯电动车销量占到 35%。吉利每年以远高于行业的标准投入研发，超过

2500人专注研发新能源技术，已经成为首批国家新能源技术中心成员，核心专利超过300项。曹操专车就是市场化成功的一步。

"说曹操，曹操就到"，这句作为吉利网约车的营销口号，还是很成功的。到吉利的两天前，我在杭州时就坐过曹操专车。那是一辆崭新的白色吉利帝豪，车身虽不是很大，但还算舒适。跟司机师傅闲聊，他说车充满一次电能跑250多公里，在市内跑足够了。我问司机师傅这车性能如何？他说因为是新车，开着还好。

转过头来我问王元元，曹操专车现在的运营情况怎么样？她说，曹操专车目前已经在中国24个城市提供电动汽车打车服务，运营车辆超过23000辆。2017年2月，曹操专车在杭州获得网络预约出租汽车经营许可证，这是国内第一张新能源网约车平台牌照。由汽车制造商投资互联网＋新能源出行服务，吉利是国内第一家汽车厂商。

离开吉利汽车研发中心，只几分钟的车程，就到了吉利汽车生产基地，接待我们的是一位叫金纳的工程师。大家穿好防护鞋套，排成一字队形，按照划定的黄色道路，跟着金纳走进一座巨大的厂房，当然，按照事先规定，不能拍照。

这是一条汽车总成流水线，金纳说，每天生产整车900辆。我们看到一辆空壳车从流水线的一端，经过一道道工序后，到流水线的另一端时，已经是一辆装备齐全、即将出厂的新车了。

因为对汽车技术是个门外汉，所以参观过程中，我只能请教金纳一些大众化的问题。

"我看流水线上有很多工序是手工操作，是因为自动化水平还不够吗？"

"那倒不是，无论哪家汽车制造商，整车装配时，仍然会有相当程度的人工操作。"

"这条流水线上有多少工人？我看他们都很年轻。"

"大概有三四百人。的确，他们都很年轻，都是吉利自己培养的技术工人。"

"吉利在人才培养上有什么特殊战略吗？"

"吉利非常重视对技师、技工的培养，目前已经为汽车行业输送了近 15 万名人才。现在吉利拥有中国第一所民办研究生院——浙江汽车工程学院。本科高校有北京吉利学院、三亚学院，高职院校有三亚理工职业学院、湖南吉利汽车职业学院等，在校学生规模有 5 万多人。"

"有人认为吉利一直以来都是靠低价策略取得市场竞争优势，您怎么看？"

"全世界几乎所有汽车公司的发展都有一个共同特点，就是从低端走向高端，从价格优势走向技术优势，吉利也不例外。从吉利自身生存和发展看，低端竞争不会被吉利放弃，它依旧要在这个领域保持优势，但同时，也要在高层次竞争上布局。2007 年时，吉利就向外界宣布，吉利汽车进入战略转型期。经过 10 年努力，吉利在发动机、变速器、转向器、电子电器控制系统、车身设计等领域，都取得了重大技术突破。"

"收购沃尔沃让吉利声名鹊起，海外收购给吉利带来了什么？"

"当然是有助于吉利的全球化布局。2010 年吉利从福特手中收购了沃尔沃汽车，同年，我们还收购了美国飞行汽车公司太力飞行车，正式开启了空陆一体的探索。随后吉利还收购了宝腾、路特斯等全球知名豪华品牌。在不断整合优势资源的情况下，深化了吉利的全球化布局。"

在吉利的参观不过一个小时，虽是走马观花，但已经深切感受到一家民营企业白手起家，最终跻身世界 500 强的艰辛历程。2001 年，吉利成为中国首家获得轿车生产资格的民营企业；到 2020 年，吉利汽车将实现产销 300 万辆的目标，进入全球汽车企业前十强，成为最具竞争力并且受人尊敬的中国汽车品牌。

临离开时，金纳反复说，杭州湾汽车生产基地只是吉利汽车其中的一个工厂，吉利在宝鸡、张家口、晋中、春晓等地都有生产线，欢迎我们有机会再去这些地方看看。

三村小记

宁海县举办首届海峡两岸乡村振兴论坛。宁波市台办的顾海飞主任是这次论坛的"总管",他是宁海人,邀我参加,说会议之余,可以到村里走走,肯定有我喜欢的。

两年前,我曾到过宁海,那次是参加潘天寿美术馆的揭牌仪式。潘天寿是宁海人,中国著名的现代画家,担任过中国美协副主席和浙江美院院长。

那一次的宁海之行,还有一点给我留下了较为深刻的印象,宁海是《徐霞客游记》的开篇之地。

四百余年前,"游圣"徐霞客曾两度游历宁海,其煌煌六十万言书《徐霞客游记》,即以宁海开篇:"癸丑之三月晦,自宁海出西门,云散日朗,人意山光,俱有喜态。"不难想象,当年,宁海给"游圣"带来了十分喜悦的心情。

2011年起,国务院把《徐霞客游记》开篇记载的第一个日子,"癸丑之三月晦",即阳历5月19日,定为中国旅游日。如今,在宁海街头,随处可以见到"宁海——徐霞客游记开篇地"的巨型横幅。

徐霞客,已然成为宁海的金名片。

刚进入5月中旬,宁海的气温就蹿上了35度,跟盛夏一样。我原本担心山区天凉，还从北京带了件外套，这回倒成了累赘。宁海县农办的陈永泽陪我去附近的村里转了转。

小陈今年 29 岁，先在乡镇干了三年，现又在农办干了三年。小伙子个子不高，皮肤黝黑，笑呵呵的，一见面就送了我一顶草帽，说，"外头晒"。

路上，小陈给我简单讲了一下宁海。

宁海，位于浙江省东部沿海，古取"海静境宁"之意。境内山海皆优，总面积 1843 平方公里，人口 60 多万。宁海是国家生态县，美丽县城、美丽集镇、美丽乡村，齐头并进，拥有许家山、前童等中国历史文化名镇名村。

宁海是人文荟萃之地。1700 多年来，这块土地诞生过无数历史文化名人，结出了灿烂的文化之果。有"以孤忠抗大奸，支持危局"的南宋丞相叶梦鼎；有"天下读书种子"之喻的"骨鲠之士"明代大臣方孝孺；有为《资治通鉴》作注的宋元历史学家胡三省；还有国画大师潘天寿；被鲁迅先生称誉有"台州式的硬气"的左联五烈士之一、革命作家柔石等。宁海平调、十里红妆、泥金彩漆，被列入全国非物质文化遗产名录。宁海古戏台成为全国重点文物保护单位。

我们的汽车渐渐远离市区，不久盘山而上，许家山村快到了……

许家山村：石头记

许家山村并不姓许，没有一户人家姓许。叶、张、胡、王是许家山村的四大姓。

许家山村是山，也是村。村在山顶上，山在村脚下。当地流传着一句话：不到村口不见村。许家山村坐落在四面环山的小小盆地之中，道路又在山脚下，寻常看不见，只有真正到了村口，整个村子才一下子映入眼帘。

其实，许家山村姓"石"，除了石头，它几乎没有别的。石屋、石路、石院、石桥、石井、石凳、石窗……

石屋——200多幢房子，除去瓦片和少量的砖，都是石头建的。就像一个人，除去头发，骨骼和肌肉，都是石头。

石路——要么用石板铺砌，要么用碎石镶嵌。我想象着，劳作归来的农人，挑着担、赤着脚，啪嗒啪嗒地走在石巷中，石头中储存的太阳的温度，透过粗大的脚板，传遍全身，熨平了一天的疲劳。

石院——许家山人把院子叫道地。或大块大块的石板，或细细碎碎的卵石，道地平整如砥，不用任何打磨。院墙也是石头砌的，半人高，不是用来挡住什么，只是告诉别人，这是一户人家。

石桥——蜿蜒的山泉水，从一户户门前流过。三两块石板，搭起一座座石桥，三步两步就可以迈过去。很多地方，一块石板就是一座桥。

……

许家山村的石墙是一绝。一层层石块平搭而上，不用一点水泥或石灰抿缝，也不用水泥或石灰抹面，整面墙体裸露着块状或条状的石头。石块形状各异。尖利的三角形，细长的菱形，对称的方形，以及方整的长条形，它们互相契合，紧密地叠在一起，形成一面面颇有几何意味的墙面。石块有大有小，参差不一。有些屋子用的石块要细碎一些；有些屋子用的石块就大些、方整些。大石块与小石块之间，用更小的石块补缝加固。住在这样的石屋里，冬天虽然寒冷，夏天却非常凉快，再加上此地没有蚊子，绝对是一处避暑消夏的好地方。

许家山村的石头很特别，外表黄铜色，片状，用手叩之，有如铜音，当地人俗称铜板石。铜板石属玄武岩。玄武岩是由火山喷发出的岩浆冷却后，凝固而成的一种致密状岩石。宁静的许家山村，在远离城镇的高山上悄然矗立了几百年，石屋从一间到一排，从一排到一片，逐渐形成有祠堂、有祖屋、有学堂，规模整齐的村落。村边地头、屋前屋后，纹理细密的铜板石随处可见，整个许家山村就是一个铜板石的世界。

许家山村的铜板石会变色，红、绿、白，变幻莫测。铁锈渗出，而红；微生物寄生，而白；雨后青苔，而绿。尤其雨天时，更有味道。

别的地方是采石，许家山是挖石。铜板石就埋在浅浅的土层下面，轻轻一挖就出来。有的甚至就裸露在地表，或横、或竖，像书本一样。因为有了这些得天独厚的石头，许家山才成为许家山，才有许家山的石屋，才有许家山的石径，才有许家山石头的景致，才有许家山"石头王国"的称号。

许家山村已有 700 多年历史。南宋名臣叶梦鼎家族的一支后裔，为躲避战火迁徙至此，就此建村。村在山顶，交通闭塞，村民无奈，就地取石，搭砌石屋。许家山村现有 270 多家住户，720 多人。现存古建筑最早为清代，三合院和四合院建筑群格局完整，80% 以上保持了原有历史风貌。

许家山文化底蕴深厚，叶、胡、张、王四姓，祖上不乏乡贤名臣。譬如叶姓的南宋右丞相叶梦鼎；张姓的明朝监察御史张纯诚；胡姓的胡献来，明朝天启八年进士，为官"两袖清风、一副冰骨"。

以前，许家山村很穷，因为石头多，地少，十里八乡的都不愿把女儿嫁过来。现在，许家山村富了。富了，也是因为石头多。游客接踵而至，为的就是看许家山村的石头。许家山村成了中国历史文化名村。现在回村创业的多了，已经开了 8 家农家乐，主推"农嫁十二碗"。

"农嫁十二碗"最早是许家山人嫁女时酒宴上的主菜，后来发展为婚嫁、祝寿、迎春时的宴席。据说"十"是顺，"二"是利，寓意"顺利"。一般用当地的猪、鸡、鸭、鱼和蔬菜瓜果为原料，烹制成丰盛而朴素实惠的菜肴。上菜时都用清一色的大海碗，豪爽、过瘾，习惯称为"十二碗"。

许家山古道穿村而过，在古时是连接宁海和象山的官道，采用许家山本地的铜板石铺设而成。宁海有500公里的国家登山健身步道，许家山村是重要的节点。每逢节假日，上海、宁波等地游客蜂拥而至。三五好友登山而来，吃上一桌"农嫁十二碗"，实在美哉。

周祥村：枇杷记

周祥村很小，只有 300 来人。站在对面的山头上眺望周祥村，村子三面环山，一面向海，给人一种世外桃源的幽静感。

周祥村山多地少，山上种了 400 亩枇杷，而且是白枇杷。

我还是第一次见到白枇杷。在北京见到的都是黄枇杷。宁海人把黄枇杷叫"大五星"。

范淑萍，很有些女强人的架势，50 来岁，身体微胖，走路腰板倍儿直，手指着漫山的枇杷树，像指点江山。范淑萍种这片枇杷林已有 10 年了。10 年前，她到周祥村第一次吃到了宁海的白枇杷，觉得这果子一点不比她家乡苏州东山白沙枇杷差，于是就留了下来。

我们到的时候，正是枇杷采摘上市之时。十几个工人正忙着把刚刚摘下的枇杷分拣、包裹、装箱。枇杷很娇气，挤压磕碰不得，有一点伤，很快就烂了。枇杷的上市时间很短，最长也就 20 来天，最好是当天摘当天吃，禁不起长途运输的折腾。前两天，宁海县和旁边的象山县联手与顺丰快递商谈，其中就谈到了枇杷的快递。

跟着范淑萍走进枇杷林。枇杷树不是很大，一人来高，枝叶也不是很繁茂。眼前的枇杷树上，很难看到果子，都被一个个的纸袋套住了。一个纸袋能套三颗枇杷。范淑萍说，这样防晒、防虫、防雨，结下的果子圆润、皮细、果肉乳白、鲜嫩多汁、沙沙的甜香。范淑萍说："你们别老听我说，自己摘个尝尝。"

伸手摘下一颗枇杷，核桃大小。长熟了的枇杷，皮儿很好剥，用指甲撕开一个小口儿，轻轻一拽，皮儿便一剥到底。去了皮儿的枇杷晶莹滑润，放入口中，轻微一咬，唇齿留香。

范淑萍说，枇杷是江南早熟水果之一，与杨梅、樱桃并称"初夏果品三姐妹"，又因为它秋萌、冬花、春实、夏熟，备四时之气，因而被誉为"百果中的奇珍"。枇杷满树皆是宝。花、叶、果，都可入药，制成"枇杷膏""枇杷露"，清肺、止咳、润喉、健胃。

聊到今年的收成，范淑萍说今年大丰收，少说20万斤。前一段，天热上来了，雇了上百个工人，都来不及给树上的果子包果套。包一个果套给一毛钱，工人从早忙到晚，也就包了100万个，还有四五十万个纸套来不及包了。

范淑萍说，不是每年都这样的，前年是绝收，去年也就是今年产量的一半。枇杷产果也分大小年，而且关键是看老天爷的脸色。每年11月份开花，来年春节前后挂果，这个时候最揪心，若来一场倒春寒，刚挂的果就冻掉了，绝收不是什么稀奇事。

　　周祥村一带产的白枇杷，当地都叫"宁海白"，目前正在申请国家地理标志产品。自 1997 年产出以来，宁海白多次在省市农产品展销会、枇杷品尝会上获奖。周祥村的白枇杷已成为"宁海一宝"。

前童村：竹篾记

前童村姓童，90%的人姓童。据说童姓先祖童湟，南宋绍定年间迁徙至此，在一寺前搭屋栖身，勤耕好学，繁衍子孙，故名"寺前童村"。因为"寺"音同"死"，所以后人把"寺"字去掉，改为了"前童村"。

虽历经800余年，但前童村至今仍保留1300多间明清时期的古民居。石基、白墙、黑瓦，雕梁画栋的门楼，石刻镂花的窗棂，昔日的繁华依稀可见。卵石铺就的街巷，走在其上，脚底板麻麻的、暖暖的。

前童村有山有水。山不高，茂林修竹，郁郁葱葱；水不急，流水潺潺，蜿蜒回转。童姓先祖按照八卦原理，把白溪水引入村庄，潺潺溪水挨户环流，家家可在门前洗菜净衣。前童更是遵循耕读敦睦、训育后人的美德，历代名人辈出，形成了"小桥流水遍亭户，卵巷古院藏艺文"的古文化风范。

历史上，前童村有"木、铜、石、篾、制衣"五匠，是著名的五匠之乡，尤以木匠为代表，据说北京故宫博物院收藏的一顶花轿和一张木雕镶嵌，就出自前童。当地流传一句话，"千工床、万工轿"，说的就是木匠。我在前童村民俗博物馆里看到一张床，已经有 150 多年历史，精雕细刻、花团锦簇。他们说这张床相当于现在的套房，客厅、卧室、卫生间的功用都齐全了。直到现在，前童村家家户户几乎还都保留着清代或民国时期的雕花床、八仙桌、篾条箱。

说到篾条箱，这就说到篾匠了，葛时大和丈夫杨启韶是前童村唯一的一户竹篾匠。葛时大不是前童村人，她说不忍心看到竹篾手艺就此消失，所以在前童村开了这家名叫"三福青"的竹篾店。

我是无意中走进葛时大的竹篾店的。这天天气特别热，气温在三十七八度，我们快出村时，看到葛时大正满头大汗、手脚并用地编一个竹篓。

葛时大今年 56 岁，很健谈，说话大嗓门，口音也重，要听懂她的话，我感觉有些吃力。

葛时大说："现在没什么人用竹制品了，有些人买回去也不是真用，只是当个摆设。"但千百年来，老百姓的日常生活是离不开竹制品的。苏轼曾写道："食者竹笋，庇者竹瓦，载者竹筏，爨者竹薪，衣者竹皮，书者竹纸，履者竹鞋，真可谓一日不可无此君也。"竹制品通常分为八大类：篮、箱、盒、瓶、罐、灯笼、屏风、轿蓬。像走亲戚担的托篮、进庙烧香的香篮、做针线活放针线的鞋篮、盛糖果用的盘盒、进京赶考挑的考

篮……做工相当考究。葛时大说，以前过元宵节时，这里的大
户人家都是雇请制灯艺人，用竹篾编织精细的花灯，外糊棉纸
或绸帛，挂在大门两侧。春节时，村里舞龙，龙头和龙身的骨
架也都是用竹篾编制。

她说竹制品非常好，蒸出的食物香、糯。她随手拿出一个
竹碗，我看着倒像一把茶壶，圆圆的壶身，还有提梁和盖子，
整个竹碗乌黑油亮。她说这竹碗用了几十年了，盛汤、盛稀饭
一点不会漏，而且还保温。

葛时大的店里，墙上挂的、地上堆的、架上放的都是编好
的竹器。竹篮、竹篓、竹箱、竹盖、竹匾、竹席……刚编好的
竹器颜色浅白，散发着淡淡的清香。样式也不少，方格纹、米
字纹、回纹、波纹等等。

葛时大的身边堆放着一根根篾条，长长的、细细的、柔柔
的，她不时抽出一根，像拿一根线在织补一件衣服似的轻盈、
舒展。只见她右脚站立，左脚踩在一个置于木墩上编到一半的
竹篓上，左手抽出一根篾条，右手紧接着快速将篾条上下一缠、
一扣、一勒、再压实，如此反复。葛时大说，编一个竹篓要
四五个小时，卖 15 块钱。

前童村山上多毛竹，不缺竹编的上好材料。竹丝、篾片，
是竹编工艺的主要材料。灵巧的匠人，通过对竹丝、篾片的经
纬交织，纵横交错，编织出千变万化的几何图案。手艺好的篾
匠，能在一寸内编织 120 根篾丝，还会编出各种花样。

葛时大见我对竹编感兴趣，就带我上了楼，没想到楼上竟是一个小小的竹器收藏馆。她如数家珍地向我介绍——提篮、套篮、香篮、珠花篮、花盒、梳头盘……全是她从乡下收来的。篮子的式样，大多是层层相套，形如宝塔，她说这些又称"塔篮"。篮子的色彩大都采用黑色、本色，并饰金线。篮子的盖面，涂有匀净的黑漆和棕色漆，用金漆单线描绘山水、人物和花鸟。这种画面，往往带有吉祥的寓意。一些考究的竹篮，还用黄铜嵌角镶边，显得既古朴庄重，又典雅俏丽。我还看到一块竹匾额，上面编出"灯烛辉煌"四个大字，很是新奇。我们见的多是木制匾额，竹匾额还很少见。

离开葛时大的竹篾店时，我们本打算买点啥，但想来一是不便携带，二是带回北京，北方天干物燥，不好存放，只好作罢。

最后一块拼图

子奇画

2018 年 8 月 22 日下午四点，从北京离港的 CA9611 航班，降落在内蒙古呼伦贝尔市海拉尔机场。这趟航班对我来说有着一点"特殊"的意义——至此，我走过了全国所有省级行政区，内蒙古成为 34 块拼图中的最后一块。

这次难得的机会，得益于全国台联组织的两岸记者内蒙古采访活动。我们一行近 30 人，带队的是全国台联新闻处赵玉平处长，当地全程陪同我们的是内蒙古台联秘书长姜德荣。因为是第一次到内蒙古，从机场出来前往住地的途中，我对沿途的一切充满了好奇。姜德荣先给我们"白描"了一下内蒙古的大致情况：

一是大。内蒙古是中国东西跨度最长的省区，北部与蒙古国和俄罗斯接壤，国境线长 4200 多公里。面积有 118 万多平方公里，占了全国面积的八分之一，是中国的第三大省区，其中草原面积占 60% 以上。下辖 9 个地级市、3 个盟。盟相当于地级市，以前的地级市都叫盟，后来改称为市。盟旗制是清政府在蒙古族居住地推行的统治制度。旗相当于县，目前内蒙古 103 个县级行政区划单位中，有 52 个旗。

二是多。中国 56 个民族，生活在内蒙古的就有 55 个民族，这一点让我感到很意外，没想到民族这么众多。我后来又上内蒙古政府官网查证了一下，的确如此。内蒙古人口 2500 多万，蒙古族占 20% 左右。

三是富。世界上已发现的 170 多种矿产中，内蒙古有 144 种，其中在中国储量居前十位的有 80 多种。内蒙古的风能占了全国的一半，天然气储量最多，煤炭产量仅次于山西，白云鄂博的稀土资源称雄世界。

我们到内蒙古采访，最先进入的城市便是海拉尔。海拉尔原是一个县级市，2002 年 3 月，呼伦贝尔撤盟建市后，海拉尔成为呼伦贝尔的一个区，是呼伦贝尔市政府所在地。这座城市中弥漫着浓重的俄罗斯气息，很多建筑有着明显的俄罗斯建筑风格——外观挺拔耸立，色彩缤纷，层次叠砌，缀饰繁复，楼顶矗立着大斜面尖顶。主要街道上随处可见的横幅告诉我们，再过十几天，呼伦贝尔将举办"第十四届中俄蒙经贸洽谈会"，整个城市都在为这一盛会忙碌着。

我们这次行程大致经过的几个点依次是海拉尔、额尔古纳、满洲里、阿尔山，大的范围是在内蒙古东北部的呼伦贝尔大草原一带，这里处于中俄蒙三国交界地带。

敖包相会

"敕勒川，阴山下，天似穹庐，笼盖四野。天苍苍，野茫茫，风吹草低见牛羊。"这是南北朝时期的一首民歌。到内蒙古之前，我脑海中的内蒙是——蓝天白云、碧草绿浪、湖水涟漪、牛羊成群、毡房点点、炊烟袅袅，整个草原清新宁静。待来到呼伦贝尔草原，看到的，的确就是想象中的样子。这些年，有一首流行歌曲《呼伦贝尔大草原》，很好听，据说现在是呼伦贝尔市的市歌。

呼伦贝尔草原位于内蒙古东北部，大兴安岭以西，因呼伦湖、贝尔湖而得名，是世界上天然草原保留面积最大的地方，也是当今中国保存最完好的草原。到内蒙古之前，我随手翻看了几页著名历史学家翦伯赞先生的《内蒙访古》一书，知道了呼伦贝尔草原是中国少数民族的摇篮，中国历史上的鲜卑族、契丹族、女真人、蒙古人等，都是这个摇篮里长大的。呼伦贝尔是中国游牧民族历史舞台的后台。

呼伦贝尔之所以牧草丰美，与水量充沛有关。这里有 500

多个湖泊，3000多条河流，其中的莫日格勒河最为有名，号称
"天下第一曲水"。我们在飞机上俯视这条河流，蜿蜒曲折，就
好像是一条被劲风舞动着的蔚蓝色绸带，悠然飘落在碧绿如玉、
平坦无垠的大草原上。我们在呼伦贝尔草原之行的第一站就是
莫日格勒河。

*

　　莫日格勒河位于呼伦贝尔陈巴尔虎旗，从海拉尔出发，往
额尔古纳方向开车大约30分钟即可到达。莫日格勒河发源于
大兴安岭西麓，由东北向西南，流经呼伦贝尔大草原，注入呼
和诺尔湖后流出，汇入海拉尔河，全长290多公里，属中俄界
河额尔古纳河水系。
　　我们乘坐当地人驾驶的越野车奔驰在一望无际的草原上，
寻找能够俯瞰莫日格勒河的制高点。草原虽广，但道路只此一
条，路面已被碾压得坑坑洼洼，我们被颠簸得东倒西歪，即便
如此，我看到所有来来往往的车辆，始终在道路内行进，不敢
越雷池半步。当地人说，草原虽美，其实草皮很浅，草根下就
是沙漠，一旦草皮被毁，补救不及时，草原的沙化便会迅速蔓
延。当地牧民视草场如生命，他们最不能容忍的就是车辆在草
原上的恣意妄为。
　　越野车行驶近一个小时后，加速冲上一座山顶，这里可以

俯瞰莫日格勒河最美的一段。莫日格勒河并不宽阔，与其说是河，在我看来称它为溪也不为过，最宽处只有五六米。它的最迷人之处在于九曲十八弯，时而东流，时而西走，时而南奔，时而北进，流向变来变去，弯曲如此之多，实属罕见。正巧有一队马群站在河中央饮水，河水很浅，深不过马的小腿，清澈见底。河流两岸绿草如茵，百花烂漫，成群的牛羊悠闲漫步。

当地人介绍，1961 年，一批作家、艺术家应邀到呼伦贝尔观光。叶圣陶、老舍、曹禺、端木蕻良等文学艺术大师看了莫日格勒河后，都被它的曲折所倾倒。老舍惊呼"天下第一曲水"，从此，莫日格勒河便有了"天下第一曲水"的美名。老舍在《草原》里这样描写莫日格勒河："远远地望见了迂回地、明如玻璃地一条带子。"端木蕻良在《在草原上》一文中，念念不忘地赞美莫日格勒河："我走过多少河，没有蹚过这样的河，我看过多少水，没有见过这样的水。"

*

呼伦贝尔大草原，绿波千里，一望无垠。行驶在辽阔的大草原，我根本分不清东西南北。我问当地的司机师傅："在草原上怎么辨别方向，牧民会不会迷路？"他说："不会，因为有敖包。"这次到内蒙古，我才知道敖包并不是蒙古包。以前，有支歌曲叫《敖包相会》，我一直以为唱的是牧民们在蒙古包旁相聚，现在看来真是个笑话。

当地人告诉我们，在无际的草原上，牧民会在自己游牧的区域内，选择一处地势较高且幽静的地方，用大大小小的石头垒砌成石堆，上面插上柳条、系上旗幡，作为路标和游牧的分界标志，这就是敖包。有的敖包高数丈，从远处看，好像一座尖塔，十分显眼。每个敖包都有自己的名称，通常以所在地名命名。过去，各盟、旗有公用的大敖包，富裕人家还有自己的"家敖包"。每处敖包数目不尽相等，有的是单独一个，有的是多个敖包组成的敖包群。

敖包是牧民心目中神的象征。当地人说，人们每逢外出远行，凡路经有敖包的地方，都要下马向敖包参拜，祈祷平安。他们还要在敖包上添加几块石头或几捧土，然后才继续跨马上路。随着喇嘛教在蒙古社会传播，到了清朝时期，更是形成了以部落为单位，每年举行一次"祭敖包会"的习俗。

我们经过了一处敖包，是由三层石块垒叠而成，逐层高耸，整座敖包被各色旗幡包裹，神圣庄严。下车来到敖包前参拜，我们也学着当地人的样子，在敖包上添加几块石头，以求吉祥。

*

当晚我们住在额尔古纳河畔的蒙古包宿营地。额尔古纳河是黑龙江的正源，史称"望建河"，本为蒙古帝国时期中国的内陆河。17世纪末，俄罗斯南侵，当时康熙皇帝正在跟噶尔丹争夺蒙古地区的控制权，为了避免两线作战，清政府于1689年同俄罗斯签订《中俄尼布楚条约》，将额尔古纳河以西划归俄罗斯，直至今日，成为中国与俄罗斯的界河。

夕阳将界河两岸涂上一层淡淡的金色，草原风光妩媚绚丽，如今，界河已被开发成风景区。爬上一座山坡，登高望远，界河两岸空旷寂静，几处星洲罗列河中，河道蜿蜒回转，水流平稳，滩涂灌木丛生。对岸大片丰美的牧场，昔日本属中华大地，今日却为异国之土，不禁令我百感交集。

这里自然环境良好，养育过许多古代少数民族，古代蒙古部落曾在此游牧、渔猎，是一代天骄成吉思汗的故乡，后来作为领地分封给了成吉思汗的大弟弟哈萨尔，至今在黑山头还有其王府遗迹。

夜幕下的蒙古包营地灯火灿烂，上百座蒙古包连成一片。帐顶圆形天窗透出的灯光，把一座座包房映衬得像一只只巨型灯笼。徜徉其间，仿佛时光穿越，犹如置身于成吉思汗铁马金戈的中军大帐。营地旁边的草地上，篝火晚会正在高潮，载歌载舞，欢声笑语。

我们住的蒙古包基本上保持了"原汁原味"，整体包房以木条做骨架，帐顶及四壁覆盖毛毡，用绳索固定，帐顶留有天窗，以便采光、通风。我们领完钥匙，便各自进入自己的蒙古包。我的行李还未放稳，就听见隔壁包房的记者大呼小叫，原来他们的房间里有青蛙蹦来蹦去。他们实在难以忍耐，只好唤来服务员，把这些"不速之客"请出包房。我在包房里也发现了一只小青蛙，不过我倒觉得它挺可爱，想必它也翻不了天，而且想到"人家"才是这里的主人，我不过是个过客，反倒不好"反客为主"呢。于是，我和小青蛙相安无事，各行其是，只是我把鞋子放到了椅子上，我怕它睡在鞋子里，一早起来不小心踩到它。

本以为草原的夜晚是静谧的，没想到夜深人静之时，蒙古包外的草丛中却开起了"音乐会"，各种虫鸣此起彼伏，尤其有一种鸟鸣异常响亮，让人难以入眠。我几次走出房间，想请它另谋他处，可是我一推开房门，它就悄无声息，我转身进入房间，它又开始引吭高歌，好像在和我捉迷藏，令我无可奈何。

第二天清晨，我走入一片草地去"探险"。我发现，草原的远观与近看，是如此大不一样。远观时，草原像一块地毯，细嫩伏贴。可等你双脚踏进草地，才知道原来草高高的、长长的，草尖没过了膝盖，难怪说"风吹草低见牛羊"，看来不算太夸张。草地上不光有牧草，还有各色花朵。当地人说，很多花草都是中草药，沙参、黄芪、柴胡、益母草……要不怎么说呼伦贝尔的牛羊都壮实呢，原来天天都有"补药"吃。

牧场人家

　　杨旭一家住在距额尔古纳市 8 公里的拉布林农牧场 120 生产队第六养殖小区。来到呼伦贝尔大草原，不到牧民家看看，我们总觉得是个缺憾，于是向姜德荣提出，没想到他就给我们安排了杨旭家，而且晚饭也说好了，就在杨旭家吃。

　　杨旭今年 55 岁，是汉族。汉人怎么成了牧民呢？后来一聊才知道，他和老伴儿原来都是海拉尔农垦基地的职工，后来农垦基地改革，给他分了 200 亩草场，让他自己经营，于是他就成了牧民。他和老伴儿唯一的女儿在城里工作，平常只有老两口在牧区生活。因为人手紧，杨旭雇了一个羊倌帮忙照顾牧场。我问杨旭，这里是否有过蒙古族人放牧。他说原来是有的，后来都离开去了更大的牧场。

　　我们在去杨旭家的路上，迎面正碰上杨旭家的羊倌骑着摩托，后面跟着牧羊犬，去山坡上赶羊群回圈。后来杨旭告诉我们，牛不用天天往家赶，牛认路，在山上过夜也丢不了，隔个三天五天的，点点数就行。羊不成，羊不认路，天黑了就得赶回圈里，要不容易走丢了。杨旭这两天腰疼的老毛病又犯了，我们下车时，他拄着拐杖已等在院门口了。院子里支起一口灶台，灶台上刚刚煮开一锅新鲜的牛奶，说是给我们准备的，满院子飘着奶香。杨旭老伴儿临时叫来两个侄子，跟她一起忙活晚饭。

杨旭家在两山之间一片很开阔的草场上，周围看不到别的人家。房子是铁皮屋，四五间，旁边就是羊圈，还有一小片菜地，种着黄瓜、豆角、西红柿等，都是常见菜。西红柿个儿不大，青青的、硬硬的，我以为没熟，杨旭说，熟了，就是这个品种，叫"贼不偷"。随手摘一颗送到嘴里，甜的。

"冬天住铁皮屋不冷吗？"我问。

"冬天不住，大雪封山，牧场就关了，我们回城里住，羊群在圈里过冬，留个羊倌过来照看就行了。"杨旭回答道。

"200亩牧场有多大？"

杨旭抬起拐杖指着前方说："你往前数五个电线杆，再横着数500米，大概就这么大。"

黑色的木制电线杆笔直笔直地立在空旷辽远的草原上，煞是显眼。杆子之间的距离大概有上百米，彼此间拉着一根电线，这是天地间唯一的分割线。

杨旭说，200亩的牧场，在呼伦贝尔大草原根本不值一提。他是汉人，以前又是农垦基地的职工，所以分的牧场不大，一般蒙古族牧民家的牧场至少有几千亩，大的上万亩，牛羊有几千只。

杨旭只养了 1100 多只绒山羊。养绒山羊主要是出羊绒，一只羊一年能出一斤羊绒，一斤羊绒能卖到 180 元。绒山羊也可以肉用，还可以出羊皮，平均一只能卖到 1200 元，杨旭每年能卖出三四百只，一年的纯收入有 20 万左右。

我问杨旭，国家对牧区的政策怎么样。他说，很不错，牲畜检疫都免费，而且很及时。以前牲畜的病死率很高，牧民损失很大，现在防疫措施得力，病死的情况很少发生了，牧民的收益得到保障。另外，国家对牧场都有补助，像他家一年能拿到的补助有 5000 元左右，那些牧场大的，拿到的补助会更多。站在一旁的姜德荣补充说："内蒙古的年人均收入已经达到 15000 元，而且牧民普遍比农民富裕。"

杨旭还说，今年是十年来呼伦贝尔雨水最充沛的一年。"雨水充沛，草场就茂盛，牛羊就肥壮，就能卖出好价钱。去年呼伦贝尔干旱得厉害，草场干枯，羊群根本养不活，只好一车羊一车羊地贱卖掉。"今年过冬的草料也比往年便宜了一半，一捆 400 斤的草料只要 130 元。现在刚刚 8 月中旬，杨旭就已经把冬季草料买好了，明天 500 捆草料就会送到他的牧场。他说，每年一过十一，牧场的草就枯黄了，直到来年五一，草场才会返青。每年一月份最冷，气温降到零下四十几度，雪下得一米厚，这是牧场最难熬的时候。

说话间，羊倌已经把羊赶进了羊圈，这时我们发现羊圈附近还散养着一群鸡。杨旭的老伴儿问我们有没有兴趣去草地里捡鸡蛋，捡到的，一会儿可以做韭菜花炒鸡蛋。这事挺新鲜，大家都来了兴致，像寻宝一样四处找鸡蛋。杨旭的老伴儿说，她今年养了 200 来只鸡，就这么在羊圈附近散养着，鸡随处下蛋，她也没有精力去收拾，很多来不及捡的鸡蛋就被羊踩了。不大一会儿工夫，我们就捡了 20 来个鸡蛋，真像是捡到宝贝一样。

晚饭支起三张大圆桌，二十几个人，热热闹闹。别的记不住了，我只记得手抓羊肉端上桌时，大家都不斯文了，上手就抓。到内蒙古不就是来吃手抓羊肉的吗？主食是羊汤面，汤鲜面软，特合我的胃口。这顿饭十足的绿色天然农家饭，全都是杨旭家自产的。我想，自给自足的"小农经济"也有可取之处。

夜幕降临，草原已有几分凉意，门前空地上生起了一堆篝火。此时，牧场极静，如果我们不讲话，就只听到"噼噼啪啪"的火苗声。天空极净，净得几乎伸手就能拽下星星。星星真亮、真密、真大，这样的星空，我记忆最深的还只有小时候常见，后来慢慢就看不到了。现在秋高气爽的北京，夜晚极晴朗的时候，也能看到星星，但很高、很远，似有似无，凑不出北斗，不像在呼伦贝尔，星星就挂在头顶。

草原的夜色美丽、迷人，难以述说。

华俄后裔刘金财

在内蒙古额尔古纳河以东、大兴安岭以西的中俄边境线上，有一个特殊的乡——恩和乡，它是我国唯一的俄罗斯民族乡。这里有1400多名华俄后裔，他们高鼻梁、蓝眼睛，能说一口流利的汉语，有着中国人和俄罗斯人的共同血统。

在恩和乡，我们认识了华俄后裔刘金财，俄语名字叫过斯佳。刘金财开了一家叫柳芭的客栈。我们见到他时，正是中午，他跑前跑后地招呼着一桌子客人用餐，时不时交叉着用汉语和俄语跟客人交谈。他负责前台，妻子负责后厨，因为已经进入旅游淡季，客人渐渐少了，原来雇的帮手刚刚辞退，十间客房和餐厅，全靠他们夫妻二人打理。

刘金财今年59岁，个子高挑，鼻梁挺直，一看就有俄罗斯人血统。他目前在额尔古纳市客运公司工作，再有一年就退休了，妻子是一名中学教师，已经退休。到客运公司工作之前的20来年，刘金财一直在中俄之间做贸易，经营过木材、钢材、水果、蔬菜，也曾带中国劳务人员到俄罗斯种菜。2009年以后，他不再跑贸易了，回到恩和乡开了这家客栈。他说，当时他家客栈最大，现在他家算是最小的了，因为看好恩和乡的边境旅游，这几年，好多外省人也到恩和乡开旅馆，上规模的旅馆有十几家。

恩和离俄罗斯只有 30 来公里，以额尔古纳河为界与俄罗斯相望，边境线长 75 公里。恩和居民的生产生活及风俗习惯，始终保持着传统的俄罗斯民俗风情，固守俄罗斯族的饮食习惯和节庆时令，俄罗斯传统节日巴斯克节已列入中国国家级非物质文化遗产名录。

这里的房屋几乎都是"木刻楞"。木刻楞下部一般选用大块石料做基础，基础之上，一根根粗原木，横着钉在一起，就成了墙壁，墙上绘有大幅彩画。木刻楞的房檐、门檐、窗檐，装饰着木雕和彩绘图案。房顶多为人字形铁皮，涂紫色、棕色或蓝色。一间间木刻楞高低错落，平铺在额尔古纳河边宽阔的草原上。临街的店铺，主人把商品摆在街边，任游客随意挑选。俄罗斯套娃、大披肩、大雪糕、风干牛肉干、大列巴（面包）是最常见的商品。

刘金财说，恩和的自然环境非常好，森林草原面积广大，原始森林有 120 万亩，草原 40 万亩，林草覆盖率达 80% 以上，树种以兴安落叶松、白桦树为主，有 1 个国有农牧场、3 个国有林场。这里最常见的野生动物是狍子。刘金财家客厅墙上就挂着一张照片，是一位四川摄影爱好者拍摄到的一群狍子在草丛中急速奔跑。刘金财说，除了狍子，黑熊也能见到。

见我对华俄后裔的历史很感兴趣，刘金财便侃侃而谈起来。他说，19 世纪末 20 世纪初，中国内地的山东、河北一带民众，因生活所迫"闯关东"。他们一路向北，一部分人来到额尔古纳河中苏边境一带，这里地广人稀、土地肥沃。他们与沙俄在远东地区的移民相遇，生产生活中友好相处，进而联姻通婚。华俄后裔逐渐壮大，渐渐形成了中国最大的俄罗斯族聚集群。

刘金财的爷爷叫刘长在，原本是河北沧州人，会武术，清朝末年参加了义和团运动，后被清政府通缉。为了逃避追捕，刘长在不断北上，跑到呼伦贝尔，仍感到不安全，索性越过额尔古纳河，进入沙俄地界，为当地人耕种土地，定居下来。后来刘长在娶了俄罗斯族姑娘，待国内风声平静后，刘长在便带着全家回到恩和一带。

日本侵占东北、内蒙古后，十分忌惮这些既会中国话、又会俄语的华俄后裔，害怕他们与苏联来往过密，对日本在中国的统治不利。20 世纪 30 年代，日本人强行把刘长在等华俄后裔驱赶到黑龙江省齐齐哈尔地区。新中国成立后，刘金财的父辈带家人又返回恩和，从此安定下来。刘金财属于华俄后裔的第三代，他现在已经当爷爷了，有了第五代华俄后裔。

刘金财带着我们在他的庭院里四处转了转，院落干净利落，花木繁茂。他说，俄罗斯民族酷爱清洁，不但个人穿着打扮干干净净，大街小巷也是利利索索。刘金财在院门口种了一片向日葵，正是色彩最艳丽的时候，房前屋后的边边角角，也种满了各色鲜花。十来间客房一溜儿连在一起，红墙、蓝顶、白色窗框、黄色回廊，在明澈的蓝天白云映衬下，如同一幅立体油画。客厅门口挂着一块牌子，上面印着"乡村星级旅游接待户"几个字，旁边墙上，挂着一个透明玻璃展示柜，里面摆放着刘金财父辈使用过的各种用具，我看见有用烧木炭来加热的铁熨斗，还有一台手摇电话机。刘金财说，很多客人没见过老式电话机，经常会问他，怎么没有拨号的键盘。

在餐厅里，刘金财给我们看了他和妻子制作的各种果酱。他说，恩和的山里盛产蓝莓、草莓、山葡萄等野果，制作果酱是这里民众的传统手艺，很多客人走的时候都会预定一些。

恩和最好的旅游时节只有六、七、八三个月，进入九月，几乎就没有客人了。过了十一，刘金财把门窗锁好，一家人回额尔古纳市过冬，待来年春暖花开时，再回到恩和。

冬天的时候，刘金财和妻子有时会到国内各地旅游。他说，开客栈的一个好处，就是可以结识天南海北的朋友，朋友间的投桃报李，让他感受到四海之内皆兄弟的温暖。去年冬天他和妻子去了西安、成都、苏州、香港等地旅游，所到之处基本都是由到过他客栈的朋友接待。

刘金财说，2013 年时，俄罗斯曾出台政策，欢迎他们回俄罗斯定居，但这几乎不可能了，现在两边差距这么大，没有人愿意回俄罗斯。他说，明年就退休了，他已决定把恩和作为他的终老之地，因为他的根在这里。

风雨国门满洲里

到内蒙古最初的几天，我们一直在呼伦贝尔大草原上驰骋。茫茫绿海，天地无边。当大巴车驶入满洲里，我们就像大海上漂泊许久的航船，终于发现翘首以盼的港湾，无不满怀欣喜。

一辆辆大货车，或满载、或空驶，与我们擦肩而过，宽阔的道路车水马龙，似乎在告诉新来的客人——这是一座因边贸而兴起的城市。满洲里位于内蒙古东北部，北与俄罗斯联邦接壤，西临蒙古国，是一个"鸡鸣闻三国"的边陲小城。1992年，满洲里被确定为沿边开放口岸，4年后，国务院批准在中俄边境线上开设互市贸易区。从此，边境线上的铁丝网被剪断，双方边民展开易货贸易。

漫步在满洲里市区，我们看到一幢幢造型方正、线条分明的苏式建筑耸立在街道两侧，有尖顶、圆顶、八角顶、人字顶，塔尖高耸。一些楼顶还建有阁楼、塔楼、钟楼，造型美观，情调高雅。置身其中，有一种身在异乡的错觉。陪同我们的当地人讲，自 2001 年起，满洲里将城市建设风格确定为"中俄建筑文化交融型"，使一批具有欧式风格和现代气息的设计方案被选定，促进了全市独特建筑风格的形成。

时近正午，我们走进一家名叫卢布里西的俄式餐厅。店堂金碧辉煌，深胡桃木色的实木餐桌和地板不乏厚重感，四面竖立着绘有艳丽彩画的大镜面，服务员个个是笑容灿烂的俄罗斯姑娘和小伙儿。红菜汤、水果沙拉、瓦罐牛肉、奶酪包、碳烤香肠、土豆片……随着一道道俄式菜肴的上桌，以及现场一曲喀秋莎的歌舞表演，十足的俄罗斯风情淋漓尽致。

在满洲里口岸管理工作人员的陪同下，我们登上了中俄边境处我方一侧的国门。国门高 43.7 米，宽 46.6 米，庄严肃穆。在国门乳白色的门体上方，嵌着"中华人民共和国"七个鲜红大字，上面悬挂着国徽，国际铁路在国门下方通过。铁路为两宽一准，同时还预留了两线准轨位置。陪同人员介绍说，中俄两国火车道的宽窄是不一样的，中国的窄，为标准轨道，称为"准轨"；俄罗斯的宽，为"宽轨"。中俄两国火车，无论货车，还是客车，要进入对方国家，都必须先在此更换为对方国家的火车，以适应对方的轨道。

国门分上下两层，登上顶层，透过高大的玻璃窗，可以清楚看到俄方后贝加尔斯克境内红顶白墙的建筑、货场、车辆以及街上的行人。就在我们参观国门时，一列由俄方境内开来的列车缓缓驶入国门，列车上满载着一根根浑圆的木材。

满洲里市口岸管理委员会张可主任告诉我们，2013 年 9

月，经满洲里口岸出境的首列"苏满欧"国际集装箱班列开行。目前，经满洲里口岸的中欧班列进出境线路已达到 50 条，货源地辐射长三角、珠三角、环渤海地带乃至西南地区，货物出口至俄罗斯、德国等 11 个欧洲国家的 28 个城市。2017 年满洲里口岸货运量达到 3109 万吨，居全国沿边口岸首位。满洲里已经成为欧亚大陆桥上的重要枢纽和中国最大的陆路口岸，承担着中俄贸易 70% 以上的陆路运输任务。张可主任说，每年十月份入冬后，是口岸最繁忙的时候，大量的中国蔬菜、水果源源不断地运往俄罗斯。

*

满洲里历史悠久，曾是古人类"扎赉诺尔人"生活的故乡，也是诸多北方游牧民族成长的摇篮。1900 年 4 月，西伯利亚铁路铺入黑龙江省西端一个叫"霍尔津布拉克"的地方，俄国工长、工程师卡西诺夫等 130 余人进驻这里。由于那时东北地区泛称满洲，因此俄国人称这里为"满洲里亚"，后来汉族人去掉了发音很轻的尾音，称作"满洲里"。随后，俄国商行、马巡队、事务官等纷纷涌入，近 50 名俄国铁路员工也携家属移居至此。随着铁路车站的建设，以之为轴，道南、道北两片城区自然形成。1903 年，俄国方面做出城市规划，车站两侧街道都以长方形网格分布。建城之初，几乎所有建筑都为俄罗斯风格，错落有致。

20 世纪二三十年代，共产国际和中共东北地区党组织先后在这里建立了许多地下秘密交通站，接送中共早期领导人出入苏联。在支援解放战争和抗美援朝、抗美援越以及转运苏联援华 156 项重点工程设备中，满洲里人民都做出了重要贡献。

从国门大楼展出的一幅幅国门沧桑历史的画面中，我看到了中国铁路工人捍卫国门主权的感人事迹。

1968 年 7 月 4 日，中方巡道工人在中国与苏联铁路习惯分界线向中方数第三根枕木上，发现一颗可疑道钉。巡道工人迈过这颗道钉后，苏联军方就说中方越界。他们对中方或用手推，或组人墙，甚至抛石头，放军犬。中国铁路工人同荷枪实弹的苏联军人进行了坚决的斗争。

1973 年 8 月 1 日，中方铁路工人巡道时，又发现苏方在道轨上做手脚，苏方挪动了道钉标志，并在钢轨腰部用白铅油写了字。8 月 17 日，中方铁路工人拔掉了苏方所设的道钉标志，涂掉了钢轨上的数字和符号，换上了原中国道钉标志和三根枕木。苏方岗楼上的哨兵发现后，第二天，苏联后贝加尔站副站长布雷克给满洲里站站长朱林写信，要求钉上原苏方道钉标志，朱林站长驳斥了苏方的无理要求。以后，中国铁路工人一直对所属枕木及铁路进行维修，苏方才不再干涉。

在国门中方一侧的百米处，有一排不起眼的红色平房，这里就是中苏会谈会晤室。会晤室内，按当年情景摆放着一张木制长桌、几把木制扶手椅。满洲里与奥特堡尔（后贝加尔）的军方会谈会晤始于20世纪50年代，每年数十次；80年代后，工作量陡增，达到数百次。作为见证中苏（中俄）关系的会谈会晤室，同样经历了热情友好、平等协商、针锋相对、睦邻友好、扩大合作、战略伙伴等诸多过程。

最初，双边中若一方有事，可以直接前往对方口岸进行联系，确定会谈时间、地点和会谈事项。到80年代初期，双方改用升红旗的办法，先升旗的一方即为邀请方，到边界迎候对方代表。遇有紧急情况，则升两面红旗，要求尽快对接和工作；夜间会使用红灯。1998年6月30日后，该会晤室停用。

在国门景区的另一侧，是中共六大会址纪念馆，因为当天天色已晚，我们没来得及进去参观。陪同我们的满洲里市委统战部部长凌云，建议我们务必抽空看看，她说这段历史非常值得铭记。在她的建议下，第二天一早，我们便过去"补课"。

中共六大是党的历史上唯一一次在国外召开的全国代表大会，于1928年6月18日至7月11日在莫斯科近郊纳罗福明斯克地区五一村召开。中共六大纪念馆是一幢三层白色仿欧式建筑，主要介绍上海—大连—哈尔滨—满洲里这条红色秘密交通线，护送中共六大代表前往莫斯科参加会议的艰辛过程。据介绍，参加六大的代表有142位，其中87位是从这条秘密交通线到达莫斯科的。

在纪念馆内，一幅幅历史图片翔实记录着当年共产国际和中共地下组织为了掩护众多代表从满洲里出境，充满惊险的曲折经历。在边界上，东北军边防部队哨卡林立，为防止苏联"赤化"，一般不许随便入境。我方就利用走"亲戚"、做买卖、拉草、种地等多种方式寻找突破口。李立三经组织安排，化妆成打工人员，是白天躺在牧民打草的马车上出去的。朱秀春是在一名苏联铁路工人引导下，利用晨雾，沿着铁路一直向西出境的。许涂森和罗明是被苏联人驾着马车拉到北山脚下，告诉他们不要出声（而许涂森肺病严重，又不敢咳嗽，开会期间病逝），之后两人爬过了边境线。苏美一凌晨乘坐四匹悍马拉的车，穿越边境，经过最后一个碉堡时，突然听到枪声，马夫快马加鞭，终于冲过了碉堡群。周恩来和邓颖超则是傍晚时分抵达满洲里，两辆备好的马车已等在车站附近，趁着夜色，悄悄上路，向北走草原小路一路飞奔，穿越了边境。

*

来往国门，我们早就被一片风格独特的建筑物吸引了，这就是满洲里的标志性建筑群——套娃广场。离开满洲里前，我们特意到此参观。坐上景区的游览车，穿梭在大小不一、颜色各异的套娃中，欣赏着浓郁的异国风情。这里是全国唯一以俄罗斯传统工艺品——套娃形象为主题的景区。套娃广场由 1 个足足有 20 层楼高的主题套娃和 192 个散落于广场各处的小套娃组成，每个套娃上都画有色彩斑斓的图案，特别是最高的主题套娃，外观上绘有一位汉族姑娘、一位蒙古族姑娘和一位俄罗斯族姑娘，寓意中蒙俄三国和谐相处。

在俄罗斯民俗体验馆内，满洲里口岸旅游集团的杨继燕经理告诉我们，套娃是俄罗斯传统的木制玩具，精湛的工艺、鲜明的色彩和憨态可掬的胖娃娃形象，深受各国朋友青睐，游客在体验馆内可以自己动手制作套娃。

套娃一般由多个相同或不同图案的空心木娃娃，由大到小一个套一个组成，最多可达数十个。木头娃娃的腰部可以打开，里面套着一个稍小的娃娃；再打开，又套一个；其中最里面的那个娃娃，甚至小到黄豆般大小，依然须眉毕现、栩栩如生。

杨继燕指着一组组套娃说，最经典的套娃图案是俄罗斯村姑形象，被称为"玛特罗什卡"，一头金发上戴着鲜艳的花头巾，俏皮的大眼睛嵌在红扑扑的脸蛋上，造型淳朴，色彩艳丽。套娃彼此套在一起，你中有我，我中有你，象征多福多贵、多子多孙的吉祥寓意，而更深层的意义则展示了人与人之间对亲情、友情、爱情等美好情感的执着向往和不懈追求。

杨继燕说，满洲里市政府很重视蒙古语和俄语人才的培养，从幼儿园到中小学都开设了蒙古语和俄语课程。走进满洲里的餐厅、商城，很多服务人员都能用俄语、蒙语、英语等多种语言与客人交流。

满洲里正全力打造集吃、住、行、游、购、娱为一体的旅游商贸文化平台，带动旅游产业快速发展。满洲里每年组织"中国·满洲里市中俄蒙国际旅游节""中国·满洲里市中俄蒙国际冰雪节"等，还与俄罗斯赤塔市和蒙古国乔巴山市不定期举办文艺文化周活动，拉近中俄蒙三国人民之间的距离。"在这里既能观赏俄罗斯的艺术表演，又能体验蒙古族传统文化。"杨继燕欢迎我们有机会来参加中俄蒙三国的文化交流活动，一定会有意想不到的收获。我们也期待着这样的机会快点到来。

后 记

子奇的画

　　幸亏配上子奇的画，要不然，这本书多么无趣。

　　子奇是个有趣的人。我身边会画画的人很多，画得很好的人也不少，但画得有趣的不多，子奇算是其中的一个。

　　子奇是我的同事，年轻的同事。几年前，她从北大中文系硕士毕业，原本是分配到北京一所炙手可热的中学当一名受人尊敬的"人民教师"，可她却选择了央视，她觉得央视"挣得多"。我后来发现，她也不光是为了钱，她确实喜欢当记者，而且干得很不错。

　　我有一次跟她外出采访，旅途乏味，一车人昏昏欲睡。但子奇却兴致不减，在个小本子上，勾勾画画着沿途的风景，我那时才发现她会画画。我说，你开个公号吧，与人分享，皆大欢喜。后来，她真就开了个公号，取名"子奇的画"。

　　我原本打算，在这本书中配上我拍的采访照片，后来试了一下，感觉不太"搭调"。有一天，我偶然看到子奇给一位同事的小孩画了张滑雪的画，寥寥数笔，惟妙惟肖，我便灵机一动，何不有劳子奇给我的书画插画呢。

　　我书中恰好有一段描写学滑雪的段落，我请她试着画了一张，果然画得有趣，给我枯涩的笔墨增色不少。我最后索性把所有章节页的插画任务甩给了子奇，于是，就有了今天您看到的这本插画胜过文字的集子。

　　我非常感谢子奇，因为有了她的插画，我才有勇气把这本文字粗糙的集子送去印厂。我相信，读者一定会喜欢她的画的。

2019.4.30

附 录

本书受访者名录

娄玮（故宫博物院副院长）

夏华夏（美团首席科学家）

亓文凯（小米科技北京销售服务总监）

郭子春（天津天后宫管委会主任，天津民俗博物馆馆长）

王寰（天津狗不理大酒店客服经理）

郑钢淼（上海市委常委、统战部部长）

吴继华（上海市松江区委常委）

宋德强（江苏昆山市副市长）

沈峰（昆山市千灯镇宣传委员）

殷小林（古灯收藏家）

曹志威（昆山当代昆剧院演员）

张月明（昆山当代昆剧院演员）

吕家男（台湾昆曲演员）

卢一先（广州市委常委）

王石柱（河南济源市王屋镇愚公村支书）

贾海燕（河南济源市人大代表，愚公村致富带头人）

张树杰（河南济源市王屋镇柏木洼村支书）

雷红（河南济源市王屋镇党委书记）

谭江（河南济源市委常委、统战部部长）

张福旺（河南温县陈家沟村太极拳师）

朱向华（河南温县陈家沟村陈氏太极拳传人）

贾媛媛（河南温县陈家沟村驻村书记）

郁林英（河南林州市黄花镇庙荒村支书兼村委会主任）

郝心英（河南林州市十佳自强脱贫户）

裴春亮（河南辉县张村乡裴寨村支书）

宋保群（河南辉县沙窑乡郭亮村支书）

赵云龙（河南省政府新闻办公室主任）

叶俊兴（福建漳州市三角梅协会会长）

张文江（福建漳州市水仙花协会会长）

黄瑞宝（福建漳州钜宝生物科技有限公司董事长）

涂健麟（福建长汀县委宣传部副部长）

廖深洪（福建长汀县委书记）

刘铭荣（福建长汀县刘氏家庙理事会荣誉会长）

涂君琛（福建长汀县涂坊村村委会主任）

叶宏灯（东莞台商子弟学校创办人）

谭健文（广东江门市台办主任）

梁根长（广东江门市新会区东甲村村委会主任）

吴奕（广东茂名市台办主任）

柯裕清（茂名石化宣传干部）

陈小勇（广东徐闻县委宣传部副部长）

梁权财（广东徐闻县委书记）

赵冬（吉林市台办副主任）

马朋飞（吉林市台办宣传交流处处长）

刘淑范（吉林市乌拉草非物质文化遗产传承人）

李秋成（吉林市舒兰上营镇二合村村民）

王玉华（吉林市舒兰上营镇二合雪乡旅游经营户）

管作新（吉林市昌邑区孤店子镇大荒地村支书）

赵军（吉林市松花湖"鱼把头"）

田康平（吉林市新兴园饺子馆经理）

薛明华（云南临沧市委统战部副部长）

艾影（云南耿马县孟定镇芒团纸技艺传承人）

张德良（云南镇康县委统战部副部长）

汤佩显（云南凤庆县滇红集团办公室主任）

万泽刚（甘肃省委统战部副部长）

常超 （国台办新闻局干部，甘肃广河县庄窠集镇红星村
　　第一书记）

马东升（甘肃广河县县长）

马二不都（甘肃广河县庄窠集镇红星村村民）

李杨（国台办经济局干部，广河县委常委、副县长）

闹日加（甘肃甘南州夏河县太阳沟村支书）

加考（甘肃甘南州夏河县当应道村委会主任）

王伟中（广东省委副书记，深圳市委书记）

沈晓明（海南省省长）

彭明（深交所副总经理）

郑崇阳（深圳市台办主任）

余景兵（深圳全球鹰无人机公司董事长）

黄晓飞（深圳大亚湾核电站新闻发言人）

杨言卓（海南水稻国家公园副总经理）

周义明（中国科学院深海科学与工程研究所研究员）

林炳生（台湾永和豆浆集团董事长）

蔡安琪（云南华坪县船房乡嘎佐村村民）

郑万宣（云南华坪县船房乡嘎佐村新阳小学校长）

李维菊（云南华坪县船房乡嘎佐村新阳小学教师）

蔡国民（云南华坪县政协农委会主任，驻嘎佐村扶贫干部）

庞新秀（云南华坪县县长）

谈学俊（安徽泾县统战部干部）

谷常新（安徽当涂县李白墓园守墓人）

杨晓刚（四川绵阳市盐亭县博物馆馆长）

冯青春（四川绵阳市盐亭县文管所前所长）

阎红勇（湖北大冶黄石国家矿山公园管理处主任）

何景星（湖北鄂州市摄影家协会会员）

王斌（湖北省梁子湖武昌鱼原种场副场长）

郑光明（阿里巴巴集团公共事务部经理）

赵雪琦（乌镇互联网医院医师）

金纳（吉利汽车杭州湾生产基地工程师）

陈永泽（浙江宁海县农办干部）

范淑萍（浙江宁海县周祥村枇杷种植户）

葛时大（浙江宁海县前童村竹编艺人）

姜德荣（内蒙古台联秘书长）

杨旭（内蒙古额尔古纳市拉布林农牧场 120 生产队职工）

刘金财（内蒙古额尔古纳市恩和乡柳芭客栈经营户）

张可（内蒙古满洲里市口岸管理委员会主任）

杨继燕（内蒙古满洲里口岸旅游集团经理）

* 以上受访者按目录顺序排列